Friederike Schmöe

# JANUSKOPF

Friederike Schmöe

# JANUSKOPF

Katinka Palfys sechster Fall

KRIMI IM GMEINER-VERLAG

*Wir machen's spannend*

*Bibliografische Information*
*der Deutschen Bibliothek*
Die Deutsche Bibliothek verzeichnet diese
Publikation in der Deutschen Nationalbibliografie;
detaillierte bibliografische Daten sind im Internet
über http://dnb.ddb.de abrufbar.

Besuchen Sie uns im Internet:
www.gmeiner-verlag.de


Im Ehnried 5, 88605 Meßkirch
Telefon 07575/2095-0
info@gmeiner-verlag.de

1. Auflage 2007

Lektorat: Claudia Senghaas, Kirchardt
Umschlaggestaltung: U.O.R.G. Lutz Eberle, Stuttgart
unter Verwendung eines Fotos von Friederike Schmöe
Gesetzt aus der 9,6/13 Punkt GV Garamond
Druck: Fuldaer Verlagsanstalt, Fulda
Printed in Germany
ISBN 978-3-89977-737-6

Für jene unter uns, deren Faszination dem menschlichen Gehirn gehört.

*Ich will in das Grenzenlose zu mir zurück.*
Else Lasker-Schüler

# 1. Die Kraft aus der Maschine

**... daß, sooft ich die Flasche, ja nur dieses Kistchen, worin sie verschlossen, berühre, mich ein unerklärliches inneres Grauen anwandelt ...**[1]

Katinka Palfy ließ die Griffe der Maschine los und wischte sich den Schweiß aus dem Nacken. Die Luft im Trainingssaal war stickig. Sie schüttelte die Arme und stand auf, um ihre aktuelle Übungszeit in den Trainingsplan einzutragen. Eine Hand fuhr ihr von hinten durchs Haar und kroch ihre Schultern entlang bis zu den Oberarmen.

»Gewaltige Muskeln, Frau Detektivin.«

Sie musste grinsen und entwand sich dem festen Griff ihres Freundes.

»Lass das. Du lenkst mich ab. Ich habe ein Trainingsprogramm vor mir.«

Tom biss ihr sanft ins Ohrläppchen.

»Praktisch, die kurzen Haare. Übrigens, hast du gesehen? Hardo hat bei der Arbeit an seinem Trapezmuskel beinahe das höchstmögliche Gewicht. Dreihundert Pfund.«

»Wie bitte?«

Katinka war an der gleichen Maschine gerade mal auf fünfundsechzig Pfund gekommen. Sie ließ Tom stehen und suchte nach Hardo.

Hauptkommissar Harduin Uttenreuther, genannt Hardo, saß auf dem Bock seiner Lieblingsmaschine, die Oberarme vorschriftsmäßig zwischen die beiden Polster geschoben, und ruderte. Schweißperlen glitzerten wie Morgentau auf seinem vollkommen kahlen Schädel.

[1] E. T. A. Hoffmann, Die Elixiere des Teufels. Seite 29.

»Wie schaffen Sie das?«, fragte Katinka. Sie betrachtete die Muskeln unter seinem durchgeschwitzten T-Shirt.

»Training«, murrte Hardo und ruderte ein letztes Mal die Gewichte nach hinten, wartete einige Sekunden, ruderte zurück und setzte sie ab. »Nichts als Training.« Er stand auf und trocknete sich mit einem Handtuch das Gesicht ab.

»Fertig?« Polizeimeisterin Sabine Kerschensteiner trat neben sie, ihren Trainingsplan unter dem Arm. »Ich gehe duschen.«

»Das sollten wir alle«, sagte Tom. »Wir stinken wie die Skunks.« Sein Gesicht wurde düster. »Außerdem habe ich heute noch einen Termin. Ich muss um sieben am Bahnhof sein. Möglichst mit gewaschenen Ohren und getrimmtem Scheitel.«

Hardo zurrte eine Augenbraue hoch. Hätte er Haare gehabt, würde sie den Haaransatz erreichen. Katinka beneidete ihn um die Fähigkeit, die zweite Augenbraue dabei in waagerechter Position zu belassen.

»Ihre Mutter?«, fragte er.

»Ja!«, sagte Tom knapp. »Sozusagen.«

Hardo nickte. Sie standen eine Weile schweigend da, dann löste Katinka ihren Spindschlüssel vom T-Shirt und sagte:

»Ich gehe schon mal. Bis gleich.«

Sabine folgte ihr zu den Umkleiden. Katinka sank auf die Bank und streckte die Füße aus. Der Gedanke an den Besuch, der ihr und Tom bevorstand, machte sie kraftlos. Da hilft alles Muskeltraining nichts, dachte sie. Das ist mental. Sabine musterte sie einen Augenblick prüfend, bevor sie ihre Turnschuhe wegschnickste, sich das T-Shirt über den Kopf zog und aus ihren Hosen schlüpfte.

»Komm schon. Es sind gerade zwei Duschen frei.«

»Gleich«, murmelte Katinka. Sie fragte sich, warum Sabine Polizistin geworden war und nicht Model.

»Sorgen?«, fragte Sabine.

»Diese Sache mit Toms Mutter ...«

»Seiner leiblichen Mutter?«

»Genau.« Katinka nickte. »Du kennst doch die Geschichte.«

»Ja, ich glaube schon.« Sabine hakte ihren BH auf. Katinka machte die Geste verlegen. Schnell redete sie weiter:

»Sie hat Tom als Baby abgegeben. An seinen Vater. Er war schon mit einer anderen Frau verlobt und brachte Tom quasi als Mitgift in die Ehe. Sie haben Tom nie etwas davon erzählt. Erst, als seine Erzieher-Mutter vor einem knappen Jahr einen Schlaganfall hatte, rückte sein Vater mit der Sprache raus.«

Sabine zog den Slip aus, warf alles in ihren Spind, schloss ihn ab und schnappte sich ihr Handtuch.

»Und jetzt hat Tom seine biologische Mutter endlich eingeladen?« Sie wickelte sich das Handtuch um die Brust.

»Nein. Sie hat sich selbst eingeladen, und Tom hat zugestimmt.«

»Vielleicht brauchte er den Anstoß. Hattest du nicht gesagt, dass er sich einfach nicht durchringen konnte, Kontakt zu ihr aufzunehmen?«

Katinka nickte.

»Er hätte sich selber nicht dazu aufgerafft. Nicht so schnell. Ich habe mich oft gefragt, wie lange er noch warten will.«

Eine Frau kam mit prall gefüllter Sporttasche in die Umkleide. Katinka fiel ihr leuchtend kastanienrot gefärbtes Haar auf. Hastig nickte sie zur Begrüßung. Sabine warf einen zweifelnden Blick in ihre Richtung.

»Wie heißt sie eigentlich?«, fragte sie.

»Wer?«

»Na, Toms Mutter.«

»Ella. Halt. Das ist die Frau seines Vaters.« Katinka senkte die Stimme. »Seine leibliche Mutter heißt Carla. Carla Nerius.«

Die Frau hatte begonnen, ihre Tasche mit viel Getöse auszupacken. Sie schielte in Katinkas und Sabines Richtung.

»Wie findest du übrigens Hardos Fortschritte?«, erkundigte sich Sabine.

»Ich traue ihnen nicht über den Weg«, seufzte Katinka.

Sabine spielte mit einer Flasche Duschgel herum.

»Katinka! Die Verletzung ist über ein Vierteljahr her!«

Wieder flatterte ein neugieriger Blick zu ihnen herüber.

»Dennoch. Dass er sich so schnell erholt hat ...«

Hauptkommissar Uttenreuther war im Verlauf ihres letzten gemeinsamen Falles angeschossen worden. Katinka musste nicht einmal die Augen schließen, um die Szenerie vor sich zu sehen: Hardo, der im Schneematsch lag, die eine Hand auf den Einschuss gepresst, die andere nach seiner Pistole tastend. Sie schauderte.

»Es war ein Prallschuss. Das ist was anderes als ein direkt abgefeuertes Projektil. Außerdem ist er sofort operiert worden. Dank einer gewissen Katinka Palfy«, sagte Sabine grinsend.

Pssst, machte Katinka lautlos und wies auf die Dritte im Raum. Die zog sich reichlich langsam um und knotete schon zum dritten Mal die Schnürsenkel. Katinka fiel der missmutige Blick auf, mit dem sie Sabine bedachte.

»Du musst das so sehen«, bemerkte Sabine. »Er hat Reserven. Nicht nur den Bierbauch. Er war vorher durchtrainiert, sportlich, hatte ohnehin Kondition. Das beschleunigt jede Genesung.«

Katinka wollte das gerne glauben. Manchmal lag sie nachts wach und dachte an die schrecklichen Minuten in jener Januarnacht. Dann griff ein widerliches, schuppiges Tier mit Krallenpfoten nach ihrem Herzen und drückte es so fest zusammen, dass sie kaum atmen konnte.

Sabine berührte ihre Schulter und ging zu den Duschen hinüber. Sie sah unglaublich gut aus, wie sie nun das lange, blonde Haar löste, zurechtschüttelte und in der Kabine verschwand.

Hardo. Katinka fragte sich von Zeit zu Zeit, ob es stimmte, was ihre beste Freundin Britta ihr vorhielt: Dass sie, Katinka, zwischen zwei Männern stand. Britta stand gewöhnlich sowieso zwischen mehreren Männern, für sie war das normal, aber es war nicht Katinkas Stil. Und dann war da Toms Unruhe in den letzten Tagen, die ihn unausstehlich machte. Verständlich angesichts seiner komplizierten Familienverhältnisse, aber schwer zu ertragen.

Seufzend stand Katinka auf und zog die verschwitzten Sachen aus. Die warme Dusche tat ihr gut. Als sie endlich wieder herauskam, war Sabine schon fertig.

»Ich warte vorne auf dich«, sagte sie.

Katinka cremte sich ein und zog sich an. Als sie gerade ihr Haar trocknete, sich versonnen im Spiegel betrachtend, sagte jemand:

»Frau Palfy?«

Sie fuhr herum, mehr erstaunt als erschrocken. Die Frau von vorhin stand vor ihr. Nun schon etwas verschwitzt, das grelle Haar klebte ihr in der Stirn.

»Ja?«, fragte Katinka argwöhnisch.

»Mein Name ist Charlotte Isenstein. Es tut mir leid,

wenn ich Sie in Ihrer Freizeit behellige. Sie sind doch die Privatdetektivin Palfy?«

»Ja«, sagte Katinka und bemühte sich um einen kundenfreundlichen Unterton, obwohl ihr der Gedanke nicht gefiel, mit dem Föhn in der einen und der Haarbürste in der anderen Hand einer neuen Klientin gegenüberzustehen.

»Ich ... eigentlich mein Mann ... bräuchte Ihre Hilfe.«

»Gern.« Katinka legte den Föhn und die Haarbürste weg. »Ich bin nachher wieder in meinem Büro. Geben Sie mir Ihre Nummer, dann rufe ich Sie wegen eines Termins an.«

»Tja.« Charlotte Isenstein trat von einem Fuß auf den anderen. »Mein Mann ist kein gewöhnlicher Kunde.«

Das hat mir in meiner Sammlung gerade noch gefehlt, dachte Katinka. Ein Prominenter. Oder einer, der sich dafür hält. Isenstein. Sie überlegte krampfhaft, aber da leuchtete kein rotes Lämpchen auf. Vielleicht ein Stadtrat. In der lokalen Politik kannte sie sich so gut wie gar nicht aus.

»Mir wäre es recht, wenn Sie zu uns nach Hause kommen könnten. Dann besprechen wir die Dinge in Ruhe.« Eine steile Falte nahm Kurs auf Charlotte Isensteins Nasenwurzel.

Service ist alles, ermahnte Katinka sich in Gedanken. Der Kunde ist König. Und zur Zeit liegen nur langweilige Aufträge auf meinem Schreibtisch.

»Gibt es dafür einen besonderen Grund?«

»Das werden Sie merken, wenn Sie mit meinem Mann zusammentreffen.«

Donnerwetter, dachte Katinka. Charlotte Isenstein hielt ihr eine Visitenkarte hin.

»Hier ist meine Handynummer. Rufen Sie mich an? Gleich heute noch?«

»Mach ich«, hörte Katinka sich sagen.

Sie sah Charlotte Isenstein nach, wie sie den Umkleideraum verließ. Sehr ladylike und selbstsicher und ein bisschen steif. Ein Hauch Parfüm hing in der Luft.

Die Polizisten verabschiedeten sich auf dem Parkplatz und fuhren in Hardos altem Golf davon. Katinka ließ sich von Tom in der Innenstadt absetzen. Er wollte nach Hause, um sich auf seinen besonderen Besuch einzustimmen, während Katinka in gemächlichem Tempo zu ihrer Detektei schlenderte. Es war ein traumhafter Junitag. Warm leuchtete die Sonne von einem dunstigen Himmel. Eigentlich ein Tag, um sich nach einem anstrengenden Training ein Eis zu gönnen, in einem Café zu sitzen und Leute anzugucken. Doch ihre innere Unruhe trieb sie weiter. Es ängstigte sie das Gefühl, am Abend nach Hause zu kommen, eine Fremde in ihrer Wohnung vorzufinden, die dazu noch Toms leibliche Mutter war, und die Luft flirren zu spüren von verwickelten Emotionen, die Katinka nicht durchschaute und die ihr niemand erklären würde. So gut sie sich mit Tom verstand: In Gefühlsdingen war er zugeknöpft. Was aus ihm herauskam, musste erst einen Damm von gewaltigen Ausmaßen durchbrechen, sodass er problematische Dinge oft erst ansprach, wenn sie in seinem Inneren schon zu einer explosiven Mischung geworden waren. Katinka roch das drohende Unheil förmlich, als sie durch das Stadttor in die Hasengasse trabte. Hier war die Welt klein und überschaubar. Trotz ihrer inzwischen soliden Einkünfte als Privatdetektivin wollte sie sich nicht von ihrer winzigen, in die schmale Gasse geduckten Detektei trennen. Sie mochte das Büro mit dem Schreibtisch, den Besuchersesseln, dem IKEA-Kleiderständer und den vollgestopften Bücherregalen. Ihr vollgekritzelter Terminplaner sah zur Jahresmitte bereits aus wie ein modernes Kunstwerk. Um dem Raum etwas mehr Ruhe zu gönnen, hatte sie ihr geliebtes Dalí-Poster vor einigen Wochen abgehängt und durch einen Bilderrahmen vom Trödelmarkt ersetzt – ohne Bild. Der Anblick der nackten Tapete zwischen den Messingschnörkeln irritierte die meisten Klienten. Katinka nutzte die erste Schrecksekunde gerne als Anlass für ein wenig Smalltalk, um die Stimmung aufzulockern und den Kunden ihre anfängliche Beklemmung zu nehmen. Katinka trat in den kleinen Nebenraum, prüfte ihr Faxgerät und nahm sich ein Mineralwasser aus dem Kühlschrank. Nachdenklich betrachtete sie Charlotte Isensteins Visitenkarte, während sie sich auf ihrem Schreibtischstuhl zurechtsetzte und die Papierhaufen unerledigter, monotoner Aufgaben beiseiteschob. Frau Isenstein wies sich als Geschäftsführerin eines Dentallabors aus. Die Karte fühlte sich teuer an. Katinka griff nach dem Telefon und wählte die angegebene Handynummer. Das Rufzeichen bekam eine Chance von einer halben Sekunde, dann wurde abgenommen.

»Isenstein?«

»Palfy. Dies ist mein versprochener Rückruf.«

»Wunderbar. Wann können Sie kommen?«

Katinka sah auf die Uhr. Kurz vor drei. Sie hatte den halben Nachmittag noch vor sich.

»In einer Stunde, wenn Ihnen das passt. Wo wohnen Sie?«

»Passt mir«, kam es zurück. »Wir wohnen am Schillerplatz.« Sie gab die Hausnummer durch.

»Gut. Bis dann.«

Katinka verbrachte die nächste halbe Stunde damit, aus dem Fenster zu starren, vor sich hin zu brüten und über Mütter und Väter nachzudenken. Schließlich räumte sie hektisch ihren Bürokram zusammen, steckte ein neues

Notizbuch und einen Stift in ihren Rucksack, schrieb einen Einkaufszettel und schwang sich aufs Rad. Auf die Minute pünktlich drückte sie auf den Klingelknopf mit dem Namen ›Isenstein‹.

# 2. Anonyme Post

An dem Mann, der ihr die Tür öffnete, fielen Katinka sofort die knochigen Knie auf. Gnubbelig wie Winterkartoffeln ragten sie unter dem Saum seiner Shorts hervor.

»Frau Palfy?«

»Die bin ich.«

Er trat beiseite und hielt ihr mit Grandezza die Tür auf.

»Bitte. Meine Frau kündigte Sie bereits an.«

Er führte sie in ein herrschaftliches Zimmer. In der Mitte thronte ein schlecht gepflegter, angelaufener Tisch mit kupferner Platte, mächtige abgewetzte Ledersessel standen herum, an der Wand ruhte sich ein Schrank auf Löwenfüßen aus. Es roch leicht nach einer sehr schweren, süßen Zigarre.

»Einen Aperitif vielleicht?«

Ewald Isenstein wandte sich dem monströsen Schrank zu, entnahm ihm eine Kiste, stellte sie aber sofort zurück, als er auf dem Flur Schritte bemerkte.

»Warten wir noch ein Weilchen«, sagte er mit einem verschwörerischen Grinsen. Es machte ihn schlagartig jünger. Katinka hatte ihn auf Ende fünfzig geschätzt, doch nun kam er ihr vor wie ein Lausbub mit faltigen Wangen.

»Grüß Gott, Frau Palfy!« Charlotte Isenstein rauschte herein. »Ich bin am Telefon aufgehalten worden. Setzen Sie sich doch. Möchten Sie etwas trinken?« Ihr Haar sah frisch geföhnt aus und leuchtete mit einem cremefarbenen, sommerlichen Kostüm um die Wette.

»Gern.«

Katinka sank in einen Sessel. Sie saß unerwartet bequem. Das Zimmer passte zu ihrer Vorstellung von einem englischen Club. Schwere Vorhänge waren zurückgezogen und ließen das Sonnenlicht hereinfluten. Es spann feine Fäden durch tänzelnde Staubkörnchen und verfing sich zwischen den Löwenkrallen am Schrank. Die Wände waren in Altweiß gestrichen, vielleicht hatte auch der Zigarrenrauch sie gefärbt. Es gab kein Bild, keine Musikanlage, keine Bücher, keinen Fernseher. Hier empfängt die Herrschaft ihre Gäste, dachte Katinka. Gewohnt wird woanders. Sie lehnte sich zurück und beobachtete schweigend das Ehepaar Isenstein. Musterte Charlottes Kostüm und Ewalds Knie. Aus einer Laune heraus half sie den beiden nicht auf die Sprünge, sah einfach zu, wie sie sich Blicke zuwarfen, als wollten sie auf diese Weise ausfechten, wer die Getränke holen ginge. Schließlich ging Charlotte hinaus. Ihr Mann setzte sich Katinka gegenüber und blinzelte ihr zu.

»Wir warten besser mit dem Schlückchen«, sagte er und wies mit dem Kinn zum Schrank. »Meine Frau mag es nicht, wenn am helllichten Tag Alkohol getrunken wird.«

Er lächelte strahlend. In seinem zerknitterten T-Shirt und den kurzen Hosen, den nackten Füßen in ausgetretenen Sandalen passte er nicht recht zwischen den Löwenfußschrank und den Kupfertisch. Außerdem harmonierte sein Lächeln so gar nicht mit der angespannten Miene seiner Frau. Sie kam mit einem Tablett zurück und deponierte drei Gläser und eine Flasche Apfelsaft auf dem Tisch.

»Wir haben Sie hergebeten, weil wir ein etwas delikates Problem haben.«

Sie schenkte die Gläser voll. Katinka nickte. Alle ihre

Klienten hatten delikate Probleme, nichts für die beste Freundin oder die Kummerkastentante.

»Gewiss haben Sie von dem tödlichen Unfall in Königsberg gehört?« Als Charlotte Isenstein Katinkas verdutztes Gesicht sah, lächelte sie. »Nicht in Ostpreußen. Königsberg in Unterfranken, das sich selbst ›Königsberg in Bayern‹ nennt.«

Katinka kramte in ihrem Gedächtnis. Dass Kaliningrad gemeint sein könnte, wäre ihr sowieso nicht in den Sinn gekommen. Doch das fränkische Königsberg kannte sie nur dem Namen nach, obwohl es kaum dreißig Autominuten entfernt war. Und von einem tödlichen Unfall hatte sie erst recht nichts mitbekommen.

»Davon weiß ich nichts«, sagte sie ehrlich und beschloss, gleich nachher bei Hardo oder Sabine nachzufragen. »Würden Sie mich kurz ins Bild setzen?«

Sie warf einen Blick auf Ewald. Er bewegte versonnen die Zehen.

»Es ist knapp zwei Wochen her. Eine junge Frau wurde am frühen Abend in Königsberg von der Reichsburg gestürzt. Sie brach sich den Hals und war sofort tot.«

Katinka fröstelte. Sie selbst war während der Ermittlungen in einem früheren Fall von dem Mörder, den sie gejagt hatte, über die Mauerbrüstung der Bamberger Altenburg gestoßen worden. Nur durch Zufall oder Fügung hatte sie sich an einem Wasserspeier einen halben Meter tiefer halten können, bis Hilfe kam.

»Sie wurde gestoßen?«, fragte Katinka schnell nach.

»Lesen Sie keine Zeitung? Im *Fränkischen Tag* stand ein großer Artikel.«

Das wäre ein gefundenes Fressen für Britta, dachte Katinka. Ihre Freundin arbeitete als Redakteurin bei ebendieser Zeitung und beschwerte sich regelmäßig mehrmals im Monat, dass Katinka kaum mehr als die Schlagzeilen las.

»Mord oder Selbstmord?«, wollte Katinka wissen und beobachtete Ewald, der mit einem beiläufigen Lächeln zwischen ihr und seiner Frau hin- und herblickte.

»Unklar. Sie haben sicher bessere Kontakte als die von der Zeitung. Egal. Mein Mann bekam jedenfalls zwei Tage nach Erscheinen dieses Artikels einen anonymen Brief. Darin wird er beschuldigt, die Frau über die Mauer gestoßen zu haben.«

Katinka angelte ihr Notizbuch aus dem Rucksack und fragte:

»Wann war das genau?«

Charlotte Isenstein war präzises Antworten gewöhnt.

»Der Unfall – nennen wir es mal so – geschah am Abend des achten Juni. Der Artikel in der Zeitung erschien am Freitag, also am zehnten. Am Montag drauf lag der Brief im Kasten.«

Das war über eine Woche her. Lange acht Tage, um einen anonymen Brief aufzubewahren.

»Kam der Brief per Post?«

»Nein. Es ist keine Briefmarke drauf. Ich bin morgens immer früh an Deck, habe aber niemanden bemerkt und nichts gehört. Als ich um halb acht zur Arbeit ging, lag der Brief im Briefkasten.«

»Kann ich ihn sehen?«

»Sicher.«

Charlotte Isenstein stand auf und öffnete die Seitentür des Schrankmonstrums. Auf einem akkurat geschichteten Zeitschriftenstapel lag ein Kuvert, das sie nun mit spitzen Fingern aufpickte und vor Katinka auf dem Kupfertisch ablegte.

O weh, dachte Katinka. Sie kramte ein Paar Latexhandschuhe hervor und schlüpfte hinein.

»Daran habe ich natürlich nicht gedacht«, verteidigte

sich Charlotte, ohne dass jemand etwas gesagt hätte. »Ich konnte doch nicht ahnen ...«

Der Umschlag war sorgfältig aufgeschlitzt worden.

»Wer von Ihnen hat das Kuvert geöffnet?«, fragte Katinka.

»Ich«, kam es von Charlotte.

Katinka musterte einen ganz gewöhnlichen, billigen Umschlag mit dem Umweltengel-Logo auf der Rückseite. Als Adresse war nur ›Ewald Isenstein‹ angegeben, keine Straße, keine Hausnummer.

»Anonym«, bekräftigte Charlotte, als Katinka den Umschlag umdrehte und vorsichtig den zweimal gefalteten Bogen herauszog.

»Wieder Recyclingpapier simpelster Ausführung«, murmelte Katinka. »Maximal achtzig Gramm. Geschrieben wurde mit einem Kugelschreiber.«

»In der Tat. Viel Geld hat er nicht investiert.«

»Wer: ›er‹?«, fragte Katinka nach.

»Nun, der Absender.« Charlotte wurde rot.

»Warum glauben Sie, dass es ein Mann ist?«

»Ich ... die Handschrift.«

Katinka überflog die kleinen, leicht nach rechts geneigten Buchstaben. Druckbuchstaben, beinahe. Viel zu lesen gab es nicht.

*Ewald Isenstein,*
*ich weiß, dass du die Frau in Königsberg auf dem Gewissen hast. Und ich weiß, dass du noch mehr auf dem Zettel hast.*

Katinka senkte das Papier und schob den Bogen behutsam zurück in den Umschlag.

»Herr Isenstein«, wandte sie sich an das lächelnde Lausbubengesicht. »Wo waren Sie am achten Juni gegen Abend?«

»Das ist es ja gerade«, antwortete seine Frau für ihn. »In Königsberg.«

Katinka schluckte ihre Überraschung hinunter.

»Herr Isenstein?« Sie ignorierte Charlottes auf und zu klappenden Mund.

»Meine Frau«, sagte Isenstein mit vielsagendem Augenaufschlag, »sieht die Dinge anders als ich.«

»Das glaube ich Ihnen«, erwiderte Katinka. »Wir haben alle unseren subjektiven Blick. Im Moment genügt es mir, wenn Sie mir sagen, was Sie am achten Juni gemacht haben.«

Isenstein zögerte. Er sah zu seiner Frau, dann zu Katinka. Nervös klimperte er mit den Fingern auf seinen spitzen Knien.

»Wir haben ein Haus in Königsberg«, half Charlotte schließlich aus.

Noch eins?, dachte Katinka. Laut sagte sie:

»Wo genau?«

»In der Marienstraße, gleich beim Kunsthandwerkshof. Dreihundert Jahre altes Fachwerk«, antwortete Charlotte. »Ewald nimmt sich ab und zu eine Auszeit. Draußen in Königsberg kann er für sich sein und schreiben.«

»Und das haben Sie am Achten getan?«

Ewald nickte kaum merklich und spielte weiter auf seinen Knien Klavier.

»Sind Sie Schriftsteller?«

»Ja!«

Das kam wie aus der Pistole geschossen. Katinka überlegte fieberhaft, ob sie den Namen Isenstein schon einmal auf einem Buchcover gesehen hatte.

»Sie waren den ganzen Abend in Ihrem Haus?«, fragte sie rasch, um den Faden nicht zu verlieren.

Er nickte. Sein Gesicht verzog sich zu einer mürrischen Grimasse.

»Kann das jemand bezeugen?«

Ewald schüttelte den Kopf und sah dabei noch grimmiger aus.

Katinka legte ihr Notizbuch auf ihren Schoß. Es gab eine Menge Fragen, die sie stellen musste. Sie begann mit der einfachsten.

»Warum gehen Sie nicht zur Polizei?«

»Wir wollen kein Aufsehen.« Das kam von Charlotte.

»Die Kriminaltechnik kann mittlerweile beinahe Unmögliches«, sagte Katinka und wies auf den Brief.

»Ich halte die Sache im Grunde für einen schlechten Scherz«, erklärte Charlotte.

Tust du nicht, dachte Katinka. Sonst hättest du mich nicht angequatscht und würdest nicht so verkniffen dreinschauen.

»Wir dachten, eine Detektivin könnte der Sache diskret nachgehen.«

»Was genau soll ich für Sie herausfinden?«

Bevor Charlotte Isenstein antworten konnte, erhob sich Ewald und schlurfte zur Tür hinaus, ohne einen Blick oder einen Gruß, kraftlos wie ein Greis.

Ein paar Sekunden war es still zwischen den Ledersesseln. Dann machte Charlotte »Puuuh!«, fuhr sich erleichtert durchs Haar und sagte leise: »Endlich können wir offen reden.«

Was Katinka in der nächsten halben Stunde erfuhr, klang märchenhaft und bedrückend zugleich. Die Geschichte erklärte, warum Charlotte ihren Mann als keinen gewöhnlichen Kunden beschrieben hatte, und verstärkte Katinkas Gefühl von drohendem Unheil.

Ewald Isenstein war ein begeisterter Lehrer gewesen, der mit den Fächern Deutsch und Erdkunde nicht nur seinen Beruf, sondern auch seine Berufung gefunden hatte. Dann riss vor sechs Jahren ein Motorradfahrer Ewald auf dem Schulweg von seinem Fahrrad. Ewald zog sich schwere Kopfverletzungen zu. Seitdem litt er an epileptischen Anfällen und Persönlichkeitsveränderungen, die Charlotte als Dostojewski-Syndrom beschrieb. Sie bestand darauf, dass dies der korrekte medizinische Begriff sei.

»Er ist ein völlig anderer Mensch geworden«, sagte Charlotte dumpf. »Es ist wie ein Riss in seinem Hirn. Früher war er positiv, sportlich, konnte Bäume ausreißen. Jetzt wechseln seine Stimmungen beinahe stündlich. Sie haben es doch bemerkt. Erst ist er zugänglich, freundlich und charmant, dann mit einem Mal wird er mürrisch oder zornig. Er kann unglaublich aggressiv sein. Er wird nicht handgreiflich, das nicht, aber er verströmt Groll und Wut.« Sie seufzte. »Er hat ein Gefühlsleben, bei dem ich nicht mehr mithalten kann. Wie soll ich das erklären ... er ist plötzlich religiös geworden. Nicht dass er in die Kirche gehen würde. Seine Religiosität bleibt privat. Sie ist düster, bedrohlich. Sie jagt ihm Angst ein.«

Katinkas Stift raste übers Papier, während Charlotte weitererzählte. »Außerdem schreibt er wie ein Verrückter. Er nennt sich einen Schriftsteller, ohne auch nur ein einziges Buch verfasst zu haben. Er schreibt und schreibt, füllt bergeweise weiße Blätter. Hypergraphie nennt man das. Er lässt nicht mal einen Rand. Manchmal dreht er den Bogen um und schreibt zwischen den Zeilen weiter.«

Katinka verkniff sich ein Grinsen. Für eine ordnungsliebende Frau wie Charlotte Isenstein, die ihre Zeitschriften mit dem Lineal zu stapeln schien, mochte es unerträglich sein, auf einem Blatt Papier keinen Rand zu lassen.

»Manchmal redet er so viel, wie er schreibt. Denken Sie nicht, er würde irgendwelche sinnvollen Texte produzieren. Nein. Unzusammenhängendes, wirres Zeug. In rauen Mengen.« Charlotte sprang auf, als müsse sie ihrer Erregung nachgeben, und setzte sich wieder. »Es ist fast unerträglich, mit ihm zu leben. Am schlimmsten sind die Anfälle.«

»Ich nehme an, das Haus in Königsberg ist mehr eine Zuflucht für Sie als für Ihren Mann?«, fragte Katinka.

»Wenn er dort ist, kann ich aufatmen. Ich bin mehr als zehn Stunden täglich im Geschäft, denn die Atmosphäre hier im Haus ist unberechenbar.«

Katinka nahm zum ersten Mal die vielen Fältchen um Charlotte Isensteins Augen wahr.

»Kann Ihr Mann denn alleine bleiben, dort in Königsberg?«

»Er bekommt Medikamente. Aber ich muss dafür sorgen, dass er sie nimmt. Nein, es wäre besser, er wäre nicht alleine dort. Aber ich kann manchmal einfach nicht mehr.«

»Haben Sie Kinder?«

»Zwei. Mariele und Markus. Sie sind schon erwachsen und aus dem Haus. Haben sich beide der Architektur verschrieben. Markus hat sein eigenes Büro gleich um die Ecke, an der Nonnenbrücke. Mariele studiert noch. Die beiden kommen selten in dieses Haus. Wir alle suchen den alten Ewald. Aber der ist unwiederbringlich verloren.«

»Gibt es keine Therapien?«, wollte Katinka wissen, obwohl sich die Frage in ihren Ohren falsch anhörte.

»Ich bin auf der Suche. Jeden Tag durchforste ich das Internet. Hypergraphie. Schläfenlappenepilepsie. Dostojewski-Syndrom. Noch habe ich nicht alles abgegrast.«

Katinka sah Charlotte Isenstein vor sich, wie sie sich an der Computertastatur festhielt, um nicht durchzudrehen.

»Haben Sie den Zeitungsartikel noch, in dem über den Mord berichtet wird?«

»Nein, leider nicht. Ich habe die Zeitung noch am gleichen Tag zum Altpapier gegeben.«

Katinka machte sich einen Vermerk.

»Dieser Briefschreiber behauptet, Ewald würde noch weitere Verbrechen planen«, sagte Katinka sanft. »Wir können das nicht auf sich beruhen lassen. Ich muss das der Polizei melden.«

Charlotte klappte das Kinn herunter.

»Aber – nein! Ewald hat niemanden umgebracht. Er hat seine Probleme und seine Stimmungsschwankungen, aber er ermordet niemanden.«

Katinka wollte nicht nachzählen, wie oft sie genau diesen Satz schon gehört hatte.

»Sehen Sie, Frau Isenstein«, sagte sie geduldig. »Wenn es irgendeinen Verdacht gegen Ihren Mann gäbe, Zeugenaussagen oder irgendetwas, dann wäre die Polizei bei Ihnen vorstellig geworden.«

Während sie das sagte, musste sie zugeben, dass Ewald Isenstein im Kontext des anonymen Briefes durchaus Aufmerksamkeit erregen würde. Ein Geisteskranker, der durch Aggressionsschübe auffiel und zur Tatzeit alleine in seinem Haus in der Nähe des Tatorts gewesen war. Oder am Tatort.

»Morde hinterlassen Spuren«, redete Katinka weiter. »Fasern am Körper des Opfers, an Mauern, im Gras, in der Erde. Haare, Blut oder Hautpartikel, von denen eine DNA-Probe genommen werden kann. Wenn Spuren da sind, dann können die Ermittler Ihren Mann sofort ausschließen.« Wenn er es nicht doch war, fügte sie im Stillen hinzu.

Charlotte Isenstein starrte düster auf die Tischplatte vor sich. Katinka griff endlich zu ihrem Glas und trank einen

Schluck. Der Saft war warm geworden und schmeckte klebrig.

»Ich möchte wissen«, sagte Charlotte so leise, dass Katinka sich konzentrieren musste, um alles mitzukriegen, »wer diesen elenden Brief geschrieben hat. Ich bitte Sie, nur das herauszufinden.«

Katinka leckte sich die süßen Saftreste von den Lippen.

»Auch hier hat die Polizei bessere Möglichkeiten. Sie können einen Handschriftenkundler dazubestellen.«

»Himmelherrgott!«, fuhr Charlotte auf. »Wollen Sie kein Geschäft machen? Nehmen Sie den Auftrag an oder nicht!«

Katinka hätte am liebsten laut gelacht. Dies hier war kein Geschäft, und sie musste den Brief der Polizei zeigen, sobald sie mit dem Kuvert im Rucksack aus diesem Haus verschwunden war. Am liebsten hätte sie »nein« gesagt. Aber dann öffnete sich ihr Mund ganz von selbst und nannte einen um dreißig Prozent erhöhten Tagessatz. Charlotte Isenstein ging hinaus und kam kurz darauf mit mehreren grünen Scheinen in der Hand zurück. Katinka zog ihren Quittungsblock aus dem Rucksack, trug den Betrag ein und unterschrieb. Sie würde die Summe zurückzahlen müssen. Es kam nicht in Frage, dass sie den Fall bearbeitete. Charlotte intervenierte nicht, als Katinka schließlich den anonymen Brief in einer Plastiktüte verstaute und einpackte.

»Ich melde mich bei Ihnen, Frau Isenstein. Sollte wieder ein Brief kommen, dann rufen Sie mich sofort an.« Sie legte mit einigen Minderwertigkeitsgefühlen ihre Visitenkarte auf den Tisch. Sie war nicht einmal halb so teuer wie Charlottes.

»Wiedersehen«, sagte Charlotte Isenstein an der Haustür. Sie zögerte einen Augenblick, sah Katinka schließlich offen an und sagte:

»Wissen Sie, was das Schlimmste ist?«
Katinka schüttelte den Kopf.
»Er hat keinerlei sexuelles Interesse mehr.«

# 3. Carla Nerius

In der Polizeidirektion brachte ein wohlgesonnener Beamter Katinka zu Hauptkommissar Uttenreuthers Büro.

»Herein«, kam es ungnädig.

Der Beamte grinste schief und verschwand. Katinka trat ein.

»Ach, Palfy!« Hardo stand auf und kam zu ihr herüber. »Was verschafft mir die Ehre?«

»Dies ist ein geschäftlicher Besuch.«

»Sie besuchen mich doch ohnehin nur aus beruflichen Gründen«, sagte er ein wenig vorwurfsvoll. Er hatte recht. Katinka traute ihren Gefühlen nicht über den Weg und vermied es in letzter Zeit, Hardo privat zu sehen, obwohl sie ihn vermisste, wenn sie sich allzu lange nicht trafen. Außerdem steckte da immer die noch Erinnerung an jene Januarnacht, in der sie ihm das Leben gerettet hatte, in ihrem Bauch und flatterte und raunte. Das Krafttraining war eine perfekte Zwischenlösung: Sie sahen sich, aber nicht allein.

»Ich brauche eine Information über einen Unfall in Königsberg.«

Hardo zog ein Gesicht.

»Der Verbindungsbeamte für Russland hat schon Feierabend.«

»Für Königsberg in Bayern.«

»Dafür sind wir nicht zuständig.«

»Aber Sie kennen doch sicher einen Kollegen, oder?«

Er wies auf den Stuhl vor seinem Schreibtisch. »Setzen

Sie sich. Welcher Unfall? Stecken Sie in Schwierigkeiten?« Sein massiger Körper sank auf den Bürostuhl.

»Nicht jedes Mal, wenn ich zu Ihnen komme, klebt mir Morast an den Fersen.«

»Nein«, bestätigte Hardo. »Das Verhältnis liegt in etwa bei fünfzig zu fünfzig. Entweder gibt's Ärger, oder Sie brauchen Informationen, an die Sie anders nicht herankommen.«

Katinka seufzte. Es hatte keinen Sinn, ihm weiter aus dem Weg zu gehen. Ich bin unehrlich, schoss es ihr durch den Kopf. Ich denke nicht an die Nacht, in der er angeschossen wurde. Sondern an die vorherige. Daran, wie wir in der Hütte eingeschneit waren und Hardo die Notbremse zog, bevor wir eine Affäre beginnen konnten. Sie blickte auf. Der Kommissar sah sie so durchdringend an wie immer: Wie Scheinwerfer leuchteten seine grauen Augen ihre Gedanken aus.

Katinka berichtete von dem Unfall in Königsberg. Sie erwähnte weder den Namen Isenstein noch den anonymen Brief. Ohne nachzufragen, warum sie sich dafür interessierte, griff Hardo zum Telefonhörer und wählte. Sie lauschte seiner tiefen, rauen Stimme, die stets ruppig und ein wenig unhöflich klang. Ein paar knappe Hms und Ahas, dann legte er auf und sagte:

»O.k., Katinka. Bisher ist der Fall ungeklärt. Selbstmord, Unfall, oder Mord, alles ist drin.«

»Mit wem haben Sie gesprochen?«

»Mit der Kollegin aus Haßfurt.«

»Kollegin?«

Er grinste schief.

»Also. Die Leiche wurde gegen neun Uhr abends von drei Jugendlichen entdeckt, die in der warmen Frühlingsnacht ein stilles Plätzchen im Burggraben suchten, um sich mit Bier abzufüllen. Die Tote ist von der

Holzbrücke in den Burggraben gestürzt. Sie schlug unten mit dem Kopf auf einer Mauer auf. Dabei brach sie sich das Genick.«

»Kann sie von selbst dort hinuntergestürzt sein?«

»Es sind keine eindeutigen Hinweise gefunden worden.« Hardo furchte die Stirn. »Keine Faserspuren an der Kleidung, keine Hautpartikel unter den Fingernägeln oder andere Anzeichen für einen Kampf. Kein Alkohol, keine Drogen.«

»Es würde also nichts dagegen sprechen, dass die junge Frau sich selbst in den Tod stürzte?«

»Genauso logisch wie ein Unfall.«

»Gibt es einen Abschiedsbrief?«

»Es wurde keiner gefunden. Aber das spricht nicht unbedingt gegen Selbstmord.«, sagte Hardo. »Es macht ihn nur ein paar Grade unwahrscheinlicher.«

Katinka rieb sich gedankenverloren die Nase.

»Wie alt war die Frau?«

»Genau ein halbes Jahr nach ihrem achtzehnten Geburtstag ist sie gestorben. Und jetzt verraten Sie mir, weshalb Sie sich für diese Geschichte interessieren.«

»O.k. Aber Sie verraten mir den Namen der Toten.«

Hardo zog die Augenbrauen zusammen. »Beatrix Hanf.«

»Wohnhaft in Königsberg?«

Er ging nicht drauf ein.

»Ich höre.«

Katinka leckte sich die Lippen.

»Gut. Es geht um einen neuen Fall.«

»Ach was.«

»Endlich mal keine langweiligen Betrügereien, Unterhaltsgeschichten oder Eheprobleme.«

Hardo legte seine großen Hände auf den Tisch.

»Bevor etwas anbrennt, sagen Sie mir Bescheid, ja?«

Katinka lächelte. Seine Sorge stand so deutlich auf seinem Gesicht, als trüge sie eine scharfe Handgranate in der Hosentasche.

»Keine Angst.«

»Wie geht's Tom?«

Etwas Heißes schoss durch Katinkas Magen. Sie hatte den bevorstehenden Besuch verdrängt.

»Er wird gerade am Bahnhof sein.«

»Wollte er Sie nicht dabeihaben?«

»Nein. Ehrlich gesagt bin ich froh drum.« Sie mochte nicht zugeben, wie sehr sie sich vor dem Zusammentreffen mit Carla Nerius fürchtete.

Hardo nickte langsam. Er stand auf.

»Wenn Sie mich brauchen, dann wissen Sie, wo Sie mich finden.«

»Am Handy«, lächelte Katinka, um ihre Verlegenheit zu überspielen. »Wenn nicht gerade der Akku leer ist oder der Herr Hauptkommissar das Telefon ausgeschaltet hat.«

»Lästermaul!« Er kam um den Schreibtisch und küsste sie auf die Wange. »Passen Sie auf Ihren Liebsten auf.«

Er brachte sie zum Eingang hinunter. Ich sollte ihm wirklich von dem Brief erzählen, dachte sie.

Katinka radelte in die Hasengasse, schrieb ins Reine, was sie sich notiert hatte und beobachtete die Zeiger der Uhr bei ihrer Wanderschaft über das Zifferblatt. Ihr Herz klopfte herausfordernd gegen ihre Rippen, und in ihrem Bauch spielten Urzeittiere kesse Schattenspiele. Mochten andere Frauen das Schicksal beklagen, welches ihnen eine ungenießbare Schwiegermutter vorgesetzt hatte – für Katinka Palfy hatte der große Plan zwei von der Sorte vorgesehen. Sie seufzte und wischte ihre schweißnassen Hände auf der Sitzfläche ihres Stuhls ab. Um halb neun packte sie ihre Sachen zusammen.

Das erste Zusammentreffen von Mutter und Sohn hatte seine Intimität gehabt. Nun würde sie sehen, was sie beitragen konnte.

Carla Nerius saß mit gekreuzten Beinen auf dem Sofa und hielt ein Glas Bier in der Hand. Katinkas Mund fühlte sich trocken an, als sie neben Tom ins Zimmer kam.

»Darf ich vorstellen?«, sagte Tom und legte Katinka den Arm um die Schulter. »Das ist Katinka. Meine Frau.«

»Was du nicht sagst«, schoss es aus Katinka heraus, noch bevor sie ihre Gedanken unter Kontrolle bekam.

»Ich freue mich sehr! Ich bin Carla.«

Carla Nerius erhob sich, ging auf Katinka zu und drückte ihr feierlich die Hand. Dann nahm sie sie kurz in die Arme und sagte lächelnd: »Es tut mir leid, dass ich mich so spontan und eigenmächtig bei euch angesagt habe. Aber ich musste es einfach tun.«

Katinka musterte ihr braungebranntes Gesicht, die strahlenden blauen Augen, die feingeschnittene Nase. Carlas Haare waren kurz wie Streichhölzer, braun mit einem Hauch Frost darin. Ein auffälliges Silberamulett glitzerte in ihrem Ausschnitt. Sie trug eine bunte Seidentunika über engen Jeans. Stets hatte Katinka eine starke Ähnlichkeit zwischen Tom und seinem Vater festgestellt. Beide waren blond, ihre Augenpartien glichen sich. Aber Tom war eindeutig der Sohn dieser schlanken Frau: Beider Lippen zeichneten einen feinen Bogen, und wenn sie lächelten, entstanden die gleichen Grübchen neben den Mundwinkeln. Kein Labor würde eine deutlichere Auskunft geben können.

»Herzlich willkommen«, versuchte es Katinka.

»Wir haben schon mal eins getrunken«, sagte Tom angelegentlich. »Willst du auch ein Bier?«

»Und was gibt's zu essen?«

»Ich habe schon bemerkt, dass Tom ein Händchen fürs Kochen hat«, meldete sich Carla.

Wenigstens sagte sie nicht ›mein Sohn‹.

»Wie ist dein neuer Fall?«, fragte Tom, während er Bratwürste in Milch wendete und die Pfanne heiß werden ließ.

Carla war ihnen auf bloßen Füßen in die Küche gefolgt.

»Du bist Detektivin«, sagte sie bewundernd. Katinka dankte es ihr mit einem Lächeln. Sie war gewohnt, dass man ihren Beruf beim ersten Kontakt mit einem unsicheren Grinsen kommentierte.

»Ja. Ich habe seit heute eine neue Klientin.«

»Worum geht's da?«, wollte Carla wissen, während sie zum Kühlschrank ging und sich ein neues Bier nahm.

»Jemand wird anonym gewisser unschöner Dinge bezichtigt«, sagte Katinka vorsichtig. »Mehr kann ich dazu nicht sagen.«

»Spannend. Ich habe früher alle Chandlers gelesen. Marlowe ist meine Lieblings-Krimifigur.«

Katinka biss sich auf die Lippen. Seit sie ihm das Leben gerettet hatte, nannte Hardo sie im Scherz manchmal Marlowe. Sie nahm sich ebenfalls ein Bier. Carla reichte ihr den Öffner.

»Krimis«, sagte Katinka, »sind spannend. Aber meine Fälle sind mehr wie Rechenaufgaben oder wissenschaftliche Rätsel. Total logisch zu lösen.« Das stimmte nicht ganz. Manchmal tat die Intuition etwas mit Katinka, das sie nicht erklären konnte.

»Alles rational?«, fragte Carla.

Es zischte, als Tom die Bratwürste in das heiße Fett legte.

»Sie untertreibt«, sagte er. »Sie rettet Leuten das Leben, verhindert Katastrophen und findet Verlorene wieder.«

Katinka rollte mit den Augen und lächelte leise, als sie sein Blinzeln bemerkte. Verstohlen beobachtete sie Carla, Teller und Besteck unschlüssig in der Hand. Carla nahm sie ihr ab und deckte den Tisch. Sie aßen konzentriert, als wollten ihnen die Würste aus den Tellern springen. Um Toms Stirn wölkte eine feindselige Unentschlossenheit, die Katinka ihm gerne weggepustet hätte. Carla machte Konversation, ohne dass Katinka später hätte sagen können, worüber sie gesprochen hatten. Tom beteiligte sich einsilbig, wenn es nicht anders ging, beschäftigte sich dann mit Töpfen und Pfannen und entließ Katinka und Carla ins Wohnzimmer.

»Ich sollte Ihnen noch das Sofa zurechtmachen«, sagte Katinka unschlüssig.

»Bitte. Duzen wir uns. ›Sie‹ klingt so alt.«

Katinka schätzte Carla Nerius auf Anfang fünfzig. Sie musste sehr jung gewesen sein, als sie Tom bekam.

»Gern.« Katinka suchte Bettzeug heraus und begann, das Schlafsofa zu beziehen. Carla packte mit an.

»Bestens«, sagte sie und musterte das Bett. »Ich sollte schlafen wie eine Tote nach dem langen und aufregenden Tag.«

»Ich würde gerne noch was trinken gehen«, sagte Katinka. Sie lauschte auf Tom, der deutlich hörbar die Tür zu seinem Arbeitszimmer schloss. »Kommst du mit?«

Es war schon nach zehn. Katinka hätte verstanden, wenn Carla Müdigkeit vorgeschoben hätte. Aber keine zwanzig Minuten später saßen sie im *Luitpold* vor einem Glas Wein.

# 4. Das Teufelselixier

Der Mittwoch begann heiß und sonnig. Katinka kämpfte sich aus den Kissen, den Kopf schwer vom Silvaner. Tom saß schon am Rechner und bearbeitete komplizierte Probleme zwischen Null und Eins.

»Morgen«, raunte Katinka und küsste ihn. »Wie geht's?«

Tom brummte etwas, das wie ›o.k.‹ klang. Sie ließ ihn in Ruhe. Mittlerweile kannte sie seine schweigsamen Phasen zu gut, um in ihn zu dringen.

Auf dem Küchentisch lag ein Zettel.

*Ich bin in die Stadt gegangen und schaue mich ein wenig um. Carla.*

Umso besser, dachte Katinka. Sie schenkte sich Kaffee aus der Thermoskanne in einen Becher und trat ans Fenster. Ein langer, blanker Tag lag dort draußen, und obwohl es schon spät war, würde sie einiges mit ihm anfangen können. Nachdenklich blätterte sie in ihren Notizen, starrte auf Wörter wie Dostojewski-Syndrom, Schläfenlappenepilepsie und Hypergraphie. Charlotte Isenstein hatte ihren Mann als Patienten geschildert. Es wurde Zeit, dass sie den Menschen kennenlernte.

Ewald war zu Hause, als Katinka um halb elf ihr Rad am Schillerplatz abstellte und klingelte. Sie hatte nichts anderes erwartet. Sein Leben bestand nur aus seinen Gedanken, Erinnerungen und diesem Haus.

»Frau Palfy, guten Morgen aber auch«, begrüßte er sie und führte sie hinein. »Kommen Sie mit nach oben. Meine Frau ist nicht da.« Er grinste wie ein Jugendlicher, der sich über eine sturmfreie Bude freute.

Katinka folgte ihm eine steile Treppe hinauf bis unters Dach. In einem Zimmerchen mit steiler Dachschräge wies er auf zwei Gartenstühle:

»Setzen Sie sich. Ich hole uns etwas zu trinken.«

Gebeugt von der Bedeutung seiner Worte ging er wieder davon. Katinka sah sich um. Bücher. Unmengen von Büchern. Sie war beruflich schon oft in Häusern gewesen, in denen Bücherwürmer lebten. Aber dies hier übertraf alles. Sämtliche Regale, geschickt zwischen den Schrägen untergebracht, quollen über vor Büchern. Jemand hatte die Bände mit aller Kraft hineingequetscht, die Seitenwände der Regale sahen aus, als wollten sie jede Sekunde nachgeben. An jeder freien Stelle im Raum lagen Bücher. Katinka hob einen Stapel von einem Stuhl und legte ihn auf dem Boden neben anderen Stapeln ab. Ein Tisch war vollkommen unter der Bücherlast verschwunden. Dicke Bände, zerlesene Taschenbücher, Atlanten, Lexika, Broschüren und selbstgeheftete Manuskripte türmten sich, wo immer ein paar Quadratzentimeter Platz blieben. Katinka nahm eines der handgeschriebenen Werke und blätterte es durch. Ewalds verschnörkelte Handschrift hatte dem Papier alles Weiß abgerungen. Er schrieb nicht nur extrem engzeilig, sondern füllte zudem den schmalen Rand und schrieb anschließend noch einmal quer über die Seite und über alle anderen Buchstaben hinweg. Mühsam entzifferte Katinka ein paar Wörter. Sie fand den Text unzusammenhängend, wirr und schlecht lesbar, nicht nur wegen der stilisierten Schrift und den vollgestopften Seiten. Da gab es wenig Inhalt, nichts, was wirklich eine Erzählung gewesen wäre. Fetzen von Eindrücken gruppierten sich zu einem chaotischen Sammelsurium an Wörtern und Sätzen. Manchmal schrieb Ewald nur Silben. Eine halbe Seite

›ba‹, sonst nichts. Mindestens hundert solcher Blätter hatte Ewald zusammengetackert, und alle lieferten sie dasselbe Bild. Seine Produktion musste enorm sein. Katinka legte das Heft weg und nahm ein anderes. Das gleiche Chaos. Der Eindruck einer schier unerschöpflichen Schaffenskraft ohne Inhalt.

»Gefällt es Ihnen?« Ewald stand in der Tür. In der Hand hielt er ein Holzkistchen.

»Wie viel schreiben Sie denn so am Tag?«

Ewald lächelte stolz, während er das Kistchen auf einer zerfledderten Ausgabe von Heines ›Wintermärchen‹ abstellte und ihm eine Flasche entnahm. Theatralisch hielt er sie gegen das Licht. Die Flüssigkeit leuchtete golden wie Bernstein.

»Was ist das?«, fragte Katinka neugierig.

»Ich nenne es Teufelselixier.« Er betrachtete die Flasche liebevoll, suchte zwei Gläser aus dem Durcheinander auf dem Tisch, wischte sie mit einem Zipfel seines T-Shirts aus und schenkte ein.

»Genießen Sie den Trunk, Frau Palfy«, flüsterte er. »Eine höchst mystische Sache.«

Zweifelnd nahm Katinka das Glas entgegen. Sie nippte und schmeckte einen süßen, schweren Dessertwein.

»Das ist gut«, sagte sie überrascht.

Ewald lächelte hocherfreut.

»Ja. Sie haben recht. Sie sind es wert, Frau Palfy.« Er fuhr sich durch sein schütteres Haar. »Nicht jeder versteht.«

»Nein«, sagte Katinka und dachte an Carla und Tom. »Nicht jeder, das kann man wirklich sagen.« Sie nahm noch einen Schluck. Schwer und brennend rann der Wein ihre Kehle hinunter. »Aber was ist das?«

Ewald schwenkte die Flasche gegen das Licht.

»Vin Santo. Aus Italien.« Seine Augen funkelten.

»Messwein?«

»Heiliger Wein.«

»Warum nennen Sie ihn Teufelselixier?«

Ewald wiegte den Kopf.

»Eine Inspiration. Setzen Sie sich. Sie sind hier, um mehr über mich zu erfahren? Sie wollen wissen, ob es jemanden gibt, der mir böse will?«

»Mich interessiert Ihre Familie, Herr Isenstein.«

»Ich habe eine Frau, zwei Kinder, beide erwachsen. Ein Haus. Zwei Häuser.«

»Besuchen Ihre Kinder Sie ab und zu?«

Isenstein zuckte die Schultern.

»Das ist nicht besonders wichtig.«

»Warum nicht?«

»Wissen Sie, dass ich als Kind mit meiner Mutter aus Ungarn geflüchtet bin?« Isenstein schenkte Wein nach. Besorgt dachte Katinka an ihren Alkoholpegel von gestern. »Aufstand. Ungarn 1956. Sie wissen doch!«

»Ich bin Historikerin.«

Sie sagte es, wie um es sich selbst zu bestätigen. Unten ging die Haustür. Ärgerlich hob Katinka den Kopf. Wenn Charlotte dazukäme, wäre das Gespräch mit Ewald gelaufen. Sie beobachtete ihn. Er lauschte aufmerksam.

»Das ist Bernhard«, sagte er, stand auf und rief ins Treppenhaus. »Hier oben!«

Ein Mann mit aufgedunsenem Gesicht, Jeans, über deren Bund ein Bauch quoll, und einem zerknitterten Hemd stiefelte die Treppe herauf.

»Ewald«, begann er, stutzte, als er Katinka sah, und blickte Ewald Isenstein vorwurfsvoll an. »Wer ist das?«

»Das ist Frau Palfy«, sagte Ewald und sah so zerstreut aus, als frage er sich, weshalb Katinka eigentlich hier war.

»Katinka Palfy«, sagte Katinka und hielt ihm die Hand hin.

»Kroll!«, schnauzte er unfreundlich und sah Katinka nicht an, als er flüchtig ihre Hand drückte. »Hast du getrunken, Ewald?«

Ewald Isenstein presste die Flasche Messwein an sich wie einen Welpen.

»Du solltest das endlich lassen«, fügte Kroll hinzu.

Ewald beeilte sich, sein Teufelselixier in der Kiste zu verpacken. Zärtlich schloss er den Deckel und sagte:

»Was willst du?«

»Nach dir sehen!«

Ewald sah nicht erfreut aus.

»Danke. Auf Wiedersehen, Bernhard, auf Wiedersehen, Frau Palfy.« Er klemmte seine Kiste unter den Arm und ging aus dem Zimmer. »Nichts anfassen!«, rief er, schon an der Treppe. »Keinesfalls etwas anfassen.«

»Was machen Sie hier?«, fragte Kroll.

»Und Sie?«, entgegnete Katinka.

»Das geht Sie einen feuchten Kehricht an!«

»Gleichfalls.«

»Wenn Sie Ewald in irgendeiner Weise durch den Dreck ziehen wollen, dann gnade Ihnen der Allmächtige, das sage ich Ihnen.«

Katinka fiel der derbe Dialekt des Mannes auf. Gereizt schob er ein paar Bücher hin und her.

»Nichts anfassen!«, sagte sie lauter, als sie vorgehabt hatte. Dann stieg sie die Treppen hinunter und suchte Ewald. Er saß vor dem Schrankmonster und starrte düster vor sich hin. Als sie sich von ihm verabschiedete, nickte er beiläufig und kramte aus seiner Hosentasche einen winzigen Notizblock. Sie sah ihm zu, wie er zu schreiben begann, gierig wie ein Süchtiger, der sich das erste Glas des Tages genehmigte. Fast schien es, als schriebe er unter Diktat. Katinka lauschte auf Kroll, dessen schwere Schritte die Treppe herabkamen. Kerle wie ihn kriegte sie klein. Sie nickte Ewald zu und verließ das Haus.

Die sommerliche Begrünung am Schillerplatz verbarg Katinka perfekt, als Kroll nach wenigen Minuten aus dem Haus trat. Er bestieg ein altertümliches Damenrad und fuhr Richtung Nonnenbrücke. Katinka nahm die Verfolgung auf. Kroll radelte gemütlich dahin, ohne sich groß um den Verkehr zu scheren, und brachte bei der Abzweigung zum Fluss einige Autofahrer zum Fluchen. Katinka folgte ihm das Mühlwörth entlang, bis er stehen blieb, umständlich einen Schlüsselbund aus der Hosentasche angelte und aufschloss. Katinka wartete einige Minuten ab, bevor sie die Namensschilder genauer studierte. *Bernhard Kroll.* Sie klingelte.

Er riss die Haustür auf wie ein ausgehungerter Wolf in Erwartung der sieben Geißlein.

»Sie?«

»Haben Sie auch noch was anderes drauf als Patzigkeit?« Katinka drängte sich an ihm vorbei. »Verraten Sie mir, warum Sie den anonymen Brief geschrieben haben?«

Kroll blieb einen Augenblick vor Empörung der Mund offen stehen.

»Sind Sie irrsinnig? Wer sind Sie überhaupt!«

»Privatdetektivin.«

»Ach so!« Er sah richtiggehend erleichtert aus. »Sagen Sie das doch gleich. Kommen Sie.«

Er führte sie in eine kleine, aufgeräumte Küche.

»Charlotte sagte gestern am Telefon, dass sie eine Lösung im Kopf hätte für das ... Problem.«

»Welches Problem?«

»Na, den anonymen Brief! Sie sind doch kaum schwer von Begriff, wenn Sie als Detektivin arbeiten, schätze ich?« Er setzte eine Kaffeemaschine in Betrieb. »Wir wollen wissen, wer diesen Brief geschrieben hat und was dahintersteckt.«

»Wer ist ›wir‹?«

Krolls Gesicht wurde dunkelrosa.

»Ich bin Ewalds ehemaliger Kollege. Als Referendare sind wir gemeinsam ins Berufsleben gestartet. Ewald mit Deutsch und Erdkunde, und ich mit Mathe und Physik. Dann hatte er den Unfall. Zwei Jahre vorher wurde ich frühpensioniert. Ich hatte ein paar schwere Bandscheibenoperationen.«

»Sind Sie Freunde? Sie und Ewald?«

»Ja. Würde ich sagen. Aber es ist schwierig, mit Ewald befreundet zu sein seit seiner Kopfverletzung.« Er stellte Tassen auf den Tisch. »Seine Persönlichkeit hat sich gewandelt. Von einem extrovertierten Menschen voller Ideen und Energie zu einem Bündel eigenartiger Verhaltensweisen.« Eine Zuckerdose gesellte sich zu den Tassen. »Verzeihen Sie, aber ich kann das nicht erklären. Ich halte zu ihm, aber er ist mir fremd geworden, und aus unserer Freundschaft wurde so etwas wie eine Betreuungsleistung.«

Katinka setzte sich. Auf dem Tisch lag allerlei Kram. Auch ein Einkaufszettel. Bernhard Kroll schrieb in kleinen, bauchigen Buchstaben. Das g hatte keinen Bogen und sah fast aus wie ein q. Während er sich an der Kaffeemaschine zu schaffen machte, steckte sie den Zettel ein.

»Sie halten aus Pflichtgefühl zu ihm?«

Kroll schnaubte. Er stellte den Filter in die Spüle und goss Kaffee ein.

»Pflichtgefühl. Wie Sie das sagen. Als sei das etwas Ekelhaftes. Die Pflicht hält uns zusammen, wenn der Gefühlskitt schon rausgebröselt ist.« Er schob die Kanne weg. »Ewald ist ein guter Kerl. Er leidet an Anfällen, an den Erinnerungen, die ihn aus dem Hinterhalt überfallen. Aber er ist kein Mörder.«

Katinka rührte in ihrer Tasse.

»Wie war das mit der Flucht aus Ungarn?«

»Ewald war fünf Jahre alt. Seine Mutter war Ungarin. Sie muss eine wichtige Rolle im Vorfeld des Aufstandes gespielt haben, an ganz zentraler Stelle unter den Leuten, die dem Kommunismus den Kampf angesagt hatten. Kam mit Ewald gerade noch raus. Sie gingen nach Hamburg, wo Ewald aufwuchs.«

»Wo war sein Vater?«

»Weg.« Kroll trank Kaffee und verzog das Gesicht. »Hat das Kind gemacht und war verschwunden.«

»Von ihm hat er den Nachnamen? Isenstein?«

Kroll nickte. Katinka betrachtete seine rote Nase, den Schweißfilm auf seiner Stirn und den Tropfen hellbraunen Kaffees, der über sein Kinn rann.

»Wie geht es Ewalds Kindern?«

»Markus ist ein recht erfolgreicher Architekt. Er hat gleich hier an der Nonnenbrücke sein Büro. Mariele studiert noch. Sie ist unter der Woche in Leipzig, kommt aber am Wochenende nach Bamberg. Ihr Freund wohnt hier.«

»Wie gehen denn die Kinder mit der Krankheit ihres Vaters um?«

Kroll schenkte sich Kaffee nach.

»Möchten Sie auch noch?«

Katinka schob ihm ihre Tasse hin.

»Mariele macht das recht gut. Sie ist ein fürsorglicher Typ und mag ihren Vater sehr. Markus tut sich schwerer. Er ist der Ältere, und ihm wurde immer viel Verantwortung aufgebürdet. Sehen Sie, als das Motorrad in Ewald hineinraste, war Markus einundzwanzig. Da galt es, als Erwachsener zu funktionieren. Mariele war erst fünfzehn. Von so einem Mädel kann man doch noch nicht verlangen, dass ...«

Er brach ab und schwieg sich aus über das, was nicht zu verlangen war. Katinka rechnete nach. Der Unfall war sechs Jahre her. Mariele war also jetzt so alt wie ihr Bruder damals. Und Markus ging schon auf die dreißig zu.

»Freunde? Bekannte? Andere ehemalige Kollegen?«

»Ewald hatte immer einen riesigen Freundeskreis. Vorher. Aber so, wie Ewald jetzt ist, schreckt er die Leute ab. Die plötzlichen Stimmungsumschwünge, seine philosophischen Anwandlungen. Er ist so fromm geworden. Nicht wie ein Kirchgänger. Er nimmt nicht einfach irgendwelche Lehren an. Er denkt sich selber Sachen aus.«

»Was zum Beispiel?«

Kroll guckte missmutig drein.

»Er meint manchmal, er selbst sei ›in der Bibel‹. Fragen Sie ihn selbst, wie er das sieht. Mit der Antwort werden Sie garantiert nichts anfangen können.«

Schlagartig verstand Katinka Krolls Griesgrämigkeit. Er konnte Ewald nicht in seine Gedankenwelt folgen und ärgerte sich über seine fehlende Einfühlsamkeit.

»Die alten Freunde sind also nicht mehr da?«

»Sang- und klanglos untergetaucht.« Er sagte es, als sei ihnen nichts anderes übriggeblieben.

»Wie kommen die Isensteins mit ihren Nachbarn am Schillerplatz klar?«

Kroll zuckte die Schultern.

»Die Isensteins sind freundlich und zuvorkommend. Charlotte arbeitet die meiste Zeit. Kinder, die Krach machen könnten, haben sie nicht mehr. Ewald geht selten raus. Er stört niemanden.«

»Sie denken also nicht, dass der anonyme Brief aus der Nachbarschaft kam?«

Kroll grunzte. »Soll ich Ihre Arbeit erledigen?«

Er stand auf und räumte das Kaffeegeschirr in die Spüle. Katinka verstand den Wink.

»Wiedersehen, Herr Kroll.«

»Ich schätze, wir sehen uns wieder«, sagte er, und seine Stimme hatte den pampigen Tonfall zurück.

# 5. Die Tote von Königsberg

**Mein eigenes Ich, zum grausamen Spiel eines launenhaften Zufalls geworden und in fremdartige Gestalten zerfließend, schwamm ohne Halt in einem Meer all der Ereignisse, die wie tobende Wellen auf mich hereinbrausten. – Ich konnte mich selbst nicht wiederfinden![2]**

Es war ein Uhr vorbei, als Katinka ihren Beetle Cabrio1 mit offenem Verdeck vor der Reichsburg in Königsberg parkte. Ein paar dunkle Wolken brauten sich zusammen und gaben dem kleinen mittelalterlichen Ensemble ein düsteres Aussehen. Ihre gemischten Gefühle verdrängend ging Katinka auf die Holzbrücke zu und blickte in den Burggraben hinunter.

Etwa fünfzehn Meter tief lag er unter ihr, harmlos und still. Eine Kastanie breitete ihre braun gesprenkelten Blätter über die Mauer, auf der Beatrix aufgeschlagen war. Wer sich hier herunterstürzte mit der Absicht, sein Leben zu beenden, konnte nicht sicher sein, dass es funktionierte.

Katinka ging durch den Burghof. Das Leben stand still hier oben. Die Schenke war geschlossen. Wie am Tag des Unfalls, dachte Katinka. Mittwoch ist Ruhetag. An der Burg wurden Mauern ausgebessert, sie musste sich um Absperrungen schlängeln und stieg die steilen Stufen an der Westseite hinunter. Die schwarzen Wolken wölbten sich drohend über den Horizont. Katinka ging im Burggraben entlang, an Turmresten vorbei und sah vor sich hoch aufgerichtet die Holzbrücke. Es roch nach Mulch. Hier hatte Beatrix Hanf den Tod gefunden. Katinka schoss ein

[2] E. T. A. Hoffmann, Die Elixiere des Teufels. Seite 63.

Foto von dem dunklen Blutfleck auf dem Stein. Seltsam aufdringlich warf die Burgmauer das Surren der Digitalkamera zurück. Ferner Donner grummelte.

»Auf der Suche nach Spuren?«

Katinka fuhr herum. Ein Mann in Latzhosen wartete geduldig auf ihre Reaktion. Seine Hand lag locker auf einer Schubkarre voller Arbeitsgeräte.

»Grüß Gott«, sagte Katinka, weniger aus Höflichkeit, sondern vielmehr, um Zeit zu gewinnen. »Hier ist der Unfall passiert, nicht wahr?«

Er nickte. Das Weiß seiner Augen schimmerte gelblich. Er war klein. Kleiner als Katinka.

»Haben Sie sie gekannt?«, fragte er.

»Ja«, log Katinka. »Armes Mädchen.«

»Musste viel in ihrem Leben einstecken«, sagte der Gärtner. »Aber umgebracht hat die Beatrix sich trotzdem nicht. Dazu war sie zu gescheit.«

Selbstmord ist keine Frage der Intelligenz, dachte Katinka bei sich.

»Also ein Unfall?«

Er hob die Schultern und wies mit dem Kinn auf die Brücke.

»Würden Sie aus Versehen von da oben runterfallen?«

»Nein. Ich nicht.«

»Die Bea auch nicht«, erklärte er überzeugt. »Mittwochs ist hier nichts los. Ein Mädchen sollte da nicht alleine herumspazieren. Es können immer irgendwelche Kerle mit schlechten Absichten unterwegs sein.« Er wies mit dem Kinn zum Parkplatz. »Schließen Sie mal lieber Ihr Verdeck. Es regnet bald.«

Verblüfft sah Katinka ihm nach, wie er seine Karre gemächlich unter der Holzbrücke durchschob und um die Ecke bog. Vorsicht, mahnte sie sich, hier gibt es überall Augen.

Auf dem Parkplatz schloss sie rasch das Dach ihres Käfers. Nachdenklich ließ sie den Wagen die schmale Straße in den Stadtkern rollen. In Gedanken rüstete sie sich für das Gespräch mit Beatrix‹ Eltern. Sie war hergekommen, ohne sich vorher anzumelden. Intuitiv rechnete sie so eher damit, empfangen zu werden. Das Auto holperte über das unebene Kopfsteinpflaster.

»Salzmarkt«, murmelte Katinka. »Hier muss es sein.«

Ein Sonnenstrahl brach aus den dunklen Regenwolken hervor und brachte die Fachwerkhäuser zum Leuchten wie ein Scheinwerfer. Prachtvolle Rosenstöcke blühten vor den Fassaden.

Katinka parkte vor dem *Regiomontanuskeller*. Drei Häuser weiter entdeckte sie das Namensschild, das sie suchte. Sie klingelte.

»Wer ist da?«

Im ersten Stock sah eine Frau zu ihr herunter.

»Frau Hanf?«

»Ja!« Rote Locken umschwirrten ein gereizt dreinschauendes Gesicht.

»Haben Sie eine halbe Stunde Zeit für mich? Mein Name ist Katinka Palfy.«

»Ich schließe an der Haustür keine Verträge ab und will auch nicht mit Ihnen über die Bibel reden«, kam es barsch.

Katinka fluchte leise. Zwei Häuser weiter saß ein Ehepaar vor seinem Haus und starrte zu ihr herüber.

»Ich bin keine Zeugin Jehovas und habe nichts zu verkaufen.«

»Wie haben Sie gesagt, heißen Sie?«

»Katinka Palfy. Ich bin Privatdetektivin. Ich würde wirklich gern«, sie wies auf die Straße, »mit Ihnen allein reden.«

Das Fenster wurde mit einem Knall geschlossen. Sekunden später stand Katinka vor Beatrix Hanfs Mutter.

»Ich habe mir doch gedacht, dass ich Ihren Namen schon mal gehört habe. Steht nicht ab und zu etwas über Sie in der Zeitung?« Sie trat beiseite, um Katinka einzulassen. Im Haus duftete es nach Lavendel. »Ich bin am Putzen. Ich muss mich ablenken. Verzeihung, ich habe mich nicht vorgestellt: Ich bin Elvira Hanf.«

Katinka streckte die Hand zur Begrüßung aus, aber Elvira Hanf drehte sich um und ging ihr durch einen dunklen Flur voraus.

»Bitte. Setzen wir uns.«

Katinka sah sich im Wohnzimmer um. Ein Sofa, weiß bezogen. Ein Fernseher. Der Teppich war aufgerollt, Putzeimer und Schrubber lagen dekorativ verteilt herum. Staub flockte über den Boden, flirrte durch die Luft. Brösel bedeckten den Tisch.

»Was zu trinken? Ich habe nichts vorbereitet.«

»Danke, nicht nötig«, sagte Katinka rasch. »Es tut mir leid, dass ich wie ein Überfallkommando ins Haus komme. Es geht um Beatrix.«

»Warum sollte sonst eine Detektivin zu mir kommen. Die Polizei war auch schon hier und hat mir Löcher in den Bauch gefragt. Ich sage Ihnen dasselbe: Bea hat niemals Selbstmord begangen. Sie war ein fröhliches Mädchen, machte eine Ausbildung als Arzthelferin in Ebern. Der Beruf gefiel ihr, sie hatte viele Freunde, verstand sich gut mit den Kolleginnen. Sie war jung und gesund und einfach ein positiver Mensch.«

»Kennen Sie einen gewissen Ewald Isenstein?«

Elvira Hanf beugte sich vor, als hätte sie schlecht gehört. Katinka entging nicht, dass sie hinter all der Ruppigkeit, die sie in ihre Stimme legte, den Tränen nahe war.

»Klar, Isenstein ist ein bekannter Name hier. Der Verrückte, der unten in der Marienstraße seine Romane schreibt.«

»Verrückt?«

»Sie wissen doch, wie Dorfklatsch funktioniert. Er ist ein Künstler, einsilbig, redet mit niemandem. Außerdem kommt er nur sporadisch nach Königsberg, und wenn er hier ist, sieht man ihn nicht, weil er nie vor die Tür geht.«

»Kannte Beatrix den Mann?«

»Alle hier kennen ihn. Oder besser: Sie wissen, dass es ihn gibt. Aber was er für ein Mensch ist, das weiß keiner. Man raunt sich zu, er habe einen Unfall gehabt und sei seitdem nicht mehr ganz er selbst.«

»Seine Frau ...«

»... habe ich nie gesehen.« Energisch strich sich Elvira Hanf die Locken hinter die Ohren. »Über die wird auch geredet. Dass sie Geschäftsfrau ist und den Mann aushält mit seiner brotlosen Kunst.«

»Mich wundert nur«, sagte Katinka, »dass sich ein sehr spezieller Mensch wie Ewald Isenstein in einem so kleinen Ort niederlässt, wo jeder ihn beobachtet.«

»Sagen Sie ruhig Kaff, Frau Palfy.« Elvira schnaubte. »Er hat sich hier nicht niedergelassen, er hat hier ein Ausweichquartier. Außerdem ist er wohl recht unempfindlich gegen das Getratsche. Bei uns wird jeder, der nicht stromlinienförmig lebt, zum Opfer übler Nachrede. Das ist der Mechanismus, nach dem so eine winzige Stadt funktioniert. Bea sagte oft, dass Königsberg eigentlich zu schön und zu perfekt sei. Der ideale Platz für einen Künstler. Alles wunderbar hergerichtet, malerisch bis ins Detail. Aber im Innern ...«

Beatrix, dachte Katinka, muss eine realistische Einstellung zu den Denkmälern da draußen gehabt haben.

»Beatrix war also nicht näher mit Ewald Isenstein bekannt? Hat sie ihn mal besucht? Mit ihm geredet?«

Elvira Hanf machte runde Augen.

»Ich wüsste nicht! Eine junge Frau mit achtzehn interessiert sich für andere Menschen als für skurrile Schriftsteller.«

»War Beatrix in den Tagen vor dem Unfall unruhig oder aufgeregt ...«

»... oder irgendwie anders als sonst. Das fragt ihr doch alle«, blaffte Elvira Hanf. »Fehlanzeige. Sie war wie immer. Freute sich, dass endlich der Frühling ausgebrochen war. Verdammt, sie machte eben mal einen abendlichen Spaziergang zur Reichsburg. Wer sollte denn ahnen ...«

Katinka fragte rasch ein paar unverfängliche Dinge, damit Elvira sich beruhigen konnte. Sie erkundigte sich nach Freunden und Hobbys. Da gab es nichts Außergewöhnliches, nur das übliche Leben einer Achtzehnjährigen mit dem gewohnten Auf und Ab.

»Könnte ich mal das Zimmer Ihrer Tochter sehen?«

Elvira Hanf hob ruckartig den Kopf.

»Da haben Sie sich nicht ganz richtig informiert, Frau Palfy«, sagte sie mit einer Spur Schadenfreude in der Stimme. »Bea ist nicht meine Tochter. Sie ist die Tochter meines Bruders.«

Katinka sagte nichts.

»Er und seine Frau starben vor über fünf Jahren bei einem Unfall im Urlaub auf Gran Canaria. Sie waren in einem Geländewagen unterwegs und stürzten in eine Schlucht. Bea wollte nicht mit auf den Ausflug. Sie blieb im Hotel. Ein grauenvoller Schock.«

»Und seitdem haben Sie für Beatrix gesorgt?«

»Ich war eine Weltenbummlerin ohne familiäre Bindung«, sagte Elvira Hanf. »Aber dann ging es ums Ganze. Ich war die einzige lebende Verwandte. Man sollte sich niemals um einen Menschen kümmern. Es bricht einem das Herz, wenn er nicht mehr da ist.«

Sie führte Katinka in den ersten Stock. Beas Zimmer ging zum Salzmarkt. Es war nüchtern eingerichtet und zeigte keinerlei Verspieltheiten, Stofftiere oder Musikposter, sondern wirkte sehr erwachsen. Von einem Foto grinsten sechs Mädchen herab. Sie standen im Schnee und bewarfen den Fotografen mit Schneebällen. Beatrix war leicht zu erkennen: Sie hatte rote Locken, wie ihre Tante.

»Ihre Freundinnen. Sie trafen sich zu einer Skifreizeit in Tirol, um Neujahr herum«, erklärte Elvira Hanf.

Katinka betrachtete die vier Wände, die wenigen Dinge, die Auskunft über ein Leben geben sollten. Sie ahnte, dass Elvira Hanf Stunden hier verbrachte und versuchte, Beatrix nachzuspüren. Katinka straffte die Schultern. Sie musste an ihre Ermittlungen denken und nicht an den Seelenzustand anderer.

»Nehmen wir also an, es war Mord, Frau Hanf«, begann sie.

»Warum sollen wir das annehmen?«

»Sie selbst schließen Selbstmord aus. Ich habe mir die Reichsburg angesehen. Ein Unfall käme in Frage, wenn jemand alkoholisiert oder mit Drogen vollgepumpt dort oben auf der Brücke herumbalanciert. Extrem unvorsichtig ist. Aber eine junge, zufriedene und nüchterne Frau auf einem Abendspaziergang?«

Katinka ahnte, dass sie Elvira Hanf damit einen Gefallen tat, ihre Mutmaßungen offen auszusprechen.

»Ich kann Ihre Gedanken nachvollziehen«, sagte Elvira und setzte sich auf Beas Bett.

»Wenn wir also annehmen«, machte Katinka weiter, »dass jemand sie umgebracht hat, könnten wir die folgende Szenerie vermuten: Ein Mann versucht, sie zu vergewaltigen. Beatrix wehrt sich. Es kommt zu einer Rangelei, der Angreifer stürzt sie über das Geländer und flieht. Denkbar?« »Denkbar. Scheißkerle gibt es überall.«

»Aber so kann es nicht gewesen sein«, sagte Katinka schnell. »Bea würde sich gewehrt haben.«

»Garantiert hätte sie sich gewehrt«, unterbrach Elvira mit Bestimmtheit. »Sie war unheimlich taff. Sie hat sich nichts bieten lassen.«

»Umso besser«, fuhr Katinka fort. »Dann hätte die Polizei Spuren eines Kampfes finden müssen. Außerdem wären auf Beas Kleidern Faserspuren vom Angreifer gefunden worden. Unter ihren Fingernägeln hätten Hautpartikel des Mannes geklebt. Sie selbst hätte ein paar Kratzer abgekriegt. Aber nichts dergleichen war festzustellen. Nur die Verletzungen, die sie sich eindeutig bei dem Sturz zuzog.«

Elvira Hanf wandte sich ruckartig von Katinka ab und hielt sich die Hand vor den Mund. Katinka wartete. Die Ermittler mussten zu dem gleichen Schluss gekommen sein. Wer logisch kombinierte, dachte an Mord. Aber es gab keine eindeutigen Anzeichen. Beatrix Hanf war aus dieser Welt gerutscht, als sei es ein Versehen.

»Mord«, sagte Elvira Hanf unvermittelt und drehte sich um. »Ein großes Wort und eine wahnsinnige Mutmaßung. Aber dann braucht man doch ein Motiv.«

»Richtig«, sagte Katinka. »Nur: Motive findet man immer. Entscheidend sind starke Motive.«

»Man findet immer welche?« Echtes Erstaunen lag in Elviras Augen.

»Ja. Wie oft haben Sie sich über jemanden aufgeregt und sich gedacht, diesen Mistkerl könnten Sie umbringen?«

»Ich habe diese Gefühle, wenn mir jemand eine Parklücke wegschnappt.«

»Dennoch haben Sie bislang keinen von den Parklückenwegschnappern ermordet, schätze ich«, sagte Katinka.

Elvira Hanf lachte. Ein lautes, männliches Lachen.

»Wo Sie recht haben, haben Sie recht.«

»Wer, Frau Hanf? Gibt es da jemanden?«

»Der sie umgebracht haben könnte?« Elvira schnaubte. »Ein paar Jungs interessierten sich schon für sie. Aber das ist doch normal. Das sind doch keine potenziellen Mörder.«

»Sie hatte aber keinen Freund?«

»Nein. Männer waren ihr zu stressig. Behauptete sie. Sie hatte mit sechzehn mal eine zerstörerische Beziehung, die sie Gott sei Dank beendete, bevor der Typ sie kleinkriegen konnte.«

»Was war da los?«

»Na, das kennen Sie doch sicher. Irgendwo laufen immer männliche Exemplare herum, die von den Frauen verlangen, ihr ganzes bisheriges Leben aufzugeben und nur für die Penisträger da zu sein.«

Katinka lachte auf.

»Kommt mir bekannt vor«, sagte sie, bevor sie sich bremsen konnte, und dachte kurz an Toms Vorgänger, dankbar, dass er ihr nur noch selten in den Sinn kam. »Wie hieß der Junge?«

»Junge ist gut. Der war damals schon dreiundzwanzig. Vor gut zwei Jahren verliebte Bea sich so irrsinnig in Micha, dass ihr Verstand kurzfristig aussetzte. Sie war gerade sechzehn geworden. «

»Micha, und wie weiter?«

»Micha Berger. Hier aus Königsberg.«

»Der Polizei haben Sie das ...?«

»... auch erzählt, ja!«, bestätigte Elvira Hanf. »Aber Micha lebt seit einem knappen Jahr in den USA. Er hat sich mit seiner Familie überworfen.«

»Wo waren Sie am achten Juni, abends?«, fragte Katinka.

Elvira kniff die Lider zusammen. Schweiß perlte um ihren Haaransatz. »Hier, zu Hause«, sagte sie betont ruhig. »Ich habe einen Erdbeerkuchen gebacken. Bea liebte Erdbeerkuchen.

Katinka nickte und ging langsam aus dem Zimmer. Sie hätte sich gerne Beas Sachen angesehen, aber die Polizei hatte das mit Sicherheit schon getan und nichts gefunden, was Licht ins Dunkel hätte bringen können.

»Danke«, sagte Katinka. »Ich will Sie nicht länger aufhalten. Könnte ich mal Ihre Toilette benutzen?«

Elvira Hanf wies auf eine Tür neben der Treppe.

Durstig beugte sich Katinka über das Waschbecken und trank Wasser vom Hahn. Sie brauchte zwei Minuten für sich. Mit den Fingern kämmte sie sich die Haare aus der Stirn. Lange drückte sie auf die Toilettenspülung, bevor sie hinausging und im unteren Flur auf Elvira stieß.

»Wegen Isensteins«, sagte sie vorsichtig, »die haben doch Kinder, oder?«

»Zwei, soweit ich weiß. Verflucht, hier weiß man ja über jeden nur irgendetwas Halbes.«

»Kommen die auch ab und zu nach Königsberg?«

»Die Tochter schon, oft mit ihrem Freund. Sie gehen dann im *Regiomontanuskeller* essen oder sie wandern, aber über Nacht bleiben sie selten. Den Sohn habe ich hier noch nie gesehen.«

Katinka drückte ihre Visitenkarte in Elviras kräftige Hand.

»Wenn Ihnen etwas einfällt, was Sie mir sagen möchten, dann rufen Sie mich an.«

Elvira Hanf öffnete Katinka die Haustür. Vom Rathaus wehte eine zarte Melodie herüber. Katinka blieb stehen und lauschte.

»Was ist das?«

»Unser Königsberger Glockenspiel«, antwortete Elvira Hanf und musterte kritisch Katinkas Karte. »Täglich um halb zwölf und halb vier.« Sie steckte die Karte in ihre Jeans und sagte:

»Für wen arbeiten Sie eigentlich?«

»Das kann ich Ihnen leider nicht sagen.«

Elvira Hanf nickte.

»Ich möchte mich für Ihren Besuch bedanken, Frau Palfy. Wirklich.«

Die Tür flog zu.

# 6. Architektur

»Ich kann mich an den Bericht erinnern«, sagte Britta und zog gierig an ihrer Zigarette. »Tödlicher Unfall auf der Königsburger Reichsburg. Ich habe einem Kollegen dabei über die Schulter geguckt. Natürlich nur ganz kurz!«

Katinka grinste. Sie saßen bei einer Tasse Milchkaffee in der Austraße und betrachteten die Schwadronen von Studenten, die sich wie auf einem Laufsteg zwischen Caféstühlen, Fahrrädern, Büchertischen und Postkartenständern durchschlängelten, alle zwei Meter stehen blieben, Küsschen verteilten und herumalberten.

»Ich habe mir das Gelände angesehen«, sagte Katinka und blinzelte gegen die Sonne. »Kein Mensch mit null Prozent Alkohol im Blut fällt einfach so in die Tiefe.«

»Bleiben zwei Lösungen«, bestätigte Britta. Sie kramte in ihrer Kuriertasche und legte einen monumentalen Schlüsselbund mit Bommelanhänger auf den Tisch. Endlich stieß sie auf das, was sie suchte: ihren Geldbeutel. Stirnrunzelnd überprüfte sie ihre Münzen.

»Zwei, ja.« Katinka löffelte Milchschaum und zerbiss die Zuckerkörnchen. »Selbstmord hält ihre Tante für unwahrscheinlich.«

»Mord also. Wer und warum?« Britta steckte die Börse weg. »Du glaubst gar nicht, Katinka, wie mich deine Rätsel inspirieren. Ich bin im Augenblick auf den Confederations Cup angesetzt. Sport ist keines meiner bevorzugten Themen.«

Katinka sah überrascht auf.

»Hast du nicht mit Feuereifer über den Weltkulturerbelauf berichtet?«

»Nachdem du nicht teilnehmen wolltest, musste ja wenigstens eine von uns an vorderster Front dabei sein.«

Katinka stöhnte. Sie trainierte viel und hatte sich für den Sommer ein ehrgeiziges Laufprogramm vorgenommen. Aber gemeinsam mit Tausenden schwitzender Menschen über den Asphalt zu traben, nur weil die Veranstaltung ›Weltkulturerbelauf‹ hieß, konnte sie kaum begeistern.

»Vergiss es, Britta. Ich laufe immer und ausschließlich allein.«

»Ich hätte ein Interview mit dir machen können«, redete Britta weiter und hatte ihren Spaß an Katinkas Ärger. »Bekannte Privatdetektivin unter den ersten zehn.«

»Hätte ich ohnehin nicht geschafft.« Katinka nahm einen Schluck Kaffee. »Also: Was weißt du über die Familie Isenstein?«

Britta setzte sich in Positur. Jetzt kam ihr liebster Part, jener, der ihre schwarzen Augen zum Blitzen brachte: Sie besaß eine Information, die Katinka haben wollte. Britta verstand es, daraus Profit zu schlagen.

»Mach dich bereit. Hast du einen Ersatzkuli dabei?«

Katinka grinste.

»Schieß schon los.«

»Über Ewald Isenstein ist nichts zu erfahren gewesen. Aber seine Frau und sein Sohn Markus haben einen Stammplatz im Archiv.«

»Wie bitte?«

»Beide sind Unternehmer. Charlotte Isenstein ist Inhaberin eines großen zahntechnischen Labors und gibt mehr als zwanzig Leuten einen gut bezahlten Arbeitsplatz. Das sind die Leute, die von schlechter Mundhygiene profitieren.« Britta tippte mit einem perfekt manikürten Fingernagel an ihre strahlend weißen Schneidezähne. »Vor fünf Jahren hat sie ihr Geschäft gegründet, damals bat sie einen Redakteur, den sie gut kannte, einen Beitrag für die Zeitung zu schmieden. Der hat nachher Ärger gekriegt, wegen Berichterstattung auf Bestellung.«

»Du meinst, sie hat ihn für seinen Artikel bezahlt?«

»Was weiß ich. Der Kollege ist nicht mehr bei uns.«

»Und weiter?«

»Ihr Labor sponsert diverse Kultur- und Sportveranstaltungen in der Stadt. Muss ich deutlicher werden?«

»Nicht nötig.«

Britta warf sich in die Brust.

»Die Isenstein tut etwas für die Öffentlichkeit, kennt ein paar Leute und kommt dafür in der Zeitung groß raus. So läuft das.«

Katinka verkniff sich die Bemerkung, noch nie auch nur eine Zeile über Charlotte Isenstein im *Fränkischen Tag* gelesen zu haben. Es wäre nur Wasser auf Brittas Mühlen gewesen, schließlich konnte sie sich mächtig über Katinkas Zeitungsresistenz aufregen.

»Dann zu Markus.« Nun musste Britta doch ihre Notizen auspacken. »Hier. Machte sich in der Vergangenheit interessant durch ulkige Vorschläge zur Sanierung von Altbauten in der Innenstadt.«

»Er ist Architekt. Architekten tun so etwas.«

»Komm schon, Katinka. Das ist doch kein Grund, vorzuschlagen, das Alte Rathaus zum Studentenwohnheim umzubauen, oder?«

»Hat er das?«

»So wahr ich Britta Beerenstrauch bin!«

Katinka stellte sich das imposante Gebäude auf der

künstlichen Regnitzinsel mit seinen farbenfrohen Außenmalereien vor.

»Da ist doch ein Museum drin.«

»Eben. Markus Isenstein gefällt es, mit Vorschlägen dieser Art das Establishment zu schockieren. Einen öffentlichen Auftrag kann er sich über Jahre hinaus abschminken.«

»Er ist doch noch ziemlich jung.«

»Seit drei Jahren selbstständig. ›Architekturbüro M. Isenstein‹, so nennt er sich. Ein Kollege liest das als ›Miesenstein‹ und will sich darüber halb kaputtlachen.«

»In den drei Jahren kann er noch keine großen Sprünge gemacht haben«, warf Katinka ein.

»Du meinst, seine verrückten Pläne sind ein PR-Trick?«

»Warum nicht?« Katinka bestellte sich einen zweiten Milchkaffee. »Ich weiß, wie schwierig es ist, ein eigenes Unternehmen zu starten und Geld zu verdienen.«

»Wirf mir nicht wieder mein festes Gehalt vor«, schnaubte Britta. »Aber ich gebe zu: Unter diesem Aspekt habe ich noch nicht über den Typen nachgedacht. Ob die Rechnung allerdings aufgeht, wenn er sich pausenlos unmöglich macht ...« Sie tastete nach ihren Gauloises. »Sicher ist nur eins: Seine Mutter verdient wirklich viel Geld. Warum sollte sie ihm nicht das Startkapital zugeschoben haben?«

»Es wäre nichts Verwerfliches dran.«

»Nehmen wir an, sie schießt nicht nur das Startkapital zu, sondern sie gibt ihm die Kohle, mit der er seine Kosten trägt. Rechnet das anders ab. Sie hat sicher nicht den dämlichsten Steuerberater.«

Katinka knetete die Lippen.

»Clever, oder?« Britta rauchte genüsslich. »Im Bauamt verdrehen alle die Augen, wenn das Gespräch auf Markus Isenstein kommt.«

»Miesenstein«, verbesserte Katinka lachend und stürzte sich durstig auf die nächste Tasse Kaffee. »Im Übrigen kämpft das Bauamt zur Zeit an ganz anderen Fronten. Warum schreibst du nichts über die verwaiste Baustelle?«

Eine der wichtigsten Brücken über den Main-Donau-Kanal war im Winter wegen Baufälligkeit abgerissen worden. Der Neubau verzögerte sich. Die Behelfsbrücke konnte von Autofahrern nicht genutzt werden, und die Geschäftsleute am toten Ende dachten darüber nach, ihre Geschäfte aufzugeben.

Britta klappte ihren Block zu.

»Das spannendste Thema zu Zeit. Staus und Behinderungen auf den Ausweichstrecken. Anwohner beschweren sich, überall Lärm und Abgase. Großes Geschrei aller Orten. Löcher in der Behelfsbrücke. Nur leider darf ich darüber nichts schreiben. Wie läuft es mit Carla?«

»Ganz gut«, murmelte Katinka. »Zwischen ihr und mir ist alles in Ordnung. Aber Tom hat Probleme.«

»Anlaufschwierigkeiten«, schlug Britta vor. Sie sah auf die Uhr. »Ich muss los.« Sie schleuderte ihren Schlüsselbund zurück in die Tasche.

»Mit dem Oschi erinnerst du mich immer an einen Kerkermeister.« Katinka erntete eine kleine, gehässige Geste und musste lachen. »Britta, wenn du noch irgendwas rauskriegst, wenn du jemanden kennst, der jemanden kennt, ruf mich an, o.k.?«

»Klar, mache ich, Lady.« Britta stand auf. »Bezahlst du meinen Kaffee? Ich gebe dir das Geld beim nächsten Mal wieder.«

»Sicher.« Katinka bewunderte, wie Britta sich in ihrem eng anliegenden Kostüm gelenkig aufs Fahrrad schwang, die Tasche über ihre Schulter warf und davonradelte.

Sie zahlte und machte sich auf den Weg zur Nonnenbrücke. Es war schon fast sechs. Wahrscheinlich hatte Markus Isenstein sein Büro längst verlassen, aber einen Versuch war es wert. Katinka bewunderte seit langem die herrlich renovierte Villa neben dem Hotel *Villa Geyerswörth* und war bei dem Gedanken, sie heute Abend nicht mehr von innen zu sehen, beinahe enttäuscht. Doch auf ihr Klingeln ertönte der Türsummer.

Das Architekturbüro M. Isenstein lag im obersten Stock. Ein junger Mann mit lockiger Mähne und einer Zigarre im Mundwinkel lehnte an der Tür. Er trug keine Schuhe und sah aus, als habe sie ihn aus einem Ferienapartment aufgescheucht.

»Herr Isenstein?«

»Der bin ich.«

»Katinka Palfy.«

»Ach, Sie sind das! Kommen Sie herein.«

Er trat beiseite. »Meine Mutter hat mir erzählt, dass sie sich mit dem Gedanken trägt, Sie zu engagieren ... wegen ... nun ja.« Er wies auf eine Sitzecke. »Nehmen Sie Platz. Was darf ich Ihnen anbieten? Einen Schluck Sekt? Cola?«

»Cola wäre klasse«, sagte Katinka und betrachtete Markus Isensteins gestählte Muskeln unter seinem eng anliegenden Shirt. Also noch jemand, der Spaß an der Schinderei hatte.

»Bitte.« Markus Isenstein schenkte ein Glas voll und stellte es vor Katinka ab. »Gefällt Ihnen mein Büro?«

»Sehr geschmackvoll.« ›Teuer‹ wäre zu unhöflich gewesen. »Wohnen Sie auch hier im Haus?«

»Eine Treppe tiefer. O.k. Sie können alles von mir erfahren. Was möchten Sie wissen?« Er öffnete eine Flasche Sekt und dämpfte den Knall mit der Faust.

Katinka musterte Markus Isenstein und bediente sich eines Tricks, dessen Psychologie ihr Hardo einmal lang und breit erklärt hatte.

»Sie wissen doch selbst genau, was ich von Ihnen hören will, oder?«

Markus Isenstein verschüttete eine gehörige Portion Sekt.

»Ich ...« Er fing sich und lachte. »Schlagfertige Eröffnung, Frau Palfy.«

Seine nackten Füße patschten über die Fliesen. Er ließ sich Katinka gegenüber in einem Drehsessel nieder. Katinka erwiderte sein Lächeln.

»Aber nein. Ich habe es ernst gemeint.«

Es war mehrere Minuten lang völlig still. Beide fochten sie den Kampf aus, entschlossen, der inneren Unruhe nicht nachzugeben. Katinka hielt sich an ihrem Glas fest. Es kühlte ihre Hand wunderbar. Sie beherrschte sich und wischte nicht mit dem Finger Muster in den Beschlag. Auf dem Fußboden lagen zugeklebte Briefumschläge. Einige waren von Hand beschriftet. Eckige, zackige Buchstabensoldaten.

»Mein Vater ist ein schwieriger Mensch«, sagte Markus Isenstein schließlich. »Aber üble Nachrede hat er nicht verdient.«

Katinka trank einen Schluck Cola und sagte immer noch nichts.

»Ich nehme an, dass einer von den Königsbergern sich einen dekadenten Scherz erlaubt hat. Die mögen uns nicht.«

»Warum nicht?«

Dass Katinka ihn unterbrach, schien Markus zu erstaunen. Er trank von seinem Sekt und beobachtete irritiert die munteren Perlen im Glas.

»Wissen Sie, wer mag einen Menschen, der so aus dem Normalen herausragt wie mein Vater?« Er musterte die Fliesen und fuhr mit den Zehen die Fugen entlang. »Mein Vater ist schwer zu ertragen. Völlig unberechenbar. Von einer Sekunde auf die andere kann er vom charmanten Gastgeber zu einem Rasenden werden. Meine Mutter kann Ihnen die medizinischen Unterlagen geben. Dostojewski-Syndrom. Ehrenvoll klingt es ja, wenn der eigene Vater was von Dostojewski hat.«

»Was schreibt er?«

»Haben Sie das noch nicht gesehen?« Markus trank den Sekt aus. »Jedenfalls keine Romane. Er schreibt Mist. Sein Syndrom bedeutet nicht, dass er zum genialen Schriftsteller geworden ist. Er schreibt wie im Rausch. Aber was er schreibt, ist schauderhaft.« Er fuhr weiter mit den Zehen über die Fliesenkanten. »Manchmal redet er auch. Er redet, wie er schreibt – man kann ihn nicht stoppen. Eine Flut von Unsinn ergießt sich über seine Gesprächspartner. Das kann niemand aushalten, glauben Sie mir! Nach drei Minuten sind Sie fertig.« Er seufzte. »Ich will mich nicht brüsten mit meinem Verhalten, aber ich habe mich aus der Familie zurückgezogen.«

Katinka stellte ihr leeres Glas neben Markus Isensteins Sektkelch.

»Dennoch hat mein Vater so was nicht verdient. Er soll sein Leben genießen dürfen. Früher hat er viel gearbeitet. Jetzt kann er von mir aus seine verkorkste Prosa krakeln, so viel er will. Ich gönne es ihm.« Mürrisch starrte Markus auf seine Zehen.

»Wie kommt eigentlich Ihre Mutter damit zurecht?«

»Es gibt zwei Aspekte: Da ist einmal mein Vater als Mensch mit seiner veränderten Persönlichkeit. Dann die Außensituation. Wie die Leute reden. Die Freunde sich zurückziehen. Die Nachbarn ein triefendes Mitleid zur Schau stellen. Manchmal kann einem schlecht werden.« Er seufzte. »Dem sozialen Druck kann meine Mutter standhalten. Sie ist ja sehr kompetent und tüchtig.«

Katinka meinte, einen Hauch Ironie in seinen Worten zu hören, doch er sprach schon weiter.

»Ich glaube, sie sehnt sich nach dem Mann zurück, den sie einmal geheiratet hat. Noch was zu trinken?«

»Nein, danke. Und Ihre Schwester?«

»Mariele und meine Mutter sind sich in Sachen Tatkraft sehr ähnlich. Sie schnorcheln durchs Internet auf der Suche nach den noch besseren Medikamenten, der noch besseren Therapie. Aber wenn Sie mich fragen«, er streckte die Beine aus, »der Zug ist abgefahren. Man kann einem Inspirierten eben nicht per Pille die Inspiration vernichten.« Er stand auf und schenkte sich Sekt nach. »Haben Sie mal darüber nachgedacht, Frau Palfy, ob es eine Tablette geben sollte, die einen ausgebrannten Angestellten zu einem vor Ideen überschießenden kreativen Dauerfeuerwerker macht? Oder ob man jemandem, der Lust hat, sich am Gummiseil vom Wolkenkratzer zu stürzen, ein Mittel spritzen sollte, damit er davon Abstand nimmt?«

Katinka wartete einen Augenblick, bevor sie weiterredete. »Der Freund Ihrer Schwester«, begann sie.

»Der gute Veit Behlen! Studiert Kommunikationswissenschaft. Will Journalist werden.« Markus Isenstein fuhr sich übers Gesicht. »Wahrscheinlich ist er der Einzige, der meinen Vater nimmt, wie er ist, weil er ihn vorher nicht kannte.«

»Und Ihre Freundin? Wie ist die Situation für sie?«

Markus stutzte.

»Meine Freundin?«

Katinka hatte auf gut Glück gefeuert. Markus Isenstein sah ihr nicht so aus, als spaziere er ohne gutaussehende weibliche Begleitung durchs Leben.

»Hat meine Mutter Ihnen von einer Freundin erzählt?«

Katinka stöhnte innerlich. Noch ein wunder Punkt.

»Wenn ich eine Freundin hätte«, knurrte er gereizt, »würde ich sie von meiner Familie fernhalten. Und um das Haus am Schillerplatz würde ich einen Bannfluch ziehen.«

Fernhalten klingt einfach, dachte Katinka und sah Carla und Tom vor sich. Funktioniert nur nicht.

»Als ich ein Kind war, wissen Sie, da war mein Vater ein ruhiger Typ, der viel arbeitete und den man nicht stören durfte.« Markus Isenstein nahm seine angerauchte Zigarre auf und fummelte mit einem Feuerzeug herum. Nach einigen Qualmwölkchen fuhr er fort: »Wahrscheinlich erleben alle Kinder ihre Väter so?« Fragend blickte er Katinka an.

»Würden Sie sagen«, formulierte Katinka, ohne sich auf eine Entgegnung einzulassen, »dass Ihre Mutter schon immer tatkräftiger als Ihr Vater war?«

»Unbedingt.« Er dachte nach. »Unbedingt, ja.« Er sah gequält drein, aber in seinen Augen spiegelte sich auch ein Hauch jener Nervosität, wie sie Leute mit sich herumtragen, die ständig auf der Hut sind. »Meine Eltern haben kaum noch Freunde. Es ist halt ziemlich nervig, sich stundenlang anhören zu müssen, welche Nebenwirkungen zu erwarten sind, wenn der Anteil von Alprazolam in der Tablette erhöht wird, und was genau die Psychiaterin nach dem letzten Beratungsgespräch in ihr Gutachten geschrieben hat.«

Katinka wartete eine Weile, obwohl ihr die Gedanken in den Fingerspitzen beinahe unerträglich kribbelten. Die Taktik ging auf.

»Haben Sie Bernhard Kroll schon kennengelernt?« Markus Isensteins Gesicht wurde düster. »Ein spießiger Lehrertyp. Er meint, meinem Vater unter die Arme greifen zu müssen. Als hätte mein Vater mit meiner Mutter nicht schon jemanden zu ertragen, der ihn immerfort mit seiner Hilfe terrorisiert.«

»Ihre Mutter ist Unternehmerin«, sagte Katinka sinnend. »Sie ist sicher sehr beschäftigt.«

»Meine Mutter beherrscht die Gabe der Bilokation«, entgegnete Markus Isenstein gehässig.

# 7. Des Menschen freier Wille

Katinka durchfurchte mit dem Löffel ihr Müsli, als gelte es, Bewässerungsgräben anzulegen. Carla saß ihr gegenüber, graue Fältchen um die Augen, die ihre zur Schau gestellte Munterkeit Lügen straften. Verstohlen musterte Katinka ihr junges Gesicht. Sie dachte an Markus Isensteins Worte über Tatkraft als Waffe.

»Worüber denkst du nach?«, fragte Carla.

Katinka baggerte durch ihr Müsli. Carla kam ihr vor, als besäße sie eine Art Detektor, mit dem sie das Gehirn anderer Leute nach Felsspalten und Abgründen durchleuchten konnte. Gestern Abend waren sie auf dem *Spezi* gesessen, hatten Bambergs Dächer betrachtet und Sülze mit Musik gegessen. Tom einsilbig, Carla genauso redselig wie einfühlsam, Katinka als Moderatorin. Den ganzen Abend schien es ihr, als röntge Carla ihren Kopf. Tom hatte sich diese Nacht in seinem Bett ebenso herumgewälzt wie seine Mutter auf dem Ausziehsofa im Wohnzimmer, und Katinka fragte sich ernsthaft, ob er seine Verletztheit jemals würde überwinden können. Carla wollte nichts anderes, als ihren Sohn kennenzulernen. Bestimmt drängte irgendwo in ihr der Wunsch, zu erklären, warum sie Tom abgegeben hatte. Ich denke nach über dich und Tom, wollte Katinka sagen. Sie kaute an ihrem Müsli. Es kam ihr vor wie Mörtel.

»Gestern habe ich mit dem Sohn meines Klienten gesprochen«, sagte sie vorsichtig. »Es ging darum, ob es eine Tablette geben dürfte, die den Abenteuerlustigen den Spaß an einem Bungee-Sprung nimmt, und die gelangweilten

Arbeitnehmer bersten lässt vor Tatendrang. Genaugenommen haben wir über den freien Willen gesprochen.«

»Habt ihr das«, stellte Carla fest und goss sich Kaffee nach. Ungefragt füllte sie auch Katinkas Tasse. »Ein spannendes Thema.«

»Mein Klient«, fügte Katinka bedachtsam hinzu, »leidet an einer psychischen Erkrankung, die …« Sie schwieg. Sie hatte sagen wollen »die ihm den freien Willen nimmt«, aber das stimmte nicht. Sie wusste noch zu wenig über das Dostojewski-Syndrom, an dem Ewald Isenstein litt. Notiz im Kopf. Medizinische Beratung suchen.

»Was für eine Erkrankung?«

»Dostojewski-Syndrom«, sagte Katinka.

»Nie gehört.« Carla lächelte. »Nur Dostojewski sagt mir was. Ich mochte seinen Roman ›Der Doppelgänger‹.«

»Du solltest dich mit Hauptkommissar Uttenreuther unterhalten«, seufzte Katinka. »Er liest kiloweise Bücher aller Art.«

»Gern.« Carla drehte den Kaffeebecher zwischen ihren Händen. »Du sagtest, ihr hättet über freien Willen gesprochen. Was ist das?«

Verblüfft sah Katinka hoch.

»Was das ist? Dass wir frei sind, zu tun, was wir wollen!«

»Ach, sind wir das?«

Ihr Tonfall schmeckte nach schwarzer Herrenschokolade.

»Sind wir das nicht?«

»Liebe Katinka, Freiheit ist eine Illusion, genauso wie der freie Wille eine Illusion ist. Sitzt du hier mit mir aus freiem Willen, oder weil du meinst, wenn schon Tom sich nicht kooperativ zeigt, dann musst wenigstens du als seine Partnerin Gastgeberin spielen?«

Katinka schüttelte entschieden den Kopf.

»Ich sitze hier, weil ich gern mit dir rede und tief drinnen hoffe, einen Impuls für meinen Fall zu bekommen, wenn ich mit jemandem rede.«

»Gute Antwort. Das Problem ist doch folgendes: Wenn es den freien Willen gibt, was tut man dann mit Kriminellen? Sie verurteilen? Jemand hat sich aus freiem Willen entschieden, einen anderen umzubringen. Schluss, aus, Kartenhaus.«

»Es kann Umstände geben, unter denen ein Mensch eine Tat begeht, die er unter anderen Umständen nicht begangen hätte«, bemühte sich Katinka.

»Eben. Was sind das für Umstände?«

Katinka verstand, worauf sie hinauswollte.

»Nur, weil der freie Wille bestimmten Einschränkungen unterworfen sein *kann*«, Katinka betonte das letzte Wort, »heißt das nicht, dass es ihn überhaupt nicht gibt.«

»Van Gogh behauptete einmal, mitunter zeichne er eine Skizze fast gegen seinen Willen.«

»Das ist das Empfinden eines Künstlers. Für kreatives Arbeiten gelten eigene Gesetze.«

»Aber nein«, widersprach Carla. »Das denken nur diejenigen, die keine Künstler sind.«

Katinka erinnerte sich an einen ihrer letzten Fälle. Damals war eine Kolonie zwielichtiger Künstler ins Visier der Ermittlungen geraten.

»O.k., akzeptiert«, sagte Katinka. »Dennoch ist der künstlerische Ausdruck eine andere Arbeit als Wäschewaschen oder Einkaufen!«

»Der Wille und die bewusste Intention sind nur zwei der Kräfte, die uns antreiben, und lange nicht die stärksten«, erklärte Carla. »Du kennst das sicher: der Schreibtisch liegt voller Papierkram und du hast den Willen, Klarschiff zu machen, aber du tust es nicht. Deine Willenskraft versagt.«

Katinka lachte ertappt.

»Touchée «, sagte sie.

»Vernunftbedingte Willenskraft ist schwach. Stark ist der emotionale Antrieb. Wenn du einen Mann unbedingt willst, nimmst du ihn dir.« Carla griff nach einem Brötchen und strich mit Elan Butter darauf.

»Freier Wille und Willenskraft«, murmelte Katinka, während sie ihr zusah, »ist aber nicht ganz dasselbe, oder?«

Carla zuckte die Schultern.

»Wenn ich etwas will, aber nicht die Kraft aufbringe, es zu erreichen, was nutzt mir dann der freie Wille?«

»Es kann Umstände geben, die verhindern, dass du es erreichst. Unheilbar krank zu sein löst den Willen aus, gesund zu werden, aber ...«

»Nicht den Willen, Katinka, sondern den Wunsch. Oder die Sehnsucht. Das ist etwas anderes.«

»Du meinst, Wille setzt die Möglichkeit zur Tat voraus?«

»Exakt.«

»Aber wer ist der Mensch, wenn er keinen freien Willen für sich reklamieren kann? Eine Marionette?«

»Eine Marionette seiner selbst.«

Katinkas Handy klingelte.

»Bestimmt gibt es Taten, die durch unbewusste Entscheidungen herbeigeführt werden. Aber dennoch gibt es auch welche, die wir aus freiem Willen tun!«, rief Katinka überzeugt.

Carla lächelte. »Ein Klotz von einem Thema«, sagte sie. »Geh an dein Telefon.«

Katinka griff nach dem Handy.

»Palfy?«

»Guten Morgen«, knurrte ihr Hauptkommissar Uttenreuthers Stimme entgegen. »Ausgeschlafen?«

»In Ansätzen.«

»Wir haben einen brutalen Mord. Ich möchte Sie informieren, damit Ihnen nicht ein inoffizieller Wind die Gerüchte zutreibt und Sie sich wer weiß was zusammendenken.«

Katinka stand auf, ging ins Schlafzimmer und schloss die Türe hinter sich.

»Wer, wann, wo?«

»Ein Mann, einschlägig bekannt als einer, der gern Ärger macht und provoziert und eine Neigung zu Alkohol und anderen Drogen hat. Gefunden wurde er von einem Betrunkenen, der bei aller Alkoholseligkeit noch so helle war, uns anzurufen.«

»Wo?« Katinka nahm das Handy in die andere Hand und wischte sich die schweißnassen Finger am T-Shirt ab.

»Im Luitpoldhain. Der Mann, der den Toten entdeckt hat, besitzt kein Handy und musste sich erst zu einem öffentlichen Telefon durchtorkeln. Sein Anruf ging um fünf Uhr ein.«

»Todeszeitpunkt?«

»Nicht viel früher, keinesfalls vor vier Uhr.«

»So früh?«, murmelte Katinka mehr zu sich selbst.

»Sie haben gestern von einem neuen Fall gesprochen«, sagte Hardo ernst. »Wenn ...«

Sie unterbrach ihn sofort.

»Da geht es um etwas ganz anderes. Sie kennen meine Arbeitsbedingungen genauso wie ich Ihre.«

»Schon klar. Haben Sie gefrühstückt?«

»Ja.«

»Na dann. Die Mordwaffe ist ein Hammerfäustel, bestimmt ein gutes Kilo schwer, leider bislang unauffindbar. Die Leiche sieht nicht schön aus. Der Mörder hat dem Opfer den Schädel eingeschlagen. Vielleicht ganz gut, dass der Mann, der den Toten fand, einen im Kahn hatte.«

»Haben Sie einen Verdächtigen?«

»Bisher nicht. Ich wollte, dass Sie Bescheid wissen«, sagte Hardo.

»Danke!« Katinka wusste, was er damit meinte. Er würde nicht dulden, dass sie ihm Informationen vorenthielt. Er war in Vorleistung getreten, indem er ihr Bericht erstattet hatte. Nun hatte er Ansprüche. Katinkas Gedanken wirbelten wie Herbstblätter auf einer staubigen Straße. Beatrix Hanf, von einer Brücke gestürzt. Markus Isenstein mit Zigarre in seinem Loft. Kroll auf dem Fahrrad. Ewald Isenstein und sein Messwein. Freier Wille. Bewusste Intention. Hardo. Carla. Tom. »Ich kann im Augenblick nichts beisteuern«, fuhr sie fort. »Aber selbstverständlich melde ich mich sofort, wenn ich etwas höre, was Ihnen helfen könnte.«

»Selbstverständlich«, sagte Hardo ironisch.

»Ich drücke Ihnen die Daumen.«

»Noch was. Wenn Sie es nicht lassen können, Ihre Journalistenfreundin anzurufen, dann tun Sie es in Gottes Namen.«

Also würde der Polizeipressesprecher die Neuigkeit in Kürze herausgeben.

»O.k.«, sagte Katinka. »Rufen Sie mich wieder an, wenn Sie mehr wissen?«

»Wir hören voneinander, Palfy.« Er legte auf.

Der Anruf bei Britta war schnell erledigt. Sie würde es Katinka bei nächster Gelegenheit danken. Eine Hand wäscht die andere, dachte Katinka. Was sind wir für abgebrühte Typen.

Sie klopfte behutsam an Toms Arbeitszimmertür. Mit verbissenem Gesicht hackte er auf die Tastatur seines Rechners ein.

»Hast du zwei Minuten?«

»Komm rein.«

Katinka schloss die Tür und setzte sich auf den Sitzsack in der Ecke. Kater Vishnu lag auf der Fensterbank, das rotgetigerte Fell genießerisch ins Sonnenlicht getaucht.

»Ein Mord im Luitpoldhain«, sagte sie. »Ein polizeibekannter Ärgermacher.«

Tom sah auf. Er wusste genau, dass Katinka fast täglich dort joggte.

»Wann?«

»Heute Morgen. Sehr früh. Hardo hat mich angerufen.«

»Lass mich raten«, lächelte Tom. »Er hat seine Taktik umgestellt. Jetzt informiert er dich lieber, bevor du deine Trüffelschweinqualitäten ins Spiel bringst.«

»Wie geht's dir, Tom?«

»Ich muss das hier fertig machen«, sagte er. »Ich hab's fast.«

Tom arbeitete seit einigen Jahren als freiberuflicher Programmierer und war mit Aufträgen eingedeckt.

»Bravo«, sagte Katinka. Sie beobachtete ihn, sein angespanntes Kinn, die hervortretenden Wangenknochen. Seine blonden Haare ringelten sich über den Ohren. Zeit für einen Haarschnitt.

»Alles o.k.? Mit Carla?«

Seine Finger schossen in die Luft, als hätten die Tasten ihm einen Stromstoß versetzt.

»Ich will das ja hinkriegen, Katinka«, sagte er. »Wirklich. Aber ich brauche Zeit.«

»Klar.« Katinka küsste ihn aufs Ohr. »Ich bin bei dir.«

Er nickte ihr zu und heftete seinen Blick wieder auf den Bildschirm.

Katinka ging zurück in die Küche und trank einen großen Schluck Kaffee. Sofort entspannte sich ihr Magen.

»Was war los?«, fragte Carla und sah von ihrer Zeitungslektüre auf.

»Der freie Wille hat zugeschlagen«, sagte Katinka.

In der Hasengasse räumte Katinka ihren Schreibtisch auf. Nach fünf Minuten war ihr klar, dass sie ihre Papiere unmöglich auf Vordermann bringen konnte, wenn sie keine organisierte Ablage schuf. Sie ging noch mal weg und kaufte eine Hängeregistratur mit zehn farbigen Mappen, in der sie endlich auf den ersten Blick Dringendes von sehr Dringendem, offene Rechnungen von bezahlten Rechnungen, Anfragen von Bearbeitetem unterscheiden konnte. Während sie ordnete und sortierte, ausgediente Zettel und Notizen wegwarf, lochte und tackerte, dachte sie an den dunklen Fleck auf der Mauer im Burggraben der Reichsburg und an Beatrix Hanfs Zimmer in dem schmucken Fachwerkhaus. Sie kritzelte eine Notiz, dass sie herausfinden musste, bei welchem Arzt Ewald in Behandlung war, und wann sie mit seiner Tochter und deren Freund sprechen könnte. Ihre Hand klebte am Papier fest. Es wurde schnell heiß in ihrem kleinen Büro. Ihr fiel ein, dass der Freund von Isensteins Tochter in Bamberg lebte. Veit Behlen. Ein Blick ins Telefonbuch genügte. Behlen war nicht zu Hause, aber sein Anrufbeantworter gab die Handynummer an. Tatsächlich meldete sich Veit Behlen sofort.

»Charlotte hat mir schon gesagt, dass Sie an der Sache dran sind!«, sagte er. Seine Stimme dröhnte forsch durch den Hörer. Katinka stellte sich einen Muskelmann vor, der englisch klingende Hobbys wie Freeclimbing und Paragliding hatte. Sie malte ein krummes Herz auf ihr Notizpapier.

»Ich würde gerne mit Ihnen und Mariele sprechen.«

»Mariele kommt erst morgen Abend nach Bamberg. Sie studiert in Leipzig.«

»Haben Sie vorher Zeit?« Katinka wollte lieber mit beiden alleine sprechen. Schwiegerkinder sahen andere Dinge als Kinder.

»Schon! Ich habe bis zwölf eine Vorlesung. Im *Orlando*?«

»Optimal.« Katinka mochte das Lokal gleich bei ihr um die Ecke. »Bis dann.«

Sie rief Charlotte an, bekam die Adresse von Ewalds Ärztin, meldete sich dort und verabredete sich mit Dr. Liz Thompson zum Mittagessen. Zufrieden betrachtete sie ihren aufgeräumten Schreibtisch. Am liebsten würde sie Carla anrufen und berichten, wie gut der freie Wille funktioniert hatte. Als sie die Hand nach dem Telefon ausstreckte, ging die Tür auf. Sie blickte hoch.

Aufgerichtet wie ein Grizzly stand Kroll vor ihr.

»Guten Morgen«, sagte Katinka. »Worum geht es?«

»Ich muss mit Ihnen reden!« Kroll sah erregt aus. Sein Gesicht glänzte vor Schweiß. Er ließ sich in einen der Besuchersessel fallen. »Sie müssen vorsichtig sein.«

Katinka hoffte, er würde ihre wachsende Nervosität nicht bemerken.

»Was meinen Sie damit?«, fragte sie.

»Sie dürfen Ewald auf keinen Fall aufregen. Das kann er nicht durchhalten.«

Katinka schwieg und musterte Krolls knolliges Gesicht, die roten Flecken um seine Nase, das Gewöll schwarzer Haare, das aus seinen Ohren wuchs.

»Haben Sie mich verstanden?«

»Ich bin nicht taub, Herr Kroll«, sagte Katinka und fragte sich, ob jemand, der sein Leben lang mit ›Herr Kroll‹ angeredet wurde, nicht zwangsläufig zum Griesgram werden musste.

Er beugte sich vor. »Seitdem Sie gestern bei ihm waren, ist er unruhig. Ich habe heute morgen bei den Isensteins angerufen. Charlotte musste ihm ein Beruhigungsmittel geben.«

»Joggen Sie, Herr Kroll?«

Er starrte sie an.

»Nein. Warum?«

»Waren Sie heute gegen vier Uhr morgens im Luitpoldhain?«

»Das geht Sie wohl überhaupt nichts an. Finden Sie lieber den Briefeschreiber.«

»Meine Klientin heißt Charlotte Isenstein«, erklärte Katinka. »Sie möchte, dass ich ihrem Mann und damit der Familie helfe. Daran arbeite ich nach Kräften.«

»Sie verstehen überhaupt nichts!«, murrte Kroll und stierte aus dem Fenster in die schattige Gasse.

»Wenn *Sie* etwas wissen, was Licht in die Angelegenheit bringen könnte, dann nur raus damit.«

»Ich bin immer auf Ewalds Seite«, schnaubte Kroll. »Daran wird sich nichts ändern. Wenn Sie ihm mit Ihren Ermittlungen kommen, wird sein desolater Zustand nur noch schlimmer. Befragen Sie alle anderen, aber lassen Sie ihn aus dem Spiel.«

Er erhob sich schwerfällig und beugte sich über Katinkas Schreibtisch. Instinktiv freute sie sich, dass die Platte geradezu jungfräulich glänzte. Sie sah in sein mürrisches Gesicht.

»Wenn Sie Ewald helfen wollen, müssen Sie ihn aus dem Spiel lassen«, knurrte er. »Er verliert schnell die Kontrolle über sich und seine Emotionen.«

Abrupt drehte Kroll sich um.

»Übrigens: Ich schlafe gerne aus!«

Er stiefelte ohne einen Gruß hinaus. Katinka zog eine Schublade auf, schlüpfte in einen Handschuh und nahm den anonymen Brief heraus. Sie legte ihn vor sich ab und betrachtete ihn eingehend. Ewald verliert in haarigen Situationen schnell die Kontrolle, überlegte sie. Carla sagt, Emotionen sind ein starker Antrieb. Heute Morgen wurde jemand umgebracht. Angenommen – sie drehte den Brief mit den Fingerspitzen wie einen Kreisel –, der Brief sagt die Wahrheit. Angenommen, Ewald Isenstein hat Beatrix Hanf auf dem Gewissen. Wer weiß dann davon? Warum geht er nicht zur Polizei? Warum erpresst er kein Geld? Wenn Ewald Beatrix umgebracht hätte, kombinierte Katinka weiter, und Kroll davon wüsste, könnte er als Ewalds Freund alles daransetzen, Ewald zu schützen und ihn von weiteren Taten abzuhalten. So gesehen käme Kroll als Absender des anonymen Briefes in Frage.

*Ewald Isenstein,*
*ich weiß, dass du die Frau in Königsberg auf dem Gewissen hast. Und ich weiß, dass du noch mehr auf dem Zettel hast.*

Keine fantasievolle Satzkonstruktion. Der Schreiber war kein Künstler. Die Sätze stakten gerade einher. Zweimal ›hast‹ am Ende. Erst jetzt stach ihr die Bedeutung des zweiten Satzes ins Auge. Noch mehr auf dem Zettel. Neue Morde. Sie suchte Krolls Einkaufszettel heraus. Die Schriften waren verschieden. Wie weit konnte man seine Handschrift verstellen? Katinka fand, dass es an der Zeit war, Hardo einzuweihen. Aber noch nicht. Nicht jetzt sofort. Er würde ohnehin alle Hände voll zu tun haben, so ganz am Anfang einer Mordermittlung. Und Katinka wollte Veit treffen. Sie machte sich auf den Weg.

# 8. Biochemie

Veit Behlen sah aus wie der Prototyp des *Men's Health*-Lesers. Das dunkle Haar glänzend vor Gel lümmelte er an einem Tisch und trank Aqua Panna.

»Ich war schon immer scharf darauf, eine echte Detektivin kennenzulernen«, sagte er gönnerhaft, sprang auf und streckte Katinka eine sonnengebräunte Hand hin.

»Ich dagegen interessiere mich für Veit Behlen«, sagte Katinka, setzte sich und sah ihn direkt an. Seine Augen waren grau. Wie Hardos. »Wie geht's Ihnen mit der Familie Isenstein?«

Er nahm einen Schluck Wasser.

»Ehrlich gesagt habe ich mehr mit Mariele zu tun als mit dem Rest.«

»Ich nehme an, dass Ihnen das sehr recht ist.«

»Schon. Klar. Wir sind seit einem knappen Jahr zusammen. Sind uns auf der Sandkirchweih über den Weg gelaufen. Haben Sie da nicht mal einen Fall geklärt?«

Katinka grinste. Oft genug bekam sie es zu hören – das Spektakulärste, was von Katinka Palfy jemals durch die Presse gegeistert war.

»Das ist fast zwei Jahre her«, sagte sie. »Mögen Sie Ewald Isenstein?«

Er zögerte.

»Wir sehen uns nicht so oft. Manchmal gehen wir mit Charlotte, also mit Marieles Mutter, essen. Ewald kommt selten mit. Wahrscheinlich hat er keine Lust.«

Katinka bestellte sich eine Apfelschorle. Die Sonne brannte auf den Asphalt. Ein stählerner Himmel glänzte über den Dächern. Die Austraße wimmelte von Studenten, die Luft roch nach Sommer, nach baldigem Semesterende und nach Party.

»Keine Lust?«

Er zuckte die Achseln.

»Sie sind doch angehender Journalist«, munterte Katinka ihn auf. »Sie interessieren sich für alles, was neu und anders ist. Wie die Familie Isenstein!«

»Anders sind sie wohl, das kann man guten Gewissens behaupten.« Veit setzte sich gerade hin. »Während sonst überall die Väter den Herrn rauskehren, ist es bei Isensteins andersherum.«

»Charlotte ist der Chef?«

Katinkas Apfelschorle kam. Sie trank die Hälfte in einem Zug aus.

»Kann man so sagen«, nickte Veit. »Sie muss für jede Kleinigkeit sorgen. Dabei arbeitet sie mehr als acht Stunden am Tag im Geschäft, kommt nie vor zwanzig Uhr nach Hause. Ewald hockt daheim, schreibt seine wilden Geschichten, und das war's.«

»Kein Beitrag zum Haushalt?«

»Nichts.« Veit blinzelte, als wolle er deutlich machen, dass er aus anderem Holz geschnitzt sei. »Mariele kommt schon damit klar. Sie ist ein harter Typ. Ein bisschen wie ihre Mutter. Sehr emsig.« Er machte eine Pause und goss den letzten Rest seines Wassers ins Glas. »Ich glaube, dass alle außer Ewald ziemlich gut zurechtkommen.«

»Glauben Sie an den freien Willen?«, fragte Katinka.

»Woran?« Er verschluckte sich. »Sie stellen wirklich komische Fragen. Im Fernsehen würden die Kerle wissen wollen, ob ich eine Ahnung hätte, wer den Brief geschrieben hat …«

»Haben Sie eine?«

»Nein.« Er hob entrüstet die Hände.

»Welche Freunde gibt es in der Umgebung der Isensteins?«

»Wenige. Sie haben sich rar gemacht. Ewald ist als Freund ein bisschen zu stressig.«

»Verwandte?«

»Viele, alle aus Charlottes Familie. Sie hat drei Schwestern, und alle haben Kinder und Enkel. Zu Weihnachten gab es ein riesiges Fest. Ich war zum ersten Mal eingeladen und wurde besichtigt wie ein ausgestopfter Orang-Utan.« Er stöhnte. »Charlottes Schwestern leben alle weit weg. Sie gehen freundlich mit Ewald um, sie kriegen ja den Alltag nicht mit. Zwei Tage müssen sie durchhalten, dann fliegen alle wieder aus. Charlotte dagegen ...« Er brach ab.

»Kennen Sie Bernhard Kroll?«

»Den alten Knochen? Er geistert ständig bei den Isensteins herum. Jedes Mal, wenn ich zum Schillerplatz komme, ist Kroll schon da. Fast wie der Igel in der Fabel. Sie wissen schon: Hase und Igel.«

Katinka zog ihr Notizbuch heraus.

»Schreiben Sie mir Ihre Adresse auf? Nur für den Fall.«

Er schrieb in großen, geraden Schwüngen Straße und Hausnummer hin. Keinesfalls die Schrift auf dem Papier, das Katinka im Rucksack hatte.

Sie verabschiedete sich von ihm und schlenderte in die Hasengasse zurück. Er sah ihr nach. Sie war sich nicht sicher, aber irgendetwas an Veit Behlen machte sie neugierig. Kaum hatte sie ihr Büro aufgeschlossen, wusste sie, was es war: Er war zu umsichtig gewesen. Es gab etwas, das er gerne unter Verschluss halten wollte. Katinka sah Carla vor sich. Emotionen sind ein starker Antrieb. Sie grinste.

Eine halbe Stunde später stand sie im Reformhaus in der Franz-Ludwig-Straße und traf Dr. Liz Thompson.

»Sie müssen Katinka Palfy sein. Gut, dass Sie Zeit haben. Ich esse jeden Mittag hier. Wenn man im Hotel wohnt, fehlt einem die Küche. Frau Isenstein erzählte mir übrigens, dass sie eine Detektivin angestellt hat. Was essen Sie?«

Katinka fand, dass Charlotte Isenstein allzu bereitwillig von ihren Plänen erzählte. Sie besah sich das Angebot in der Theke und wählte einen gemischten Salat mit Sesamkörnern. Dr. Thompson entschied sich für Grünkernbratlinge.

»Gehen wir hier hoch«, sagte sie und schob sich an der Kasse vorbei in den hinteren Teil des Ladens. Katinka balancierte ihren Salat vorsichtig über die Stufen. Fasziniert beobachtete sie den fröhlichen Appetit der Ärztin, der locker mit Hardos konkurrieren konnte, obwohl der sich kaum einen Grünkernbratling einverleiben würde. Die Bezeichnung ›Vollweib‹ passte exakt zu Liz Thompson. Sie hatte ein sinnliches Gesicht, volle Lippen, schwarze Wimpern. Ihre Hände waren groß wie Teller, mit langen Fingern ohne jeglichen Schmuck. Ihr runder Körper steckte in einem blauen Baumwollkleid, ein bauchiger, abgeschabter Lederbeutel diente ihr als Handtasche. Das Haar trug sie hochgesteckt, es schimmerte dezent blondiert unter dem künstlichen Licht.

»Ich habe meine Praxis nicht weit von hier«, sagte Liz. Ein Hauch von einem amerikanischen Akzent schwirrte durch ihre Worte.

»Sie sind Neurologin?«

»Und Psychiaterin. Ewald Isenstein ist ein gutes Jahr nach seinem Unfall zu mir in Behandlung gekommen. Die Familie war nicht zufrieden mit dem Arzt, den sie damals hatte.« Liz bugsierte ein großes Stück Grünkernbratling in ihren Mund. »Er hat mich vorhin angerufen und mich gebeten, Sie über seinen Zustand aufzuklären. Es liegt ihm viel daran!«

»Sie sagten, die Familie sei mit Ewalds früherem Arzt nicht zufrieden gewesen, als sei er ... ein Kind!«

»Ja. Sie haben das schon richtig interpretiert. Charlotte geht sehr fürsorglich mit ihrem Mann um.« Liz Thompson beendete ihren ersten Bratling. »Sehen Sie: Ewald lebt zum Teil in einer völlig anderen Welt. Er erachtet andere Dinge für wichtig als die Mehrheit der Menschen. Für ihn ist nur das Schreiben von Belang. Er ist wenig tauglich für Alltagsprobleme. Sicher verstehen Sie, dass ich Ihnen nicht alles über seinen Gesundheitszustand erzählen kann, aber Sie haben ihn ja schon selbst kennengelernt. Ein charmanter Gesprächspartner. Aber auch ein kranker Mann.«

»Was genau ist das Dostojewski-Syndrom?«, fragte Katinka und gabelte endlich das erste Tomatenstück auf.

»Ein hochinteressantes Phänomen«, verkündete Liz Thompson. »Auf der einen Seite sieht man als Ärztin zwar die Verwirrtheit und desolate Lage der Patienten, auf der anderen beschäftigt sich die Wissenschaftlerin mit einem gewissen«, sie sah auf den letzten halben Bratling, »Appetit mit den medizinischen Zusammenhängen. Also. Dostojewski.« Sie kramte in ihrer stattlichen Tasche nach etwas, woran sie sich die Finger abputzen konnte.

»Dostojewski litt, soweit wir das heute nachvollziehen können, an Schläfenlappenepilepsie. Epilepsie bezeichnet das chronische Auftreten von Krampfanfällen. Krampfanfälle gehen auf überbordende elektrische Impulse zwischen den Nervenzellen zurück.«

»Stop!« Katinka packte ihr Notizbuch aus. »Sie haben nichts dagegen, wenn ich mitschreibe?«

»Aber nein.« Dr. Thompson sah höchst zufrieden drein. »Kommen wir zum zweiten Teil des Wortes: Schläfenlappen. Unser menschlicher Schädel ist nicht einfach nur eine knöcherne Kugel. Die Mediziner teilen das Gehirn, genauer die Großhirnrinde, in vier Bereiche, sogenannte Lappen. Den Schläfenlappen stellen Sie sich am besten als eine Art ausgebeulten Halbkreis um ihr Ohr herum vor. Darin befindet sich das Hörzentrum, logisch, nahe am Ohr. Im linken Schläfenlappen liegt ein Teil des Sprachzentrums, in dem wir die Bedeutung der Wörter enträtseln.« Dr. Thompson wartete, damit Katinka alles aufschreiben konnte. »Der Schläfenlappen ist besonders sensibel für elektrische Reize und damit für Krampfanfälle.«

»Wie entsteht Schläfenlappenepilepsie?«, fragte Katinka begierig.

»Kann ein Geburtsfehler sein. Auch Assistenzärzte im Schichtdienst erleiden manchmal unerwartet Krampfanfälle, aus Stress und Schlafmangel. Bei Ewald war es der Unfall. Ein umherfliegendes Motorradteil rammte über seinem linken Ohr in den Schädel und verursachte einen beinahe taubeneigroßen Bluterguss. Er litt die ersten Tage nach dem Unfall an Sprachverlust, ähnlich wie ein Schlaganfallpatient. Das gab sich Gott sei Dank wieder, verkehrte sich aber gewissermaßen in sein Gegenteil: Er redete ohne Unterlass, und weil er merkte, dass er damit seinen Mitmenschen auf die Nerven ging, verlegte er sich aufs Schreiben. Die Wunde ist perfekt verheilt, aber das Gehirn macht Dinge, die Ewald nicht tun will. Es macht etwas mit Ewald.«

Katinka unterringelte einige Notizen.

»Ewalds Störung kann also nicht von traumatischen Ereignissen in seiner Kindheit kommen?«

»Sie denken an die Flucht aus Ungarn?« Liz Thompson schüttelte energisch die Gabel. »Nein. Die Ursache ist die Verletzung.«

»Wie kommt Dostojewski ins Spiel?«

»Er war Schläfenlappenepileptiker und zeigte deutliche Verhaltensauffälligkeiten, die man später als Dostojewski-Syndrom katalogisiert hat. Er schrieb wie ein Besessener, war emotional unbeständig, sein Gefühlsleben war durchwuchert von religiösen und philosophischen Anwandlungen.«

»Was genau bedeutet emotional unbeständig? War er aggressiv, unberechenbar?«

Dr. Thompson schüttelte den Kopf.

»Dostojewski schwankte eher zwischen Empfindungen von Untergang und Ekstase. Bis Mitte dreißig war er quasi asexuell, dann heiratete er zweimal und hatte einige Affären.«

»Dostojewski war ein großer Schriftsteller.«

»Sicher war er das!« Dr. Thompson fingerte ein Briefchen mit Zahnstochern aus ihrer Tasche. »Nur: Wenn Sie meinen, man müsste geisteskrank sein, um großartig zu werden, muss ich Sie enttäuschen. Die Vorstellung, Geisteskrankheit sei die Voraussetzung für Kreativität, stammt aus der Antike, hat sich aber als unzutreffend erwiesen. Echte Geisteskrankheit bringt in der Regel keine großen Künstler hervor. Sie quält und beschäftigt die Patienten viel zu sehr und lenkt sie von der Arbeit ab. Ein professioneller Schriftsteller oder Maler braucht Zielsetzungen, eine Ahnung vom Markt und kaufmännisches Geschick, nicht zu vergessen eiserne Disziplin. All das kann ein Geisteskranker nicht leisten.«

Katinka klopfte mit dem Stift auf ihr Notizpapier.

»Was kann man für die Dostojewski-Patienten tun?«

»Die Schädigung des Gehirns ist nicht rückgängig zu machen. Aber es gibt Psychotherapien und Medikamente, die mittlerweile genau auf den Einzelfall abgestimmt werden können. Dadurch werden die Symptome gedämpft. Heilung wie von einem Schnupfen gibt es nicht.«

Katinka sah ihren Salat an.

»Die Psychotherapie ist zu bevorzugen, oder? Immerhin hat sie keine Nebenwirkungen.«

Dr. Thompson polkte ungeniert in ihrem Gebiss herum.

»Da täuschen Sie sich aber gewaltig«, raunte sie, senkte den Zahnstocher und lächelte. »Verzeihung. Nicht sehr höflich. Ich will Ihnen etwas sagen: Misstrauen gegenüber Tabletten ist schon in Ordnung, aber verhaltensbeeinflussende Therapien können auch Nebenwirkungen haben! Vielleicht sogar schlimmere, denn sie sind nicht vorhersagbar. Bis eine Tablette auf den Markt kommt, wird auch noch die kleinste Reaktion der Testpersonen aufgezeichnet. Wir wissen, dass eine Pille Kopfschmerzen oder Schwindel hervorrufen kann. Was kann ein Gespräch mit einem Therapeuten verursachen? Eventuell einen sofortigen Selbstmord.« Sie stocherte wieder in ihren Zähnen herum und lachte dann über Katinkas ratlosen Blick. »Manche Therapien sind in Verruf geraten, weil sie teils fatale Wirkungen auf die Patienten hatten, die aber mit ihren Problemen nach der Sitzung alleine dastanden. Nur als Beispiel.«

»Ich muss eines wissen«, sagte Katinka und versuchte es wieder mit einem Stück Tomate. Die rohen Sachen stießen ihr schon vom Anschauen sauer auf. »Sie haben gesagt: Ewalds Gehirn macht etwas mit ihm. Könnte es sein, dass er einen Mord begeht?«

Der Zahnstocher splitterte. Dr. Thompson schleuderte ihn auf ihren Teller.

»Jeder kann einen Mord begehen.«

»Wäre es vom Krankheitsbild her wahrscheinlich, dass ausgerechnet Ewald einen Mord begeht?«, schärfte Katinka ihre Frage.

»Nicht wahrscheinlicher als bei jedem anderen Menschen auch. Es liegt an den Umständen: Wenn er seine

Routinen hat, sein Haus und seine Beschäftigung, wenn er schreiben darf, ohne dass jemand ihn unterbricht oder kritisiert, wenn er seine Tabletten nimmt, dann ist er ruhig und ausgeglichen. Dass Ewald Isenstein einen Mord begeht, ist dann noch unwahrscheinlicher, als dass ich einen begehe.« Liz Thompson lachte herzlich.

»Wenn die Umstände aber nicht so sind?«

»Dann wird er unruhig und fahrig. Er verfällt in Schreibrausch. Er schreibt stundenlang, und in rasendem Tempo, bis er vor Erschöpfung zusammenbricht.«

»Wird er aggressiv?«

»Wenn er nicht schreiben kann oder darf. Die Hypergraphie ist das auffälligste Symptom an Ewald Isensteins Krankengeschichte. Er hört Stimmen, die ihn auffordern, den Stift in die Hand zu nehmen. Manchmal suggerieren sie ihm sogar die Farbe der Tinte. Etwas zwingt ihn zu schreiben. Alles andere ist für ihn nicht wichtig. Van Gogh hatte übrigens die gleiche Krankheit. Er schnitt sich ein Ohr ab, weil er meinte, Stimmen hätten ihm etwas Bedrohliches eingeflüstert.«

»Sie sagten vorhin, das Hörzentrum ...«

»Genau, die Hörrinde ist im Schläfenlappen angesiedelt. Deswegen haben viele Schläfenlappenepileptiker Stimm- oder Geräuschhalluzinationen.«

Katinka packte Stift und Notizbuch weg und schob ihren Salat auf Abstand.

»Enttäuscht?«, fragte Dr. Thompson mitfühlend.

»Verwirrt«, gab Katinka zu.

»Das sind wir alle, wenn wir uns an die Grenze zwischen krank und gesund heranpirschen«, tröstete Liz Thompson.

»Also geht beides ineinander über?«

»Wenn ein Künstler etwas Gutes, Innovatives macht, dann stehen wir da und sagen ›irre!‹. Merken Sie was?«

»Wir wählen ein Wort, das Verrücktheit bezeichnet, für eine Sache, die wir gut finden.«

Dr. Thompson stippte zur Bestätigung ihren Zeigefinger in Katinkas Richtung.

»Right. Ein ›normales‹, störungsfreies, konformes Leben ist eben nicht unbedingt vergnüglich und wird nicht bewundert. Und wenn jeder einverstanden ist mit dem, was Sie tun, dann sind Sie garantiert nicht innovativ!«

»Wie gehen Sie eigentlich mit all den Krankheiten um, die auf Sie einströmen?«, fragte Katinka.

»Mit den Geisteskranken? Das sind Menschen, keine abstrakten Krankheiten. Aber Sie spielen schon auf das Richtige an. Es gibt Momente, da kann man das alles nicht mehr hören. Syndrome. Panikattacken. Depression. Beim Motorradfahren vergesse ich alles. Das ist meine Flucht aus der Wirklichkeit.« Sie wühlte einen Terminplaner aus ihrer Tasche und blättere darin. Katinka erhaschte einen Blick auf krakelige, unlesbare Buchstaben.

»Glauben Sie an den freien Willen?«, wollte Katinka wissen.

»Ha! Hübsch formuliert.« Liz Thompson steckte den Planer weg. »Glaube ist ein Hirnzustand. Wille auch. Nichts als Biochemie.«

»Aber ...«

»Junkies spüren die belebende Kraft ihrer Droge schon, wenn sie die Spritze an die Vene setzen. Sie glauben an die Macht der Droge. Denken Sie an die erste Tasse Kaffee am Morgen. Allein der Duft weckt Sie auf! Biochemie. Hirnzustand.« Die Ärztin erhob sich. »Sorry, meine Patienten warten. Vertiefen wir das Thema bei Gelegenheit bei einem Bier?«

»Gern«, sagte Katinka nachdenklich und folgte Liz Thompson auf die Straße.

»Denken Sie nicht, es wäre so schlecht, wenn der Glaube Biochemie ist«, sagte Liz zum Abschied. »Es bedeutet in der Konsequenz nur eins: Glaube kann Berge versetzen. Denken Sie an die Junkies.«

# 9. Zusammenbruch

**Bald aber war es, als strahle der glühende Funke himmlischer Begeisterung durch mein Inneres – ich überließ mich ganz den Eingebungen des Moments. Ich fühlte, wie das Blut in allen Pulsen glühte und sprühte – ich hörte meine Stimme durch das Gewölbe donnern – ich sah mein erhobenes Haupt, meine ausgebreiteten Arme wie von Strahlenglanz der Begeisterung umflossen. Heftiges Weinen – unwillkürlich den Lippen entfliehende Ausrufe der andachtsvollsten Wonne – lautes Gebet hallten meinen Worten nach.**[3]

Den Kopf voller bestürzender Details radelte Katinka in glühender Hitze zurück in die Hasengasse. Vor dem Teeladen in der Austraße begegnete sie Markus Isenstein, der lustlos die Auslagen betrachtete.

»Ach, Frau Palfy!« Er lächelte breit. Seine nackten Füße steckten in Zehenstegsandalen. »Ich bin«, er wies mit dem Daumen auf die Schaufenster, »auf der Suche nach einem Geschenk. Und was treibt Sie hierher?«

Katinka stieg vom Rad.

»Meine Detektei liegt hier um die Ecke.«

»Haben Sie schon was herausgefunden?«

»Enorm viel. Jetzt gilt es zu sortieren.«

Sie schob ihr Rad weiter. Markus Isenstein winkte und rief:

»Dann wünsche ich Ihnen gute Intuitionen.«

Im Büro ließ Katinka die Tür offen und riss das Fenster im Nebenraum auf, um die stickige Luft zu vertreiben. Sie versuchte es mit Hardos Nummer. Er war in einer Be-

[3] E. T. A. Hoffmann, Die Elixiere des Teufels. Seite 31.

sprechung, würde aber sobald als möglich zurückrufen, versprach ihr der Diensthabende.

Katinka wählte Charlotte Isensteins Nummer. Immerhin sollte ihre Auftraggeberin informiert werden über das, was die Privatdetektivin trieb. Eine Mitarbeiterin im Labor erklärte, Frau Isenstein sei gegen zwölf nach Hause gegangen. Ihrem Mann ginge es nicht gut.

Die Geschäftsfrau verlässt mitten am Tag den Betrieb, wunderte sich Katinka, dann muss es ernst sein. Mit einem flauen Gefühl im Magen tippte sie die Privatnummer der Isensteins ein, zögerte, legte den Hörer auf und verließ das Büro. Sie würde persönlich hinfahren. Als sie schon über den Schillerplatz rollte, fiel ihr ein, dass das Fenster im Nebenraum immer noch offenstand. Sie klingelte bei Nummer sechs.

Ewald Isenstein öffnete ihr. Schweiß perlte über sein Gesicht und seinen Hals und tränkte sein Hemd. Ein Goldkettchen mit Kreuzanhänger glitzerte vor Nässe. Wieder fielen Katinka seine gnubbeligen Knie auf. Er trat beiseite, um sie einzulassen. Dankbar betrat sie den kühlen Korridor.

»Grüß Gott, Herr Isenstein«, sagte Katinka. »Ich konnte Ihre Frau telefonisch nicht erreichen und dachte mir, ich komme einfach vorbei.«

Isenstein nickte, als ginge ihn das nichts an, ließ Katinka stehen und tappte schwerfällig die Treppe hinauf. Ein Bein zog er nach. Unruhig sah Katinka ihm nach.

»Frau Isenstein?«

Weiter hinten im Haus regte sich etwas. Katinka spähte ins Halbdunkel. »Frau Isenstein?«

Charlotte kam durch den Korridor, leuchtend in ihrem weißen Kostüm.

»Es tut mir leid, dass ich einfach so bei Ihnen eindringe«, begann Katinka. »Ihr Mann hat mich reingelassen.«

»Ich bin nicht in der Stimmung, Besuch zu empfangen«, sagte Charlotte Isenstein. »Bitte verstehen Sie das. Ein andermal gerne.« Ihre Stimme knarrte vor Erschöpfung. Über ihre Wangen zogen sich Spuren von zerlaufenem Make-up.

»Selbstverständlich.«

»Es ist grauenvoll. Grauenvoll.«

Zu Katinkas Entsetzen begann Charlotte Isenstein zu weinen. Die Tränen rannen ihr unaufhörlich übers Gesicht. Sie ruderte mit den Armen, während sie versuchte, die Kontrolle wiederzuerlangen. Katinka sah an ihr herunter. Jacke und Rock waren verknittert, sie trug keine Schuhe. An den Zehen hatte sie rote Druckstellen.

»Ich kann nicht mehr«, flüsterte Charlotte Isenstein, lehnte sich an das Treppengeländer und schlug mit dem Kopf mehrmals gegen die gedrechselten Pfosten. »Ich kann einfach nicht mehr.«

Katinka berührte sie sacht am Arm.

»Kommen Sie. Setzen wir uns irgendwo hin.«

Sie führte Charlotte den Gang entlang, bis sie auf eine angelehnte Tür stieß. In der Küche dirigierte sie sie an den Tisch, suchte nach einem Glas, ließ Leitungswasser hineinlaufen und stellte es Charlotte hin. Charlotte setzte einige Male an, etwas zu sagen, doch es kullerten nur verzerrte Fragmente über ihre Lippen.

»Es ist nicht schlimm, Frau Isenstein. Weinen Sie.«

»Sie glauben gar nicht, wie schlimm es ist«, wimmerte Charlotte. »Ich bin dem Ganzen nicht mehr gewachsen. Er ist krank. So kann das nicht weitergehen.« Sie rieb mit den Händen über die blitzsaubere Tischplatte. »So kann es einfach nicht weitergehen.« Sie verlor sich in Schluchzern. Katinka stöberte eine Rolle Küchenkrepp auf und riss ein Blatt ab.

»Danke«, flüsterte Charlotte.

»Was ist passiert?«, fragte Katinka.

»Wir haben einen zweiten Brief bekommen.« Es dauerte Minuten, bis Charlotte sich so weit in der Gewalt hatte, dass sie aufstehen und ihn holen konnte. Diesmal fasste sie ihn mit dem Krepp zwischen den Fingern an.

*Ewald,*
*gleich zwei. Und das nächste Mal? Wie viele hast du dir vorgenommen?*

»Verflucht«, murmelte Katinka. »Wann kam das?«

»Am Vormittag. Frau Geller, unsere Nachbarin rief mich an, vor ungefähr zwei Stunden, so kurz vor zwölf. Sie hatte Ewald in heller Aufregung vor dem Haus auf- und abgehen sehen. Ich fuhr gleich heim. Jemand hat den Brief unter der Tür durchgeschoben. Ewald hat ihn gefunden und gelesen.«

Kein Wunder, dachte Katinka, er ist an ihn adressiert. Sie betrachtete den Umschlag. Das gleiche Material wie beim ersten Mal.

»Wann sind Sie heute früh aus dem Haus gegangen, Frau Isenstein?«

»Wie immer. Um halb acht.«

»Heute Morgen war also noch kein Brief da?«

»Nein. Ich schaue immer nach, seit ... seitdem.« Sie rieb sich die Augen. »Warum zwei, Frau Palfy? Warum steht hier ›gleich zwei‹?«

»Das frage ich mich auch«, sagte Katinka verwirrt. »Heute Morgen ist ein Mann im Luitpoldhain ermordet worden. *Ein* Mann.«

»Aber Ewald ...« Charlotte verlor sich in ein paar Schluchzern und war dann plötzlich ganz still.

»Sie sollten zur Polizei gehen«, schlug Katinka behutsam vor. »Frau Isenstein, wo war Ihr Mann heute Nacht?«

»Ich weiß es nicht.«

»Sie wissen es nicht?«

»Wir haben getrennte Schlafzimmer«, erklärte Charlotte. »Ewald ist die halbe Nacht auf Achse.«

»Auf Achse?« Schweiß kitzelte in Katinkas Nacken.

»Nur im Haus. Normalerweise geht er nicht weg, aber manchmal wandert er auch in der Stadt herum. Meistens aber sitzt er oben unter dem Dach und schreibt.«

Au Backe, dachte Katinka. Das sieht böse aus für Ewald Isenstein. Sie blickte auf die wenigen Zeilen, geschrieben mit Kugelschreiber auf Umweltschutzpapier. Bevor sie ihre Gedanken sammeln konnte, flüsterte Charlotte:

»Sie glauben doch nicht, dass er es getan hat, oder? Sie glauben es doch nicht.« Sie stand auf, beschäftigte ihre Hände mit einem Basilikumtöpfchen auf der Fensterbank, und sagte:

»Bitte finden Sie heraus, wer uns das antut. Mit Ewald zu leben ist eine Prüfung. In guten und bösen Tagen, das verspricht man sich, wenn man heiratet, aber,« sie drückte die Erde um die grünen Stängel fest, »meine Kraft reicht nicht mehr. Was soll ich nur tun. Wo soll ich hin und wohin mit ihm. Ich kann ihn doch nicht zugrunde gehen lassen.« Sie strich über ihren weißen Rock und hinterließ braune Erdspuren.

»Wir brauchen die Polizei, Frau Isenstein. Mit einem richterlichen Beschluss können sogar Schriftstücke als Vergleichsproben beschlagnahmt werden.«

»Ich will keine Polizei«, sagte Charlotte Isenstein scharf.

Katinka kannte die Alternativen, und die gefielen ihr nicht. Sie würde das Haus am Schillerplatz observieren müssen, Tag und Nacht. Darauf hoffen, dass noch einmal ein Brief kam. Hielte der Täter das Muster ein, würde er warten, bis der nächste Mord geschah und dann seine

Post vorbeibringen. Katinka schauderte. Einfacher wäre jene Variante, die sie vor Hardo unter allen Umständen verborgen halten musste: Palfy als Undercover-Agentin in den Wohnungen der Beteiligten. Sie seufzte. Natürlich besaßen alle Menschen Kugelschreiber, und auch Recyclingpapier und C6-Umschläge mit dem Umweltlogo waren nicht gerade selten. Aber es wäre einen Versuch wert. Nur um zu checken.

Charlotte Isenstein straffte die Schultern. »Ich will keine Polizei, verstehen Sie? Keinesfalls.« Ihr Gesicht wurde weiß, sie klammerte sich an die Tischplatte, sank auf den Stuhl und begann wieder zu weinen. Katinka strich ihr über den Rücken und rief Dr. Thompson an. Es war kurz nach halb drei.

Die Ärztin kam zwanzig Minuten später. Charlotte saß zusammengesunken am Küchentisch und reagierte auf Fragen mit teilnahmslosem Schulterzucken. Katinka verabschiedete sich und klingelte bei Gunda Geller im Nachbarhaus.

»Ja, bitte?«, knatterte es aus der Gegensprechanlage.

Der alte Bamberger Charme, dachte Katinka seufzend.

»Privatdetektivin Palfy. Ich muss Sie dringend sprechen.«

Der Summer ertönte. Im ersten Stock empfing eine Frau in Jeans und ärmellosem T-Shirt Katinka mit einem schlecht verborgenen neugierigen Lächeln um die Lippen. Sie sah aus, als liefe ihr das Wasser im Munde zusammen beim Anblick einer besonders kunstvoll verzierten Cremeschnitte. Stramme Fettpolster beulten ihren Jeansbund aus.

»Sie haben Frau Isenstein heute verständigt, dass ihr Mann auf der Straße herumirrt?«

»Die sind nicht gerade einfache Nachbarn, die Isensteins«, Gunda Geller deutete mit beiden Händen in die Richtung, in der Isensteins wohnten. Ihre Oberarme schwabbelten. »Herr Isenstein steht manchmal plötzlich bei mir im Garten. Kommt einfach rüber, schert sich um nichts. Ich weiß, dass er nicht bösartig ist, aber jetzt im Sommer habe ich manchmal Bedenken, die Terrassentür offen zu lassen.«

Katinka dachte an ihr Fenster in der Detektei.

»Und heute beobachteten Sie Herrn Isenstein auf der Straße?«

»Er tigerte auf und ab wie ein«, Gunda Geller zögerte, »Verrückter. Hier ist wenig Verkehr, aber ein Motorrad schoss um die Ecke und hätte ihn beinahe erwischt. Ich ging raus, sprach ihn an. Er hörte mich gar nicht. Wie gejagt lief er hin und her. Da habe ich seine Frau angerufen. Sehen Sie, ich kann doch keine Verantwortung übernehmen für den Mann! Der reagiert ja nicht normal.« Auf Gunda Gellers Oberlippe bildeten sich empörte Schweißperlen. »Fast hätte er einen Radfahrer zu Boden gerissen. Er sieht überhaupt nicht, wo er hintritt. Als gäbe es nur ihn auf der Welt.«

»Es war absolut richtig, Frau Isenstein anzurufen«, sagte Katinka und lächelte aufmunternd, obwohl sie der Frau am liebsten an die Kehle gegangen wäre. »Wann genau haben Sie Ewald Isenstein beobachtet?«

»Kurz nach halb zwölf, würde ich sagen.«

Katinka schrieb sich das auf. Kaum hielt sie das Notizheft auf den Knien, wurde Gunda Gellers Blick respektvoller. Charlottes und Gundas Zeitangaben stimmten nicht exakt überein. Das war üblich und nicht weiter tragisch. Flugs rechnete Katinka nach. Der Brief war also zwischen sieben Uhr dreißig, als Charlotte aus dem Haus gegangen war, und elf Uhr dreißig eingeworfen worden. Jemand hatte vier Stunden Zeit gehabt. Jemand, der wusste, wann Charlotte das Haus verließ und Ewald alleine war.

»Ihre Aussage ist enorm wichtig«, sagte Katinka freundlich. »Haben Sie heute zwischen sieben Uhr dreißig und dem Zeitpunkt, zu dem Sie Ewald auf der Straße umherirren sahen, irgendjemanden beobachtet, der einen Brief unter der Haustür der Isensteins durchschob?«

»Na, immer sitze ich nicht am Fenster und schaue auf die Straße, ob jemand Briefe zustellt!«

»Sicher wäre es ein großer Zufall, wenn Sie jemanden gesehen hätten«, schmeichelte Katinka. »Aber sehr hilfreich.«

Gunda Gellers empörte Miene lichtete sich ein wenig.

»Tut mir leid. Ich kann nichts beisteuern. Nichts.«

Katinka bedankte sich unterwürfig und klingelte bei Isensteins. Dr. Thompson war auf dem Sprung.

»Sie schläft. Sie hat ihre Tochter angerufen. Das Mädchen schmeißt die Vorlesungen und kommt nach Hause. Charlotte braucht jemanden, der sich wenigstens ein oder zwei Tage um sie kümmert.« Liz Thompson zog die Haustür zu.

»Wie geht es Ewald?«

»Er steckt in einer Phase, in der ihn Gefühle von Weltuntergang martern. Er wird viele Kollegblöcke vollschreiben und anschließend wieder aus dem Jammertal auftauchen.«

Um halb vier war Katinka zurück in ihrer Detektei. Sie schloss auf. Der schmutziggraue Vorhang im Nebenraum bauschte sich im Luftzug, als sie eintrat. Das Fax blinkte. Eine Mitteilung vom Bundesverband Deutscher Detektive lag im Kasten. Nicht ganz so, wie das Fax die Blätter normalerweise hineinspuckte. Eine Ecke ragte vorwitzig über den Rand des Ausgabekastens. Katinka hob den Kopf und schnupperte. Schnüffelnase, das war ein Schimpfwort für eine Detektivin, das sie nicht mochte. Doch manchmal war ihre Nase der verlässlichste Kompass. Sie ging ins Büro zurück. Sie hätte den Schreibtisch nicht aufräumen dürfen. Hätte jemand das Chaos von vorher durchwühlt, hätte er unter Garantie Spuren hinterlassen. Aber so lagen da nur die Stifte. Fein säuberlich einer neben dem anderen. Die Kappen alle auf gleicher Höhe.

Katinka Palfy legte ihre Stifte niemals so akkurat nebeneinander ab.

Sie nahm sich eine Cola aus dem Kühlschrank, trank, stellte sie weg und kletterte aus dem Fenster. Im Hinterhof sah sie sich um. Jemand konnte mit ein bisschen Glück und Kaltschnäuzigkeit ungesehen durch einen Laden oder einen Hausflur von der Straße in den Hof gelangen.

Die Frage war nur, wer. Und warum.

Katinka durchsuchte ihr Büro nach weiteren Anzeichen eines Einbruchs, aber ihr war schleierhaft, was Mr. X mit seinem Besuch beabsichtigt hatte. Gegen halb sechs beschloss sie, dass sie ohnehin nichts mehr tun konnte. Hardo hatte nicht zurückgerufen. Er steckte in der zermürbenden Detailarbeit fest, wie immer zu Beginn neuer Ermittlungen. Blieb für sie selbst nur eins zu tun.

»Die Undercover-Nummer«, murmelte sie, während sie abschloss. Sie schwang sich auf den Sattel und radelte nach Hause.

# 10. Undercover

Carla war keine Schwiegermutter, die dem Drang verfiel, sich im Haushalt nützlich zu machen. Sie spülte das Geschirr, das sie selber benutzte, und damit genug. Katinka nahm es dankbar zur Kenntnis, als sie nach Hause kam.

»Ach, Katinka.« Carla blickte von ihrem Zeichenblock auf. »Tom ist nicht da. Er wollte zu einem Freund. Wegen eines Autos.«

Katinka erinnerte sich dunkel, dass Florian Deinlein, Toms Schafkopfkumpel und ehemaliger Lover von Katinkas Schwester Melissa, auf der Suche nach einem neuen Wagen war.

»Dann wird er eine Weile weg sein«, vermutete Katinka. »Männer nutzen solche Anlässe immer sehr ausgiebig.«

Carla lachte. Sie legte ihren Skizzenblock weg und stand auf.

»Hast du Lust, etwas zu unternehmen? Oder bist du zu müde?«

»Erst mal duschen«, sagte Katinka. »Was zeichnest du da?«

»Entwürfe für eine neue Kollektion.«

Katinka nahm den Block auf. Fremdartige Gesichter grinsten sie an. Erst jetzt fiel ihr auf, dass sie sich für Carlas Beruf noch gar nicht interessiert hatte.

»Meine Spezialität. Schmuck nach alten Motiven der Mayas, Inkas und Azteken. Meistens aus Gold, selten aus Silber. Immer bunt, versetzt mit Halbedelsteinen und, als unique selling point, mit Alltäglichem wie Blech, Federn, Wolle, Horn, Plastik, Plüsch.«

»Du bist Künstlerin!«

»Simple Goldschmiedin. Leider verdient man damit nicht viel Geld. Deswegen habe ich mich vor zehn Jahren mit anderen Künstlerinnen zusammengetan: einer Goldschmiedin und zwei Modedesignerinnen. Wir bilden sozusagen eine Kooperative.« Carla lachte. »Endlich mal was Linkes, das funktioniert. Wir unterstützen uns gegenseitig im Verkauf und haben Verträge mit Geschäften in ganz Europa, die unsere Sachen abnehmen.«

Katinka strich mit dem Finger über die Skizze. Ein ernstes Gesicht, die Augen wie querliegende Tropfen. Eine gewaltige, dreieckige Nase. Der Mund nur ein Strich.

»Das Amulett, das du trägst«, fragte Katinka, »ist aber ein anderer Stil, oder?«

»Stimmt. Ein etruskisches Motiv. Aber damit konnte ich nicht landen, obwohl ich gerne etwas Europäisches zu meinem Programm gemacht hätte.«

»Das ist wunderschön«, sagte Katinka mit Blick auf das Papier. »Wie viele machst du im Jahr?«

»Da fragt die Geschäftsfrau«, lächelte Carla. »Ich schaffe sechs bis zehn große Stücke. Außerdem repariere ich Schmuck. Unser Atelier in Berlin ist auch eine ganz normale Werkstatt.«

Katinka legte den Block weg.

»Beneidenswert, so ein künstlerischer Beruf.«

»Manchmal ja. So wie jetzt. Meine Kollegin nimmt für mich die Aufträge an und repariert, was anfällt, während ich in Bamberg sitze und geruhsam Entwürfe zeichne.«

»Lass uns was essen gehen«, schlug Katinka vor. »Tom kann mich jederzeit auf dem Handy erreichen und nachkommen, wenn er Lust hat. Vielleicht mit Florian.«

Sie gingen zum Spanier um die Ecke. Katinka trank vorsorglich nur ein Glas Wein, sie hatte noch etwas vor in der Nacht. Carla erzählte lebhaft von ihrer Kooperative und ihren Reisen nach Mexiko und Peru, wo sie die Mayakultur studiert hatte. Katinka konnte Details aus dem Archäologiestudium beisteuern, die ihr nun, da ein Anlass gegeben war, zufielen wie reife Erdbeeren. Seltsam, dass man manche Dinge eben nicht vergisst, philosophierte Katinka und dachte an Dr. Thompsons Faszination für das menschliche Gehirn. Tom meldete sich den ganzen Abend nicht. Gegen elf juckte es Katinka in den Fingern, Hardo anzurufen, aber sie ließ es sein. Als sie nach Hause kamen, legte Katinka sich für eine Stunde ins Bett und starrte an die Decke.

Um Mitternacht stand sie vor Krolls Haus am Mühlwörth, das Haar von einem schwarzen Piratentuch verdeckt. Es war immer noch warm. Seidig schmiegte sich die Luft auf die Haut. Katinka zwängte ihre feuchten Hände in die Latexhandschuhe. Ihr Herz klopfte heftig gegen ihre Rippen. Gekonnt setzte sie den Dietrich an. Sie war geübt genug. Es sah aus, als mühe sie sich mit einem unzuverlässigen Hausschlüssel. Mit einem *Klack* ging die Tür auf. Keine Sicherheitskette.

Ausatmen. Sie stand im Flur und lauschte. Die Küche kannte sie schon. Es gab noch eine Tür unten. Oben vermutete sie Bad und Schlafzimmer mitsamt einem schnarchenden Bernhard Kroll. Es lebe die Konformität, dachte sie. Die meisten Wohnungen sind Standard. Sie drückte die Klinke runter. Schwärze. Das Fenster ging zur Straße. Behutsam zog sie die Vorhänge zu. Der Strahl ihrer Taschenlampe beleuchtete ein Wohnzimmer mit reich ausgestatteter Bücherwand. Sie ließ das Licht über die Titel wandern. Mathebücher, Fantasy, Bücher über Jagen und Forstwirtschaft. Ein Sekretär neben dem Fenster enthielt Krolls Schreibzeug. Natürlich besaß Kroll Kugelschreiber, wie wahrscheinlich so gut wie alle Menschen auf diesem

Planeten. Es waren billige mit Werbeaufdruck. Katinka steckte sie ein. Sie entdeckte eine Kladde mit Notizen in Krolls kleinen, bauchigen Buchstaben. Neugierig blätterte sie darin. Sie fand eine Karte, auf der ihm ein gewisser Oskar zur bestandenen Jägerprüfung gratulierte. In der untersten Schublade lagen Briefumschläge. C6. Mit dem Umweltengel darauf. Sie hörte sich im Halbdunkel aufseufzen. Aber es bedeutete nichts. Das war das Schlimmste an ihrer Mission. Zum Scheitern verurteilt. Aufwand und Ertrag standen in keinem Verhältnis. Es sei denn, sie fände einen frischen Erpresserbrief. Das Telefon klingelte. Sie schrie auf, laut genug, um vor ihrer eigenen Stimme zu erschrecken.

Das Gerät stand auf dem Boden neben dem Sekretär, ein altmodisches, scheußliches Teil mit Schnur und Wählscheibe. Katinka starrte auf das Telefon, unfähig, sich zu bewegen. In ihrem Kopf sagte jemand: Raus, ehe Kroll wach wird und runterkommt. Aber sie stand steif da. Sah der Karte zu, die aus ihrer Hand auf den Boden segelte und weich landete. Hechtete dann hinter einen Sessel in der Ecke und rollte sich zusammen wie ein Igel. Der Klingelton verstummte. Katinka hob den Kopf. Entweder war Kroll nicht da. Oder er hatte das Klingeln nicht gehört. Oder er hatte oben noch einen Anschluss und dort abgehoben.

Katinka kroch aus ihrem Versteck und näherte sich dem Telefon so vorsichtig wie einem giftigen Skorpion. Das Ohr nahe an dem Gerät hörte sie ein feines Summen. Ihre Hand griff nach dem Hörer. Katinka beobachtete erstaunt, wie die Finger in der weißen Latexhülle den Hörer anfassten und hochhoben, ganz langsam und allmählich, obwohl sie ihnen keineswegs den Befehl dazu gegeben hatte. Am anderen Ende hörte sie eine männliche Stimme sprechen.

»Morgen? Gegen zwei Uhr.«

»Na gut«, kam es verschlafen von Kroll. »Ich bin immer noch ziemlich kaputt.«

»Ich habe schon gemerkt, dass alles noch ungewohnt für dich war. Da machen die Nerven schon mal schlapp.«

Eine Pause entstand. Katinkas Herz schlug so laut, dass sie sicher war, Kroll würde es hören. Er brummte etwas, als gefiele es ihm nicht, dass jemand seine Nerven kritisierte.

»Also, dann ist es ausgemacht«, sagte der andere. »Samstag um zwei hole ich dich ab.«

»In Ordnung«, sagte Kroll.

»Nacht.«

»Nacht.«

Es knackte in der Leitung. Katinka lauschte weiter in den Hörer. Sie hörte schnelle, erregte Atemzüge. Sie selbst keuchte wie ein Jagdhund.

Über ihrem Kopf dumpfe Geräusche. Katinka warf den Hörer auf die Gabel, schnappte sich ihren Rucksack und stürmte in den Korridor. Schritte. Eine Tür öffnete sich knarrend.

»Wer ist da?«

Katinka riss die Haustür auf. Kroll kam polternd die Treppe herunter. Mit fliegendem Atem stürmte Katinka davon. Ihre Turnschuhe rammten den unebenen Asphalt hart bei jedem Schritt. Sie raste das Mühlwörth entlang bis zu den Mühlbrücken, meinte, auf ihrer Schulter kalte Finger zu spüren, wusste, dass sie sich täuschte, schlug einen Haken zur Geyerswörthstraße und rannte am Stadtbad vorbei bis zum Alten Kanal. Der betörende Duft von Heckenrosen wehte ihr nach.

Hier der erste Blick zurück. Nach Luft schnappend beugte sie sich über das Brückengeländer. Natürlich war sie zu schnell für Kroll. Das harte Training lohnte sich.

Aber sie wusste nicht, ob er sie gesehen und erkannt hatte. Unwahrscheinlich, aber möglich. Heftiges, unregelmäßiges Herzklopfen. Noch schlimmer war, dass sie sich wie eine Anfängerin verhalten hatte. Dilettantisch hoch neun, dachte sie, während ihre Füße von selbst den Weg nach Hause einschlugen. Alle paar Meter sah sie sich um. Kroll war nicht zu sehen. Sie zog sich das Piratentuch vom Kopf. Wütend auf sich selbst schleuderte sie ihre Gummihandschuhe in einen Mülleimer. Nur unbedachte Neugier hatte sie veranlasst, das Telefon abzuheben. Sie sah auf die Uhr. Halb eins. Carla hatte recht. Der Wille und die bewusste Intention sind nur zwei der Kräfte, die uns antreiben, und lange nicht die stärksten, dachte Katinka. Es ist wahr. Es ist einfach wahr.

Kroll jagte Katinka durch die Stadt. Er trug Springerstiefel und einen Armeeanorak. Katinka rannte, bis ihre Lunge in Fetzen hing. Sie stürzte über ein Brückengeländer. Ein sehr hohes, metallenes Brückengeländer. In der Ferne hörte sie eine Lok pfeifen. Sie kippte über die Reling wie ein Seemann im Suff und fiel und fiel und ...

»Katinka!«

Eine Hand rüttelte sie sanft an der Schulter.

»Hej, Kleines.«

Sie mochte nicht, wenn er sie so nannte. Ausgenommen nach Albträumen.

»Was ist los mit dir?«, murmelte Tom und rollte auf Katinkas Seite hinüber. Seine Arme waren fest und warm und er roch nach Kneipe und Schlaf.

»Schlecht geträumt«, sagte Katinka. Sie hörte ihren Atemzügen zu.

»Ein Mörder?«

»Ja. So ähnlich. Er hat mich gejagt.«

»Sollen wir Licht machen?«, fragte Tom.

»Nein. Halt mich lieber fest.«

Tom strich ihr durchs Haar. Sie liebte diese Geste, seine zärtlichen Finger in ihrem Nacken, seinen warmen Atem. Katinka versuchte an nichts zu denken als an Toms Nähe. Sie kuschelte sich so fest an ihn, dass sie sein Herz schlagen spürte.

»Habt ihr ein Auto für Florian?«

»Ja. Schlaf wieder ein«, flüsterte Tom. »Mit mir zusammen. Auf drei. Eins, zwei ...«

Sie lachte leise.

»Langsamer. Du musst langsamer zählen.«

Er setzte noch mal an. Dehnte jede Zahl in die Länge, bis ihm die Luft ausging. Bei *fünf* rutschte Katinka zurück in eine Welt aus verschwommenen Träumen.

# 11. Mariele

Katinka schlief lange am nächsten Morgen. Als sie um halb zehn erwachte, war die Luft bereits stickig. Graue Wolken türmten sich über der Stadt.

»Gewitter«, sagte Carla, während sie Katinkas Kaffeetasse vollschenkte. »Wurde auch Zeit. Es war unglaublich schwül gestern Nacht.«

Katinka trank ihren Kaffee und musterte vorsichtig Carlas Gesicht. Sie musste mitbekommen haben, dass Katinka noch mal weggegangen war. Aber sie sagte nichts dazu.

Tom rumorte in seinem Arbeitszimmer.

»Heute Morgen kamen schon mindestens zehn Telefonanrufe«, sagte Carla und bestrich sich ein Brötchen.

»Tom hat einen Auftrag fertig«, sagte Katinka, »und stimmt die allerletzten Kleinigkeiten mit den Kunden ab. Dann fährt er los und installiert die Programme vor Ort. Das ist so was wie eine Schiffstaufe.«

»Ich bin Landratte«, sagte Carla und sah auf, als Tom in die Küche wirbelte. Er packte Katinka an den Schultern und rief:

»Ich hab's. Es läuft. Morgen fahre ich nach Leipzig und installiere die Chose.«

»Super!« Katinka küsste ihn.

»Sehr schön, Tom«, kam es von Carla.

Tom schnappte sich ein Brötchen.

»Sollen wir den Tag nicht ausnutzen? Das Wetter schlägt vielleicht bald um. Fahren wir raus? Ins Sommerhaus?«

Katinka hatte vor einem Jahr ein Häuschen in der Fränkischen Schweiz geerbt. Es bestach durch seine herrliche Lage in einem langgestreckten Tal, umgeben von einem ausgedehnten Garten.

»Gerne«, sagte Carla verhalten, doch Katinka sah das freudige Blitzen in ihren Augen.

»Ich würde mitkommen«, zögerte Katinka. »Aber ich muss was klären.«

»Dein Fall?« Tom sah enttäuscht aus. Dann zwinkerte er und raunte: »Ich hab's kapiert.«

»Nein«, widersprach Katinka. Sie ahnte, was er sich zusammenreimte. »Charlotte Isenstein hatte gestern einen Zusammenbruch. Ich muss nach ihr sehen und herausfinden, was genau der Auslöser war, und ich muss mit ihrer Tochter reden.«

»Frau Detektivin ist wie immer sehr beschäftigt«, grinste Tom. »Also, was meinst du Carla: Würdest du gerne unser Sommerhaus kennenlernen?«

Natürlich wollte Carla.

Vielleicht habe ich Tom falsch eingeschätzt, dachte Katinka. Vielleicht war er nur angespannt wegen des Auftrags, und nicht wegen Carla. Zweifelnd sah sie zu, wie Tom sich Kaffee nahm und fröhlich sein Brötchen mit Käse belegte.

Als Katinka gegen elf bei den Isensteins klingelte, öffnete ihr eine junge Frau die Tür und sah sie neugierig an.

»Mariele Isenstein?«, fragte Katinka überflüssigerweise, denn Mariele war ihrer Mutter wie aus dem Gesicht geschnitten. Sogar dieselbe steile Falte hatte sie auf der Stirn.

»Und Sie sind Katinka Palfy«, stellte Mariele fest. »Kommen Sie herein. Haben Sie rausgekriegt, wer die Briefe schreibt?«

Wenn das so einfach wäre, dachte Katinka.

»Wie geht es Ihrer Mutter?«

»Besser.«

»Ich würde sie gerne sprechen.«

»Warten Sie einen Augenblick. Sie liegt im Bett. Ich schaue, ob sie ...«

»Machen Sie sich nicht die Mühe. Ich brauche nicht lange.«

Katinka ließ Mariele stehen und stieg die Treppen hinauf.

»Warten Sie!« Mariele stürmte hinterher. »Ich muss sie wenigstens vorher fragen.«

Sie öffnete eine Tür und verschwand. Katinka hörte sie mit ihrer Mutter reden, bis Mariele den Kopf herausstreckte und sagte:

»O.k. Kommen Sie rein.«

Charlotte Isenstein saß auf ihrem Bett, vollständig angezogen, in Bluse und Jeans.

»Ich wollte nach Ihnen sehen«, sagte Katinka.

»Setzen Sie sich.« Charlotte Isenstein wies auf die Bettkante. »Mein Mann ist nach Königsberg gefahren. Veit, das ist der Freund meiner Tochter, bringt ihn hin. Ewald fährt nicht alleine Auto. Gestern war er in einem solchen Zustand ...« Sie schüttelte den Kopf.

»Kann es sein, dass Sie sich mehr um den Zustand Ihres Mannes kümmern als um Ihren eigenen?«

Charlotte Isenstein zögerte, als erwäge sie, Katinka hinauszuwerfen. Schließlich sagte sie gepresst:

»Es bleibt mir nichts anderes übrig.«

»Ich bin froh, dass Ihre Tochter gestern gekommen ist.«

»Ja.«

»Ich war mir nicht sicher, ob ich vielleicht lieber Ihren Sohn verständigen sollte«, sagte Katinka. »Schließlich wohnt er gleich um die Ecke.«

Charlottes Gesicht verzog sich. Unmerklich fast. Katinka konnte ausführlich genug darin lesen.

»Könnten Sie mir etwas mehr über Bernhard Kroll erzählen?«, wechselte sie das Thema.

»Bernhard? Du meine Güte, Sie glauben doch nicht etwa ...«

»Ich habe einen Auftrag zu erledigen«, sagte Katinka, »wozu ich immer wieder neue Informationen benötige.«

»Na gut.« Charlotte lehnte sich zurück und stützte den Kopf gegen die Wand. »Ich mochte Bernhard noch nie. Ein aufdringlicher Kerl. Scharwenzelt um Ewald herum wie ein Wachhund.«

»Die Männer kennen sich aus der Referendariatszeit?«

»Bernhard ist fünf Jahre älter als mein Mann«, sagte Charlotte. »Er kämpfte sich durch sein Studium. Setzte ein, zwei Jahre aus. Reiste durch die Welt. Bewarb sich beim Verfassungsschutz. Wurde nicht genommen.«

»Verfassungsschutz?«

»Er interessiert sich für Kryptologie. Aber bei den Männern im Trenchcoat wartete natürlich niemand ausgerechnet auf Bernhard Kroll. Er wurde Lehrer, weil ihm nichts anderes übrig blieb. Als er an der Schule anfing, versuchte er sich noch mit einer Doktorarbeit über Verschlüsselungstechniken, aber niemand wollte ihn betreuen. Von irgendwas muss der Mensch ja leben. Also begrub er den Traum, ein bedeutender Kryptologe zu werden, und brachte den Kindern Rechnen bei.«

»Glücklich war er dabei aber nicht?«

»Nein. Ich habe den Verdacht, dass seine Bandscheibenoperationen nur Pseudobehandlungen waren. Kroll kennt ziemlich viele Leute an Unikliniken.«

»Sie meinen, er hat seine Beschwerden nur vorgetäuscht?«

»Das wohl nicht. Aber er wollte möglichst oft ausfallen. So eine Operation ist kein Kinderspiel. Eine zweite und dritte erst recht nicht. Irgendwann kam er wohl auf die Idee, es gleich mit der Frühpensionierung zu versuchen. Zwei Jahre vor Ewalds Unfall hatte er Erfolg.«

»In der Zeit vor dem Unfall«, fragte Katinka, »würden Sie sagen, dass Ihr Mann und Bernhard Kroll Freunde waren?«

»Gute Kollegen wohl. Aber Freunde – nein. Ewald hat Bernhard im Referendariat viel geholfen, ihm die Lehrproben vorbereitet. Bernhard muss in der Didaktik eine Null gewesen sein. Minus Null.«

»Nun kümmert sich Kroll um Ihren Mann, oder?«

»Kümmern?« Charlotte Isenstein lachte auf. »Das hat er Ihnen sicherlich so verkauft. Er kommt ins Haus, wann immer es ihm passt, und macht Ewald nervös. Ewald will vor allem eins: in Ruhe schreiben. Taucht Kroll auf, ist er aus dem Rhythmus.«

Katinka betrachtete Charlotte Isenstein. Eine Frau, die den ganzen Tag außer Haus war, um einen Lebensstandard zu halten, den vorher ihr Mann gesichert hatte. Ein ehemaliger Kollege mit vermutlich konservativen Ansichten, der dieser Frau vorwarf, den eigenen Mann zu vernachlässigen. Pflichtgefühl. So hatte Kroll seine Motivation genannt. Betreuungsleistung. Das klang nach Krankenschein.

»Frau Isenstein«, fragte Katinka, »gab es irgendwann in den Jahren, seit Ihr Mann und Kroll sich kennen, Streit zwischen den beiden? Irgendetwas Unausgegorenes?«

»Nichts, wovon ich wüsste.«

»Wie versteht sich Ihr Mann eigentlich mit Ihren Kindern?«

»Mit Mariele gibt es keine Probleme«, antwortete Charlotte sofort.

»Und mit Ihrem Sohn?«

»Nein. Alles o.k.« Charlotte Isenstein fasste sich an die Stirn. »Wenn es Ihnen nichts ausmacht, würde ich Sie bitten, mich alleine zu lassen. Ich brauche ein bisschen Schlaf.«

Also gibt es Probleme, dachte Katinka. So gewaltige Probleme, dass du nicht einmal daran denken kannst.

»Selbstverständlich.«

Katinka drückte Charlotte die Hand.

»Und, Frau Palfy?«

»Hm?«

»Danke für gestern.«

»Nicht der Rede wert«, sagte Katinka. »Nur eins noch: Ihr Mann floh als Kind aus Ungarn. Spielt das noch eine Rolle in seinem Leben?«

Charlotte zuckte die Achseln.

»Kaum. Früher sprach er ab und zu darüber. Aber seit dem Unfall ist es, als habe sein Gehirn diese Erinnerung gelöscht.«

Katinka nickte, öffnete sachte die Tür, als könne sie Charlotte selbst im Hinausgehen stören, und trat auf den Gang. Von irgendwo hörte sie Marieles Stimme.

»Bist du noch in Königsberg?«, fragte sie. Es folgte eine Pause. »Mama ist fix und fertig«, kam es schließlich. »Wir sollten wirklich mit ihm reden.«

Katinka schlich zur Treppe. Die Stimme kam von oben. Aus Ewalds Schreibstube.

»Das ist super. Dann fahren wir gleich heute Nachmittag noch einmal hin. Markus sollte sich einfach manches nicht mehr leisten können. Papa muss das wissen. Holst du mich ab?«

Katinka ertrug kaum die lange Pause.

»O.k. Bis halb vier dann. Tschüss, mein Schatz!«

Katinka verdrehte die Augen und stieg die Treppe hinauf. Mariele stand in Ewalds Reich aufgepflanzt wie Gabriel, der Erzengel. Sie hielt eine Mappe in der Hand und las mit angeekeltem Gesicht in den Aufzeichnungen ihres Vaters.

»Mariele?«

Die Mappe wurde zugeknallt.

»Haben Sie mich erschreckt.«

»War keine Absicht. Könnten Sie mir kurz weiterhelfen?«

»Sicher.« Mariele war weiß um die Nase.

»Sie verstehen sich gut mit Ihrem Vater, nicht?«, fragte Katinka.

»Ja, schon.« Mariele blickte unsicher drein.

»Beneidenswert. In den meisten Familien gibt es eine Menge dunkle Flecken. Ich weiß, wovon ich rede.«

Mariele taute auf.

»Bei uns nicht. Wir müssen zusammenhalten, wegen meinem Vater.«

»Kommen Sie jedes Wochenende nach Hause?«

»Fast. Mein Freund wohnt in Bamberg.«

»Leipzig liegt ja nicht so ganz nah«, sagte Katinka, als riefe sie sich die Strecke gerade ins Gedächtnis. »Wie gut, dass Ihr Bruder hier in Bamberg lebt. Gleich um die Ecke sozusagen.«

»Das hat nichts zu bedeuten«, schnaubte Mariele. »Markus klinkt sich gerne aus.«

»Tatsächlich?« Katinka verlagerte ihr Gewicht auf das andere Bein.

»Veit und ich kümmern uns wirklich viel um meinen Vater. Auch um meine Mutter zu unterstützen. Sie ist die Alleinverdienerin. So viel Pension kriegt mein Vater ja nicht.«

»Verstehe. Ich habe übrigens gestern mit Ihrem Freund gesprochen. Einen guten Typen haben Sie abgekriegt!«

Mariele strahlte.

»Er hat mir schon erzählt, dass Sie ihn über meine Familie ausgefragt haben. Aber von uns schreibt niemand so grässliche Briefe.«

»Gewöhnt man sich eigentlich an die Syndrome?«, fragte Katinka und wies auf die Mappe in Marieles Händen.

»Irgendwie schon.« Mariele legte die Mappe weg. »Aber Papa ist mir sehr fremd geworden. Heute Nachmittag fahre ich mit Veit zu ihm nach Königsberg. Nur«, sie zögerte, »zur Sicherheit.«

»Schreiben Sie mir doch bitte die Königsberger Adresse auf«, bat Katinka. »Sie ist mir abhandengekommen.«

Mariele sah sie misstrauisch an, kritzelte aber dann in runden, auf- und abtanzenden Buchstaben die Anschrift auf ein Blatt.

»Herzlichen Dank. Wenn Sie mir noch etwas erzählen wollen, das Licht ins Dunkel bringen kann, melden Sie sich, ja?«

Katinka radelte zur Nonnenbrücke und schloss ihr Fahrrad an das Geländer. Halb zwölf. Die Luft stand. Was sich noch bewegte, tat dies langsamer als üblich. Katinka stieg die schmalen Treppenstufen zum Kanalufer hinunter und setzte sich ins Gras. Bei vielen Fällen fragte sie erst nach einigen Tagen Ermittlung nach dem Warum. Jetzt war es Zeit dazu. Sie stellte sich die Isensteins auf einem Familienfoto vor. Der kranke Vater. Eine zupackende Mutter, eine verantwortungsbewusste Tochter. Ein Sohn am Rand. War Markus der wunde Punkt der Familie? Würde sie mit Ewald darüber reden können?

Katinka blickte sehnsüchtig auf das behäbig dahinfließende Wasser. Sie würde gern schwimmen gehen. Aber nicht heute. Heute gab es noch mehr zu erledigen. Sehr viel mehr.

Weiterdenken. Sie stellte Kroll auf ihr imaginäres Foto.

War Kroll einfach jemand, der Ewald viel verdankte und sich in seiner Schuld fühlte?

Heute Nacht, dachte Katinka. Wer hat ihn da angerufen? Nach Mitternacht, als er schon schlief? Sie rupfte Grashalme aus. Wer war der andere Mann? Warum war Kroll gestern müde gewesen? Weil er früh aufgestanden war? An dem Tag, an dem der Mann im Luitpoldhain umgebracht worden war? Kroll mit einem Hammerfäustel in der Hand ... Katinka sah sich um. Hier am Ufer saß sie ganz allein. Es war kein schönes Ufer. Zerklüftetes Kopfsteinpflaster überwuchert von Gras, die Böschung voller Unkraut. Jemand vor ihr hatte Gras niedergetreten und eine Weile dort gesessen. Allein vom Nichtstun lief ihr der Schweiß über den Körper. Was hatte der andere Mann gemeint, als er sagte, alles sei noch ungewohnt für Kroll gewesen? Hatten Kroll und der andere Beatrix Hanf auf dem Gewissen? Und den Mann von gestern Morgen? Verabredeten sich Mörder am Telefon zu einer neuen Tat?

Ich denke Unsinn, machte sich Katinka Vorhaltungen. Gewiefte Mörder tun so was nicht.

Aber es gab die anderen: Die Bankräuber, die die Bank vor dem Überfall nicht mal von innen gesehen hatten. Die Vergewaltiger, die ihre Opfer spontan in einer halbwegs brauchbaren Umgebung zu Boden warfen. So brauchbar wie dieses Ufer: Kaum einsehbar, ab vom Schuss. Katinka fuhr hoch. Sie stand immer noch vor denselben Versionen wie tags zuvor: Hatte Ewald die Morde begangen, deren er in den Briefen beschuldigt wurde? Daraus ergab sich die Frage, wer genau davon wusste und zu welchem Zweck er Ewald damit konfrontierte. Anonym, und ohne Geld oder etwas anderes zu erpressen.

Die zweite Version war, dass jemand Ewald die Morde anhängte, obwohl Ewald sie nicht begangen hatte. Warum tat er es? Ganz ohne Risiko war anonyme Post auch nicht.

Schließlich gab es eine dritte Möglichkeit: Der Schreiber probierte es auf gut Glück. Er wusste nicht, ob Ewald der Täter war. Hielt es eventuell für möglich. Aber warum schreibt er diese Briefe, fragte sich Katinka, während sie an der Villa emporsah, in der Markus Isensteins Büro lag. Was hat er davon? Sie zückte ihr Handy und wählte Hardos Nummer. Er antwortete sofort.

»Ach, Palfy«, sagte er gehetzt. »Ich habe wenig Zeit. Kann ich Sie später zurückrufen?«

»Ich hatte Ihnen gestern eine Nachricht hinterlassen und habe mich nur gewundert, warum Sie sich nicht gemeldet haben.«

Er klang sofort alarmiert.

»Warum habe ich die nicht bekommen?«, polterte er los. »Mit wem haben Sie gesprochen?«

Katinka gab vor, den Namen nicht mehr zu wissen.

»Ich muss Ihnen dringend etwas zeigen«, sagte sie. »Wann haben Sie Zeit?«

»Ist was passiert?«

»Sie haben mich doch als Zulieferer für Ihren Fall engagiert.«

»Ich habe nicht den dünnsten Nerv mehr für Scherze«, sagte Uttenreuther schneidend. »Was ist los?«

»Zu kompliziert am Telefon. Wann haben Sie eine Stunde für mich?«

»Heute Abend«, schlug Hardo vor. »Ich brauche eine Pause, wir haben fast die ganze Nacht durchgearbeitet. Wir haben noch einen Mord. Gift. Die Mutter des Toten aus dem Luitpoldhain.«

»Mein Gott!«

»Ich rufe Sie wieder an.« Damit legte er auf.

Katinka war froh darum, dass sie ihn nicht gefragt

hatte, ob ein Einbruch am Mühlwörth angezeigt worden war.

Erhitzt stieg sie zur Straße hoch und läutete bei Markus Isensteins Büro. Stille. Sie versuchte die Klingel zu seiner Privatwohnung. Nichts. Markus Isenstein genoss den Sommertag anderswo. Sie wühlte in ihrem Rucksack. Der Dietrich lag warm in ihrer verschwitzten Hand.

# 12. Gewitterfront

Katinka saß in ihrem Beetle bei offenem Verdeck vor E. T. A. Hoffmanns Bronzeplastik und spähte zum Schillerplatz Nummer sechs hinüber. Sie hasste das Observieren. Die Monotonie überwältigte sie jedes Mal in einer Weise, die sie beinahe depressiv werden ließ. Noch beherrschte sie die Kunst nicht, ihre Gedanken zu beschäftigen, ohne sie von ihrem Zielobjekt abzulenken. Bilder von einem im Sonnenlicht grün glänzenden Fluss zogen vor ihrem Auge hinweg. Sie rief Toms Handy an. Nur aus Neugier, sie würde gern wissen, ob er und Carla schon im Sommerhaus angekommen waren. *Der gewünschte Teilnehmer ist zur Zeit nicht erreichbar*. Inbrünstig hoffte Katinka, dass er und Carla einen guten Tag haben würden.

Britta nahm nach dem zweiten Klingeln ab.

»Hej, Katinka. Du willst wissen, ob ich was zu deiner verqueren Familie herausgefunden habe!«

»Schon, ja.« Katinka senkte die Stimme.

»Probleme?«

»Ich observiere.«

»Ödnis und Langeweile«, seufzte Britta verständnisvoll. »Aber ich habe einen Leckerbissen für dich, der deine Gedankenwelt eine Weile beschäftigen wird.«

»Schieß schon los.«

»Dein Klient Ewald Isenstein ist vor wenigen Monaten im E. T. A.-Hoffmann-Museum aufgefallen.«

»Warum das?«

»Er ging einer Besucherin an die Gurgel, die sich bei ihrer Freundin über den alten Hoffmann ausließ. Sie bezeichnete ihn als Gruselromantiker. Ewald verstand da gar keinen Spaß.«

»Das gibt's doch nicht.«

Katinka nahm ihre Sonnenbrille ab. Sie genoss den ersten Sommer mit Kontaktlinsen und schicker, verspiegelter Sportbrille.

»O doch. Er packte ihren Hals und drückte zu. Die Freundin knallte Ewald beherzt einen Regenschirm über die Rübe. Daraufhin ließ er los. Eine Polizeistreife musste eingreifen. Ewald tobte wie irre.«

Wie irre, dachte Katinka. Da ist es wieder, das Vokabular der Geisteskrankheit.

»Woher weißt du das?«

»Vertraulich.«

»Er ist durchgedreht wegen E. T. A. Hoffmann?« Ungläubig sah Katinka dem Dichter zu, der mit dem Kater Murr auf seiner Schulter spielte. Ihr fiel ein, dass sie Vishnu in letzter Zeit ziemlich vernachlässigte.

»Am besten fragst du mal deine Polizeifreunde. Ewald gab zu Protokoll, er könne nicht zulassen, dass der große Dichter beleidigt würde.«

»Ich mache mir gleich eine Notiz.« Katinka kramte nach ihrem Kollegblock. »Gehen wir mal schwimmen am Wochenende?«

»Huh, die Detektivin hat Zeit? So mitten im Fall?«

»Ich brauche Abkühlung.«

Britta raschelte mit Papier.

»Im Prinzip gerne. Ich sollte am Sonntag eine Story über die Kraftsteine bei Heilgersdorf machen«, sagte sie, »aber das halse ich unserem neuen Freien auf. Zu dem passt das.«

»Ihr habt einen neuen Freelancer? Sieht er gut aus?«

»Katinka, ich warne dich. Deine Informationsquelle wird alsbald versiegen.«

Katinka kicherte. Britta kultivierte gerne ihr Image als Naschkatze, wenn es um gutaussehende Männer ging. Keinesfalls wollte sie einen Flirt oder eine heiße Nacht sausen lassen, obwohl sie seit zwei Jahren mit einem Redakteurskollegen zusammen war. Alban Hanke blieb nichts anderes übrig, als Brittas Eskapaden zu ertragen, wobei seine Langmut wahrscheinlich mit seinen eigenen Nebenbei-Liebschaften zu tun hatte.

»O.k., er sieht verdammt gut aus«, fügte sie nun hinzu. »Graue Augen wie dein Kommissar. Durchtrainiert. Nur ...«

»Moment«, unterbrach Katinka. »Heißt er Veit Behlen?«

»Kannst du hellsehen?«

»Nein. Er ist der Freund von Ewald Isensteins Tochter.«

»Hast du Töne!« Britta fluchte dezent. »Aber er wäre ohnehin nichts für mich. Er steht auf reifere Frauen.«

Katinka verschluckte sich.

»Er – was?«

»Was ist schon dabei!«, rief Britta. »Sei nicht immer so traditionell. Ältere Männer mit jüngeren Frauen sind dir keine Zeile wert, aber wehe, wenn umgekehrt ...«

»Nein«, sagte Katinka schnell. »Das meine ich nicht. Aber jetzt, wo du es sagst ...« Sie spielte mit ihrer Sonnenbrille herum.

»Was meinst du damit?«

»Britta, geh in dich. Hat er mal was erzählt, mit wem er ins Bett steigt?«

»Fragst du aus ermittlungstaktischen Gründen?«

»Warum sonst. Sag schon!«

»Typen wie Veit prahlen immer. Egal ob sie mit Fallschirmen abspringen oder alle Frauen ab fünfzig anschmachten. Reicht dir das?«

»Danke, Britta.« Die Tür zu Nummer sechs wurde geöffnet. Katinka drehte den Zündschlüssel. »Ich muss Schluss machen. Da kommt er nämlich. Aber mit seiner Freundin.«

Sie drückte auf die rote Taste und warf das Handy auf den Beifahrersitz, grinsend bei der Vorstellung, wie Britta entgeistert den Telefonhörer anstarrte. Veit und Mariele stiegen in Veits Wagen. Es war die Art Auto, die Katinka erwartet hatte. Sie folgte dem tiefgelegten schwarzen Monstrum aus der Stadt.

Mariele und Veit verließen die Autobahn bei Viereth. Im Westen türmten sich unförmige Wolken. Die Luft war so heiß, dass sich Katinka wie im Strahl eines Föhns vorkam. Gemächlich rollten die beiden Wagen über die Landstraße. Es herrschte wenig Verkehr. Bei Eltmann überquerten sie den Main. Katinka sah kurz nach rechts. Neiderfüllt bewunderte sie die Boote in dem kleinen Jachthafen. Du bist unersättlich, schalt sie sich. Kaum hast du ein Haus in der Fränkischen Schweiz geerbt, willst du ein Segelboot.

In Zeil hielt Veit. Katinka wartete in einer Parkbucht, bewunderte die Fachwerkhäuser und die bunten Kirchweihwimpel, die über der Straße im Wind flatterten. Veit holte Eis an einem Straßenverkauf und reichte Mariele die Waffel ins Auto. Katinka betrachtete die Ankündigung für das Weinfest. Sie kam so selten in diese Gegend, wo die Weinberge bis dicht an die Straße reichten, wo man Wein trank statt Bier, und wo das Abendlicht viele Stunden die Sandsteinmauern der Häuser wärmte.

Als der schwarze Wagen losfuhr, ließ Katinka ein anderes Auto sich zwischen ihrem Beetle und Veits breiten Reifen einordnen. Es ging jetzt schneller vorwärts, sie fuhren geradewegs in die Haßberge hinein. Alles leuchtete grün. Bunte Gärten zierten die Ortschaften. Katinka steuerte durch goldglänzende Weizenfelder. Sie kam zu selten in die Natur. Viel zu selten. Erst jetzt, da sie die Wiesen sah und roch, bemerkte sie, wie sehr sie sie vermisste. Wie sehr sie es genoss, wenn der Wind die Ähren kämmte, dass sie sich wiegten wie Ozeanwellen. Bei aller Bewunderung musste sie Acht geben, in Altershausen richtig abzubiegen. Nun wurden die Hügel steiler, die Talfalten enger. Ein Motorrad überholte aufjaulend Katinkas Käfer, ziemlich verdreckt, das Nummernschild unlesbar. Schmutzreste flogen nach allen Seiten. Sie ließ mehr Abstand. Veits Wagen erklomm schon die nächste Kuppe. Dahinter ragte drohend ein Gebirge aus grauen Wolken auf. Katinka meinte, entferntes Donnergrollen zu hören. Das Motorrad bog mit einem schneidigen Schlenker auf einen Flurbereinigungsweg ab. Steinchen spritzten auf.

Katinka gab Gas, um aufzuholen. Weit vor sich sah sie die Reichsburg von Königsberg. Sie dachte an Elvira Hanf in ihrem schmucken Fachwerkhäuschen. Wischte sich die verschwitzen Hände an den Jeans ab. Ein hässliches Knirschen kam von irgendwoher. Der Wagen ruckte. Erschrocken trat Katinka auf die Bremse, das Lenkrad zappelte in ihrer Hand wie eine Forelle. Sie rollte noch ein Stück, bis sie rechts in der Zufahrt zu einem Feldweg zum Stehen kam. Sie stieg aus. Ging um ihr Auto herum.

Der linke Vorderreifen war platt. Komplett platt.

»Verfluchte ...«

Sie drehte sich ein paar Mal um sich selbst, ließ ihre Schimpftirade unvollendet und trat mit Wucht gegen die Tür.

Das ist jetzt nicht wahr, dachte Katinka. Sie blickte sich um. Die Wolkenwand kam näher. Aufgeblähte, violette Ungeheuer schoben sich über die Reichsburg. Das Licht ergraute. Katinka ging in die Knie und besah sich den Reifen. Ein heimtückisches Stück Metall steckte schräg im Profil, drei dünne eiserne Spießchen ragten aus dem Gummi. Nachdenklich fuhr sie mit dem Finger darüber hinweg. Das Motorrad. Die wegspritzenden Schmutzkrümel ...

Katinka riss sich die Sonnenbrille von der Nase und schleuderte sie auf das Armaturenbrett. Öffnete den Kofferraum und suchte nach dem Ersatzreifen. Fehlanzeige. Sie lehnte sich an den Kotflügel. Ihre Gedanken wehrten sich gegen jede rationale Überlegung, doch irgendwo im Hinterkopf glaubte sie sich zu erinnern, dass der Käfer gar nicht mit einem Ersatzreifen ausgerüstet war. Inzwischen gab es ein Reifendichtmittel, das mit Hilfe eines kleinen Kompressors in den platten Reifen eingeleitet wurde und dort das Leck verklebte, damit man den Schlauch wieder aufpumpen und bis zur nächsten Werkstatt schleichen konnte. Sie erinnerte sich sogar, dass sie die Gebrauchsanleitung für diese Apparatur in einer stillen Stunde gelesen hatte – aus Neugier. Wie auch immer, grübelte Katinka, in meinem Kofferraum ist nichts außer einem Verbandskasten, einem Warndreieck und ziemlich viel Staub.

Sie schlüpfte in einen Latexhandschuh und zog mit einiger Mühe die Eisenkralle aus dem Reifen. Ein geschickt geschmiedetes Stück Metall, mit vier spitzen Enden, das immer so fiel, dass ein Stachel nach oben zeigte und sich in alles bohrte, was des Weges kam. In einen Fuß. Oder in einen Reifen. Eine hübsche, sehr alte Erfindung. Fast so alt wie Freund und Feind. Ein Krähenfuß.

Katinka ging ein Stück die Straße zurück. Nach ein paar Minuten wurde sie fündig. Fünf weitere Krähenfüße lagen auf dem Asphalt. Sie sammelte die Folterknechte ein und verstaute sie in einer Plastiktüte.

Wieder Donner. Diesmal erschreckend nah. Katinka rannte zum Auto zurück. Erste Tropfen fielen, als sie das Verdeck schloss, doch dann versiegte der Regen so plötzlich, wie er gekommen war. Die Wolken rissen auf. Für einen Augenblick ergoss sich schwefelgelbes Licht über die Erde. Ein Wagen brauste hupend vorbei.

»Wichser!«, schrie Katinka ihm nach.

Sie setzte sich ins Auto und wählte Toms Handynummer. Mailbox. Sie versuchte es bei Britta. Das gleiche. Nervös lehnte sie den Kopf ans Lenkrad. Es war mittlerweile kurz nach fünf. Blieb nur einer. Hardo.

Als er sich meldete, rollte tosender Donner über Katinka hinweg.

»Hardo?«

»Palfy! Was ist denn nun schon wieder?«

Er steckte wirklich ziemlich im Stress.

»Ich hab ein Problem. Genauer gesagt eine Autopanne.«

Er lachte leise, als sie ihm die Koordinaten durchgab.

»Das ist ein Jahrhundertereignis. Palfy sucht Hilfe bei einem Mann. Und ohne dass man sie halb tot aus der Gefahrenzone tragen muss.«

»Sehr witzig.«

»Ich hole Sie ab.« Donner krachte. »Sie denken daran, dass ein Cabrio kein Faradayscher Käfig ist, ja?«

Katinka rollte mit den Augen.

»Ich lege mich unters Auto.«

»Machen Sie keinen Mist.«

Katinka legte auf und wartete. Das Gewitter verzog sich. Sie stieg aus, streckte ihren Rücken und ging ein paar Schritte den Feldweg entlang. Dumpf und feucht drückte die Luft gegen ihre Lungen. Unruhig schweiften ihre Blicke über die Hügel. Das düstere Licht goss Schatten auf das Gras. Wolken, unförmig wie Geschwülste, klebten am Himmel. Wieder Donner, diesmal weit weg. Die Reichsburg lag nun fast im Dunkeln. Katinka legte den Kopf in den Nacken und sah in den Himmel.

Sie hörte den Schuss nicht sofort. Er mischte sich mit einem dröhnenden Donnerschlag. Irritiert sah sie sich um. Konnte es hier ein Jagdgebiet geben? Noch ein Schuss. Der klang nah. Sie sah zu ihrem Auto. Unschuldig stand es auf seinen drei intakten Reifen an der Straße. Katinka runzelte die Stirn. Instinktiv ging sie auf den Käfer zu. Langsam. Bis der nächste Schuss dröhnte. Sie warf sich auf den Boden. Die Schüsse kamen von der anderen Straßenseite. Ihr Wagen parkte genau in der Schusslinie. Katinka kniff die Augen zusammen. Sie konnte niemanden sehen, aber dort drüben gab es genug Sträucher und Knicke in den Hügeln, hinter denen ein Schütze sich verbergen konnte.

Die Erkenntnis traf sie wie ein Kolbenschlag: Er schießt auf mich.

Nachdenken!, befahl sie sich. Sie kullerte in den Graben neben dem Weg und wiederholte, was sie über Schusswaffen wusste. Zwischen ihr und dem günstigsten Versteck drüben auf dem Hügel lagen mindestens hundert Meter. Vielleicht ein paar mehr. Keine Distanz für eine Pistole. Eher für ein Gewehr. Ein Jagdgewehr möglicherweise. Die meisten Modelle, daran erinnerte sie sich, besaßen Fünf-Schuss-Magazine. Dreimal hatte ihr Angreifer geschossen. Sie musste ihn dazu bringen, noch zweimal abzudrücken. Dann würde er nachladen müssen, und sie hätte Zeit für einen Sprint. Ihre Beretta würde ihr nichts nützen. Die Distanz war zu groß. Wenn der Schütze geübt war, brauchte er nicht lange, um das Magazin zu wechseln. Katinka verdrehte sich den Hals. Eine halbe Minute würde ihr reichen, um bis zum Waldrand zu rennen. Vielleicht schoss er auch gar nicht auf sie. Vielleicht bildete sie sich das alles ein. Hatte keine Schüsse gehört, sondern Donner. So wie jetzt gerade. Angespannt sah sie zum Himmel. Die letzten blauen Flecken waren zugezogen, der Wind frischte auf.

Probieren, dachte Katinka, ging schon immer über Studieren. Sie richtete sich auf und kroch aus dem Graben. Trat auf den Weg und machte ein paar Schritte. Je länger sie ihm die Möglichkeit gab, zu zielen, desto größer war die Gefahr, dass er sie traf. Er. Oder sie. Katinka duckte sich, rannte ein Stück und richtete sich wieder auf. Das Gleiche in die andere Richtung. Tauchte durch den Graben auf das Feld daneben. Ein Schuss krachte. Sie fiel auf den Bauch, rollte sich zur Seite, sprang auf, lief. Schlug einen Haken. Noch ein Schuss.

Jetzt. Katinka spurtete los, zählte die Sekunden, während ihr Herz hämmerte und stampfte und ihre Beine hart im Rhythmus ihrer keuchenden Atemzüge über den Feldweg trommelten. Als sie den nächsten Schuss hörte, war sie nahe genug an den Bäumen, um sich zu Boden zu werfen und in ihren Schatten zu kriechen.

Sie hockte sich kurz hin, nach Luft schnappend, lief dann gebückt noch tiefer in den Wald. Donner eskortierte den folgenden Schuss. Noch drei hat er, dachte Katinka, während sie schwer atmend Hardos Nummer wählte. Geh ran. Bitte, geh ran.

»Uttenreuther?«

Wenigstens ein Gebet wurde heute erhört. Sie hoffte, dass damit die Quote nicht schon erfüllt war.

»Sie müssen vorsichtig sein«, keuchte Katinka. »Jemand ist hinter mir her. Der schießt auf mich.«

»Wie bitte?«, explodierte Hardo lautstark und fügte eine Latte von fränkischen Flüchen an.

»Bleiben Sie cremig«, flüsterte Katinka. »Ich kann nichts dafür. Ich glaube, er schießt mit einem Jagdgewehr. Wenn Sie mein Auto sehen, dann fahren Sie nicht weiter. Hier sind überall Feldwege. Biegen Sie irgendwo vorher ein und versuchen Sie, zum Waldrand zu kommen.«

»Zu was für einem Waldrand, verflucht!«

Katinka kauerte sich auf die Blätter des Vorjahres.

»Wo sind Sie?«

»Kurz hinter Altershausen.«

Katinka kämpfte sich hoch.

»Fahren Sie langsam weiter. Ich laufe jetzt am Waldrand entlang in Ihre Richtung.«

Ein Windstoß riss an den Baumkronen. Katinka zog den Kopf ein und ging los.

»Ich sehe Ihren Käfer oben an der Kuppe«, kam es kurz darauf von Hardo.

»Dann nehmen Sie den nächstmöglichen Weg nach rechts, weg von der Straße.«

»Scherzkeks. Hier sind keine Feldwege.«

»Doch. Überall. Ein ganzes Spinnennetz. Fahren Sie zur Not ein Stück zurück.«

Sie hörte ihn fluchen, während er wendete.

»Gut. Ich bin auf einem Forstweg. Der Wald rückt näher.«

Katinka trat zwischen den Bäumen hervor, um nach Hardo Ausschau zu halten. Wieder war es Instinkt. Roher, blutiger Instinkt. Sie sprang hinter einen Baumstamm, eine Bö ließ die Äste rauschen, und ein Schuss hallte.

»Katinka!«, schepperte Hardos Stimme aus dem Handy.

»Ich bin o.k.«

»Rufen Sie mich gleich wieder an!«, befahl der Kommissar. »Ich verständige die Kollegen.«

»Gut.« Katinka drückte auf *Aus*, sah auf ihre Uhr und ging langsam weiter. Dorniges Gestrüpp krallte sich an ihre Hosenbeine. Die zwei Minuten, die sie abwarten wollte, kamen ihr vor wie eine Ewigkeit. Sie fiel in Trab und kämpfte sich keuchend durch das Dickicht.

»Alles in Ordnung?«, drängte Hardo, als sie ihn wieder anrief.

Abrupt war der Wald zu Ende. Ein kleiner See lag vor Katinka, rund wie eine Salatschüssel.

»Ja. Ich bin an einem See. Warten Sie mal. Hier steht ein Stein mit einer Inschrift.«

»Palfy, verdammt, ich ...«

»Erbrechtshauser Ursee, steht hier. Können Sie den finden?« Sie beschrieb, wie sie gelaufen war. »Südöstlich der Reichsburg. Hier sind überall Bienenhäuser und Waldlehrtafeln.«

Beinahe hätte sie gegrinst, als sie Hardo schnauben und schimpfen hörte. Ein Blitz erleuchtete die Hügel. Sie ging auf einem schmalen, erdigen Weg weiter und zählte die Sekunden. Bei zehn krachte der Donner. Weit genug, dachte Katinka und blickte zum Himmel. Der Wind kam nun stürmisch, wütend riss er an den Bäumen und kräuselte die braune Wasseroberfläche des Sees. Es wurde kühl. Katinka fröstelte. Sie kauerte sich ans Ufer und wartete.

Wenig später hörte sie Motorengeräusch. Ein altbekanntes. Hardos Golf pirschte über die Piste. Er gab Lichthupe. Sie lief auf ihn zu und winkte erleichtert.

»Palfy, Ihretwegen kriege ich noch einen Herzinfarkt!«, blies er sie an, während er aus dem Wagen stieg.

»Nicht nötig«, entgegnete Katinka und überspielte ihre Erleichterung. »Danke, dass Sie gekommen sind.«

Ein Blitz beleuchtete sein Gesicht, als er auf sie zukam und sie kurz in die Arme nahm.

»Was war denn los?«

Katinka wies auf den Wald hinter sich.

»Ich kam von dort hinten«, begann sie, als ein wütender Donnerschlag niederkrachte. Sie zuckte zusammen und drängte sich unwillkürlich an Hardo. Sie hatte Angst vor Gewittern. Wirklich Angst. Mysterium tremendum.

»Wo ist der Kerl und in was sind Sie da wieder verwickelt!«

»Ich vermute, dass es etwas mit Ihren Morden zu tun hat. Wo sind Ihre Kollegen?«

»Unterwegs. Zeigen Sie mir die Richtung, in der Ihr Auto steht.«

Katinka führte ihn zum Waldrand. Sie gingen den Weg entlang, den sie gekommen war. Der Wind rüttelte an den Bäumen, pfiff und schnaubte. Hardo und Katinka mussten sich anschreien, um sich zu verständigen. Eine Viertelstunde später wies Katinka über die Wiesen zur Straße.

»Noch ein Stück weiter steht mein Käfer. Hinter der nächsten Kuppe. Vielleicht zehn bis fünfzehn Minuten zu gehen. Die Schüsse kamen von der anderen Straßenseite.«

Hardo spähte mit zusammengekniffenen Lidern in die angegebene Richtung. Als sein Handy klingelte, brüllte er wie ein Verrückter auf seine Kollegen ein. Ein violetter Blitz sauste zur Erde, ohrenbetäubender Donner folgte.

»Die Kollegen sind bei Ihrem Wagen. Sie haben Motorradspuren gefunden. Aber weit und breit keinen Menschen.«

Die Bäume schwankten im Wind.

»Ein Motorrad. Ich hab's mir beinahe gedacht«, murmelte Katinka.

»Was haben Sie gesagt?«, rief Hardo.

»Ein Motorradfahrer hat Krähenfüße auf die Straße geworfen, deswegen der Plattfuß«, brüllte Katinka zurück.

»Krähenfüße?«

Der nächste Donner. Zornig bogen sich die Bäume im Wind.

»Erkläre ich Ihnen später. Wir müssen raus aus dem Wald.«

Ihre letzten Worte gingen im Rauschen eines Wolkenbruchs unter, der sich über ihnen mit einer Brutalität entlud, als wolle er den Wald, die Hügel, und überhaupt alles, was existierte, von diesem Planeten herunterspülen.

Hardo hielt sie am Arm fest.

»Warten Sie. Das wird Hagel.«

Katinka blinzelte zwischen den Bäumen durch. Faustgroße, knotige Hagelkörner prasselten auf die Wiese. Matsch spritzte auf.

»Verdammter Mist!«, rief sie, während sie die Sekunden zwischen Blitz und Donner zählte. Zwei. »Bei Gewitter und Sturm im Wald?«

»Der Hagel knockt Sie aus, wenn Sie da rauslaufen«, rief Hardo gegen den Wind. »Warten wir noch. Wenigstens einen Moment. Es kann gleich wieder nachlassen.«

Sie standen unter einer Buche, deren Stamm so dick war, dass mindestens drei Männer von Hardos Kaliber gebraucht würden, um ihn umfassen zu können. Das fühlte sich beruhigend an, und vor dem Hagel waren sie geschützt, aber Katinka fror im Wind. Sie wusste, dass es Irrsinn war, stehen zu bleiben und darauf zu warten, dass der Blitz einschlug.

»Ist Ihnen kalt?«

Sie winkte ab.

»Hardo, mir gefällt das nicht. Wenn der Blitz uns nicht erschlägt, kriegen wir einen Ast über die Birne gezogen.«

Er antwortete nicht, seine Augen scannten die Wiese und die Bäume weit weg. Irgendwo dort hinten verlief die Straße nach Königsberg.

»Ein Motorrad«, murmelte er. »Ein Motorrad?«

Der nächste Blitz raste gleißend hell zur Erde. Katinka schrie auf und klammerte sich an Hardo fest. Seine beruhigenden Worte gingen im Brüllen des Donners unter. Die Hagelklumpen machten Regentropfen Platz, groß wie mit der Schöpfkelle verspritzt. Gischt wehte zu ihnen herüber. Katinka sah auf die Wiese hinaus. Zum dritten Mal an diesem Tag roch sie die Gefahr.

»Hauen wir ab, Hardo!«, flehte sie ihn an. »Das wird nichts hier.«

»Warten Sie.« Er fuhr unter dem nächsten Donnerschlag zusammen. »Es ist noch nicht über uns ... Palfy!«

Katinka riss sich los, rannte wie ein Hase unter den Bäumen hervor und über die Wiese. Ihre Turnschuhe rutschten auf dem glitschigen Boden weg, sie fing sich und jagte weiter. Kaum bemerkte sie den Regen, der sie in Sekunden durchnässte wie eine Dusche. Hinter sich hörte sie Hardo rufen. Keuchend setzte sie über einen Graben und lief weiter. Hagelkörner spritzten auf. Sie glitt aus und stürzte bäuchlings in das nasse Gras. Hinter sich hörte sie ein Schnaufen und Hardos lautes Schimpfen gegen das Röhren des Donners.

»Katinka, sind Sie von allen guten Geistern verlassen?«

Etwas Schweres ging neben ihr zu Boden. Zeitgleich mit einem neuen Donnern, tosend wie das Ende der Welt. Hardo. Er lag halb über ihr. Sie drehten sich um und blickten zum Waldrand zurück.

Das Dröhnen, als die Buche barst, war grauenvoll. Im gleißenden Licht schien es, als bäume sie sich auf im Kampf um ihr Leben. Dann stürzte der mächtige Stamm um, in Zeitlupe, beleuchtet von den Blitzen wie ein Hollywoodsternchen im Blitzlichtgewitter der Pressefotografen. Dumpf prallte der Baum auf die Erde.

»Mein Gott«, stöhnte Hardo. Katinka wollte sich aufrichten, aber er zog sie zurück ins nasse Gras.

»Warum brennt sie nicht?«, schrie Katinka gegen den Wind.

»Es gießt wie aus Eimern«, gab er zurück. »Falls Sie es schon vergessen haben.«

Tatsächlich hatte sie es vergessen, ausgeblendet, doch nun dröhnte das Rauschen des Regens in ihren Ohren, ihre Zähne klapperten, und ihr Körper wollte die Nässe wegzittern. Hardos Hände auf ihren Schultern fühlten sich warm an, obwohl auch er völlig durchnässt war.

»Sehen Sie die Scheune dort hinten?«, rief er gegen den Wind.

»O.k.«, stimmte Katinka zu. »Bis dahin schaffen wir es.«

Sie warteten den nächsten Blitz ab und rannten los. Hardo blieb dicht hinter Katinka. Sie konnte kaum rechtzeitig abbremsen und stützte sich mit den Händen an der Scheunenwand ab.

»Hoffentlich ist die Tür offen«, keuchte sie.

Ein rostiges Vorhängeschloss baumelte lose am Riegel.

»Sperrmüll«, brummelte Hardo.

»Ist das Hausfriedensbruch?«, fragte Katinka, ein Kichern unterdrückend.

Hardo scheuchte sie hinein und knallte die Tür zu. Katinka blinzelte gegen das dämmrige Licht. Oben auf dem Boden duftete das erste Heu des Jahres. Unten lagen Strohballen herum und Werkzeuge. Weiter hinten in der Düsternis stand ein Pflug. Die Wärme des Tages hing noch im Raum.

»Gott sei Dank«, seufzte Katinka und setzte sich auf einen Strohballen. »Ich hasse Gewitter.«

Hardo ließ sich neben ihr nieder.

»Also ist es amtlich. Auch Katinka Palfy hat mal Angst. Wenigstens vor Gewittern.«

Sie boxte ihn in die Seite.

»Machen Sie sich nicht lustig. Außerdem ist mir kalt.«

»Stimmt. Ihre Zähne klappern«, sagte Hardo. Er stand auf und durchforstete die Scheune.

»Was machen Sie da?«

»Man kann überall nützliche Dinge finden.«

Er kam mit zwei Pferdedecken zurück. Sie steckten voller Strohhalme und toter Fliegen und stanken nach Katze. Hardo schüttelte sie mehr schlecht als recht aus und legte eine Katinka um die Schultern.

»Ein Persianer für die Dame.«

»Danke.«

Sie lehnte sich an ihn. Beide schwiegen sie eine Weile, um zu Atem zu kommen. Schließlich fragte der Kommissar:

»Haben Sie das geahnt?«

»Was?«

»Dass der Blitz in unseren Baum schlägt?«

»Nicht geahnt in dem Sinn«, begann Katinka, dann verfiel sie in Schweigen. Der Wille und die bewusste Intention sind nur zwei der Kräfte, die uns antreiben, dachte sie, und lange nicht die stärksten. Ein Donnerschlag ließ die Scheunenwände erzittern.

# 13. Intentionen

Nachdem Hardo mit einem Zipfel seiner Decke Katinkas Haar notdürftig trockengerubbelt hatte, sagte er:

»Während wir hier warten, dass das Gewitter nachlässt, haben Sie die Chance, mir Ihre Geschichte zu erzählen. Das hatten Sie doch sowieso vor, oder?«

Katinka nickte und legte sich die Fakten zurecht. Während die Windböen an der Scheune rüttelten, berichtete sie von Charlotte Isenstein, Ewalds Krankheit, seiner Familie, erwähnte Kroll, ihr Gespräch mit Dr. Thompson. Sie gab wieder, was in der Briefen stand, und betrachtete beunruhigt Hardos stoisches Gesicht.

»Was soll ich tun?«, fragte sie schließlich. »Charlotte will nicht zur Polizei. Angeblich, um Ewald zu schützen. Aber ich habe das Gefühl, dass sie mehr für ihn tun könnte, wenn sie zur Polizei ginge.«

Hardo sagte lange nichts. Schaudernd kuschelte sich Katinka unter ihre Decke. Die nassen Sachen klebten an ihr wie eine eiskalte Folie. Sie konnte ihm beim Denken zusehen. Schließlich seufzte er.

»Ich spreche mit Frau Isenstein. Dann werden wir sehen.«

»Das geht nicht, Hardo. Ich habe Ihnen vertrauliche Dinge erzählt.«

»Doch, das geht, Katinka. Ich verspreche Ihnen, dass ich Sie mit keinem Wort erwähne. Meine Güte, Sie zittern wie Espenlaub.«

Katinka stöhnte.

»Ich kann nichts dafür.«

Hardo stand auf und zog die Tür ein Stück auf. Eisiger Wind fegte herein. Katinka verkroch sich tiefer in ihre Pferdedecke. Durch den Spalt sah sie hauchfeinen, dichten Regen niedergehen. Die Blitze wurden weniger, das Donnergrollen entfernte sich.

»Dr. Thompson ist leidenschaftliche Motorradfahrerin«, sagte Katinka mehr zu sich selbst. »Ein Hobby, das sie von den Geisteskranken ablenkt.«

Hardo schloss die Tür. Mit der räudigen Decke um die Schultern sah er aus wie ein ausrangierter Matador.

»Sind Sie sicher, dass der Motorradfahrer und der Schütze identisch sind?«

Katinka zuckte die Achseln.

»Nicht hundertprozentig. Aber Ihre Leute haben doch Motorradspuren gesehen, oder?«

»Ich hoffe, sie haben sie noch aufgenommen, denn inzwischen sind sie weggeschwemmt.«

»Das Motorrad hat mich überholt. Es war völlig verdreckt, das Nummernschild nicht zu entziffern. Dreckspritzer fielen herunter, jedenfalls dachte ich das zunächst, aber dann hatte ich diesen Krähenfuß im Reifen, und deswegen glaube ich, der Motorradfahrer hat sie verstreut, um mich zum Halten zu bringen und ...«

»... auf Sie zu schießen?«

»D...da war nicht nur ein Krähenfuß in meinem Reifen. Auf der Straße habe ich noch mehr gefunden. Das war k... kalkuliert. Die Kralle lag nicht zufällig auf der Straße.«

»Wusste jemand von Ihrem Ausflug?«

»N...nein.«

»Sie sind Veit und Mariele gefolgt. Haben die beiden etwas bemerkt?«

»Ich g...g...glaube n...nicht.«

»Warum eigentlich dieser Ausflug?«

»M...Markus ist der wunde Punkt in der Familie Isenstein«, erklärte Katinka. »Seinetwegen gibt es Ärger. Ich hörte Mariele mit Veit sprechen, und sie sagte, sie könne es nicht länger akzeptieren, wie Markus sich benimmt.«

»Worum geht es genau?«

»Ich habe k...k...keine Ahnung.«

Hardo sah sie mitleidig an.

»Armes Mädchen«, sagte er. »Ich verspreche Ihnen einen heißen Kaffee, sobald wir wieder in der Zivilisation sind.«

Katinka winkte ab. Sie dachte an ihren Aufenthalt in Krolls Haus und an die erfolglose Durchsuchung bei Markus Isenstein. Die Worte brannten auf ihrer Zunge. Sie hätte gerne gebeichtet, aber dann wäre Hardo in der Bredouille. Von wegen Anzeigepflicht. Schlotternd machte sie sich noch kleiner unter der stinkenden Decke. Hardo warf ihr seinen Wollten-Sie-mir-noch-etwas-sagen-Blick zu, runzelte die Stirn und betätigte sein Handy.

»Keine Verbindung!« Ungläubig sah er das Telefon an.

»Das Gewitter«, vermutete Katinka. Sie versuchte es mit ihrem. Nichts.

»Reizend«, beschwerte sich Hardo. Entnervt steckte er das Handy in die Hosentasche.

»Sie haben am Telefon gesagt, dass die Mutter des Toten von gestern ...«

»Ja!«, unterbrach Hardo grimmig. »Wir suchten Sie auf, um ihr die Nachricht vom Tod ihres Sohnes zu bringen. Niemand öffnete. Auf dem Fußabtreter lag die heutige Zeitung. Wir gingen rein – und fanden sie tot in ihrer Küche. Eine pflegebedürftige, ziemlich armselige alte Frau.«

»Welches Gift?«, wollte Katinka wissen. Beinahe vergaß sie ihre nassen Kleider, so sehr beschäftigte sie der Gedanke, dass sie einen Doppelmord vor sich hatten.

»Blauer Eisenhut.« Hardo schüttelte den Kopf. »Passt eher ins Mittelalter oder in einen Fantasyroman.«

»Ein Sohn und seine M...Mutter«, bibberte Katinka. »W...wer von den beiden wurde zuerst umgebracht?«

»Die Mutter höchstens eine Stunde nach dem Sohn.«

»H...haben Sie ...«

»Nichts. Rein gar nichts. Keine Anhaltspunkte.« Hardo sah griesgrämig drein, als sei er es leid. »Passen Sie auf, Palfy. Wir sind sowieso nass bis auf die Knochen. Schaffen Sie es bis zu meinem Auto? Dann machen wir uns auf den Weg zu Ihrem Käfer und ich sehe mir die Krähenfüße mal an.«

»Klar«, sagte Katinka. Die Vorstellung, in den kalten Regen hinauszumüssen, schreckte sie zwar, doch hier drinnen weiter vor sich hin zu frieren, gefiel ihr genauso wenig.

Sie liefen über die sumpfige Wiese, patschten durch Furchen voller Wasser und kamen schließlich zu einem Feldweg. Katinka trabte hinter Hardo her, als müsse sie in seinem Windschatten weniger frieren. Obwohl sie schnell gingen, brauchten sie über eine Viertelstunde zu Hardos Golf. Dicke Erdklumpen beschwerten ihre Schuhe. Katinka kickte die Turnschuhe weg, ehe sie in Hardos Wagen stieg, und schüttelte sie aus.

»Nur keine Umstände, mein Auto hält einiges aus. Hier!« Er hielt ihr seinen altbekannten marinefarbenen Troyer hin.

»Und Sie?«

Er winkte ab. Katinka zog mit einiger Mühe ihr klatschnasses T-Shirt aus und schlüpfte dankbar in den trockenen Pullover. Die Uhr zeigte schon kurz nach acht. Sie hätte gerne gewusst, ob Tom und Carla inzwischen wieder zu Hause waren. Hardo ließ den Motor an, wendete und fuhr langsam zurück zur Landstraße. Der Weg war schlammig und rutschig. Zielsicher ließ Hardo ein paar Abzweigungen hinter sich.

»Dort vorne rechts muss es zu unserer Scheune gehen!«, rief Katinka aufgeregt. »Sehen Sie?«

»Die Richtung könnte stimmen«, sagte Hardo. Er wich einer Pfütze aus.

Das Motorrad tauchte urplötzlich auf. Es kam von rechts, bog auf den Pfad vor ihnen und jagte schlitternd und röhrend davon. Das Kennzeichen war nicht zu entziffern. Matsch spritzte auf.

»Verdammt!«, schrie Katinka. »Das ist er!«

Hardo bremste und hielt. Katinka hörte den Motor brummen und die Scheibenwischer über die Windschutzscheiben schrubben.

»Hinterher! Los!«, rief Katinka.

»Vergessen Sie es. Mit meiner alten Kiste gewinne ich keine Verfolgungsfahrt.« Hardo biss die Lippen zusammen. Er gab Gas und bog rechts ab.

»Wo fahren Sie hin?«

»Zu unserem Biwak.«

»Warum?«

Er sah sie an und brachte mühsam ein Lächeln zustande.

»Ich glaube, Ihr Hirn ist eingefroren.«

Sie hielten bei der Scheune. Hardo stieg aus. Katinka wollte in nichts nachstehen. Mit Todesverachtung tauchte sie in den Regen.

»Hier!«, sagte Hardo und deutete auf die Spuren. »Hier stand sein Motorrad. Gut verborgen hinter den Büschen. Und ich wette«, er sah nachdenklich auf die Scheune, »ich wette, unser Schatten saß die ganze Zeit mit uns im Heu.«

»Scheibenhonig.« Katinka fuhr sich mit den Händen durch das nasse Haar. Sie fühlte sich zerrüttet wie nach einem Kampf. »Er hat alles mit angehört, was wir besprochen haben.«

»Das ist ernst«, sagte Hardo. Er versuchte es wieder mit seinem Handy, doch die Leitung war nach wie vor tot. Sie betraten die Scheune und sahen sich um.

»Oben, auf dem Boden«, flüsterte Katinka. »Er wurde auch vom Unwetter überrascht und suchte Schutz. Er war vor uns da!«

Sie schauderte bei dem Gedanken. Hardo stieg die Leiter hoch. Katinka folgte. Ein frischer Abdruck im Heu, ganz hinten an der Scheunenwand, war deutlich zu sehen. Sonst nichts.

»Die Spurentechnik ...«

»... findet immer was«, vollendete Hardo. »Er war hier. Wir haben ihm eine Extravorstellung geliefert.«

»Wem?«, drängte Katinka. »Wem!«

»Wenn wir das wüssten, hätten wir den Fall wahrscheinlich schon gelöst.«

»Spitze«, stöhnte Katinka, während sie ins Auto stiegen. Der Gedanke, dass jemand belauscht hatte, worüber sie gesprochen hatten, machte sie beinahe wahnsinnig.

»Ich habe mich die ganze Zeit gefragt, was für einen Grund es geben könnte, Ewald mit den anonymen Briefen unter Druck zu setzen«, begann sie, als Hardo den Zündschlüssel drehte. »Entweder hat Ewald die Morde begangen. Aber dann wäre es logischer, jemand würde ihn erpressen. Oder er hat sie nicht begangen. Warum dann die Briefe? Wer hat etwas davon, Ewald Morde anzuhängen, die er nicht begangen hat?«

Hardo schwieg und drehte die Heizung auf höchste Stufe.

»Ich habe auch schon überlegt, ob der Briefeschreiber vielleicht selbst nicht genau weiß, ob Ewald der Täter ist oder nicht«, machte Katinka weiter. »Er schreibt auf gut Glück. Aber warum?«

»Motive sind wichtig«, sagte Hardo. »Aber manchmal

muss man umgekehrt anfangen.« Er schaltete die Scheibenwischer aus. Im Westen wurde der Himmel heller. »Was bewirken die Briefe? Womöglich ist das der richtige Ansatz.«

»Sie meinen, wir sollten nach den Konsequenzen der Briefe für Ewald fragen?«

»Schön, dass Sie ›wir‹ sagen.«

Katinka grinste.

»Die Briefe machen Ewald verrückt«, begann sie. »Sie machen ihn unruhig, versetzen ihn in Panik.«

»Was tun Menschen, die panisch werden?«

»Das ist eine Prüfungsfrage«, wehrte sich Katinka. »Sie drehen durch.« Sie schwieg, weil sie selbst mit der Antwort nicht zufrieden war. Hardo hatte ihr oft erklärt, dass man immer noch tiefer graben müsse, um die Geschichte hinter der Geschichte zu erfassen. Aber sie wusste nicht, wo sie den Spaten ansetzen sollte.

»Durchdrehen ist schon zu spezifisch«, widersprach Hardo. »Sicher ist aber, dass die Briefe ihn unter Stress setzen. Was tun Menschen, wenn sie unter Stress stehen?«

Katinka zuckte die Achseln und streckte die Hände in den warmen Luftstrom aus der Heizung. »Sie tun Dinge, die sie lieber nicht täten.« Sie nieste.

Hardo warf ihr einen Blick zu und sagte:

»Ein Mensch, der unter Stress steht, verrät die Wahrheit über sich selbst. In keiner anderen Situation lernen Sie einen Menschen besser kennen.«

»Dann muss ich Sie kennen wie mein Portemonnaie.«

»Falsch«, neckte Hardo. »Sie haben mich niemals im Stress erlebt. Ich dagegen habe Sie schon lange völlig durchschaut.«

Sie sah auf die Straße. »Dort steht mein Auto. Und Ihre Kollegen sind auch da.« Katinka zeigte auf den Streifenwagen gegenüber.

Hardo hielt hinter Katinkas Beetle, stieg aus und sprach mit den Beamten. Katinka wartete ungeduldig. Sie ahnte, dass sie irgendwann ihre Geschichte für das Protokoll erzählen musste und hoffte inständig, dass man ihr die Zeit geben würde, die nassen Klamotten zu wechseln.

Hardo kam zu ihr herüber. Der Streifenwagen fuhr ab.

»Wir wechseln den Reifen«, versprach Hardo. »Dann fahren Sie nach Hause und nehmen ein heißes Bad.«

»Ich ...«

»Widersprechen Sie nicht schon wieder«, knurrte er.

»Darum geht's nicht.« Katinka nieste. »Entschuldigung. Ich habe vergessen, dass ich keinen Ersatzreifen habe.«

Hardo brach in Lachen aus.

»Warum einfach, wenn es auch kompliziert geht.«

»Es ist nicht meine Schuld«, sagte Katinka. »Die neuen Autos haben ein Reifendichtmittel anstelle eines Ersatzrades. Aber meins ist nicht mehr im Kofferraum.«

»Will heißen?« Seine grauen Augen glühten.

»Ich weiß, dass ich die Flasche mitsamt dem Kompressor noch hatte – vor ein paar Wochen. Aber vorhin war sie weg.«

Hardo sah Katinka so durchdringend an, dass sie unwillkürlich zurückwich.

»Aha!«, sagte er. »Wo parkt Ihr Wagen normalerweise?«

»Direkt an der Straße.«

»Und nur Sie und Tom haben einen Schlüssel?«

Katinka nickte.

»Allerdings vergesse ich ab und zu, das Auto abzuschließen.«

Hardo rollte mit den Augen.

»Nur, weil man bei diesen Fernbedienungen nie genau weiß, ob man auf die Taste fürs Zuschließen oder Aufsperren drückt!«, verteidigte sie sich. Sie stieg aus, öffnete den Kofferraum und zeigte dem Kommissar die Tüte mit den Krähenfüßen.

»Wussten Sie, dass die Kämpfer im Mittelalter die Krähenfüße mit Kalk und Katzenkacke bestrichen, bevor sie sie auslegten?«, fragte Katinka. »Der Kalk verhinderte, dass die Wunde wieder zuheilte, und die Katzenkacke verursachte eine böse Entzündung. Die Leute starben unter Qualen nach mehreren Tagen Todeskampf.«

»Wozu so ein Geschichtsstudium doch gut ist«, sagte Hardo, während er sich Katinkas Reifen besah. Katinka nieste wieder.

»Ich fahre Sie jetzt nach Hause«, sagte Hardo. »Die Haßfurter Kollegen werden sich sowohl für die Krähenfüße als auch für den Reifen interessieren.«

»Aber ...« Katinka kam in den Sinn, dass damit ihr Königsbergausflug ins Wasser gefallen war.

»Mariele und ihr Vater haben besprochen, was zu besprechen war«, sagte Hardo, der ahnte, was ihr durch den Kopf spukte. »Vielleicht sind sie längst wieder nach Hause gefahren. Außerdem gehört eine Erkältung im Sommer zu den Dingen, die man sich gerne erspart.«

»Veit«, sagte Katinka und verfluchte ihre Gedankensprünge, »soll angeblich auf reifere Frauen stehen.«

Hardo zurrte die Augenbrauen hoch.

»Woher haben Sie denn diese Information?«

»Von Britta. Wissen Sie, was ich glaube? Dass Veit auf Charlotte Isenstein scharf ist.«

»Auf die Mutter seiner Freundin?«

»Allein wie er über Charlotte sprach, als ich mich mit ihm unterhalten habe«, sagte Katinka. »Da klang er so, als bewundere er sie sehr, als wolle er es aber nicht zu deutlich zeigen. Eigentlich kam er während unserer Unterhaltung immer wieder auf Charlotte zurück. Wie tatkräftig sie ist.

Wie viel sie arbeitet. Aber für die Jagd nach dem Briefeschreiber wird das wenig bringen.«

»Das würde ich nicht sagen«, sagte Hardo. Er strich sich über den kahlen Schädel. »Sex ist ein starker Antrieb. Und ein starkes Motiv.«

»Sex?«

»Ja.«

»Sie sollten wirklich mal Toms Mutter kennenlernen«, sagte Katinka.

»Wie bitte?« Hardo sah sie so belustigt an, dass Katinka rot wurde.

»Ich meine doch nicht ...«

Er lachte.

»Nicht?«, fragte er leise.

»Sie sind schrecklich«, seufzte Katinka. »Ich habe mich gestern mit Carla über den freien Willen unterhalten. Carla meint, dass es den freien Willen nicht gibt. Dass es sehr viel stärkere Antriebe gibt als den freien Willen. Und es stimmt. Oder? Sie haben es eben selbst gesagt.«

»Meistens ist es so«, sagte Hardo. »Sex. Macht. Geld. Verletzte Gefühle. Alles starke Motive.«

»Dr. Thompson sagte, Wille sei nichts anderes als ein Hirnzustand. Glaube auch. Gefühle auch. Reine Biochemie.«

# 14. Personenschutz

Hardo lieferte Katinka zu Hause ab und fuhr weg, um sich etwas Trockenes anzuziehen und in der Polizeidirektion nach dem Rechten zu sehen. Dankbar hörte Katinka durch die Wohnungstür Geschirr klappern. Sie schloss auf, ließ die durchweichten Schuhe auf dem Treppenabsatz liegen und ging in die Küche.

Carla saß am Tisch und schnitt Gemüse klein, während Tom in einem Topf rührte, aus dem es nach Curry, Ingwer und Knoblauch duftete.

»Keine Kommentare!«, bat Katinka. »Ich bin schon auf dem Weg in eine dampfende Badewanne. Was kocht ihr da?«

Tom wischte sich die Hände an dem Geschirrtuch ab, das er wie eine Schürze in seinen Jeansbund gesteckt hatte.

»Ich kombiniere, Frau Detektivin, dass du bei deinen Recherchen erstens nass geworden bist und dass zweitens Hardo dich aufgesammelt hat. Die Garderobe des Herrn Hauptkommissar ist wenig fantasievoll.« Tom zupfte an dem blauen Troyer.

Katinka klopfte ihm auf die Finger. Aus den Augenwinkeln sah sie Carla grinsen.

»Ich hatte einen Krähenfuß im Reifen«, sagte sie. »Jemand hat das Reifendichtmittel geklaut, und ihr wart nicht erreichbar, deswegen brauchte ich Hardo als Abholer.«

Die Schüsse verschwieg sie, obwohl sie genau wusste, dass Tom dahinterkommen würde. Er sah sie schon an, als ahne er Schlimmes.

»Moment!«, sagte er und zog den Topf vom Herd. »Krähenfüße?«

Katinka erzählte so kurz wie möglich von dem Motorrad, dem Platten, den Krähenfüßen und ihrer Entdeckung, dass jemand das Dichtmittel aus ihrem Kofferraum genommen hatte. Sprachlos starrte Tom sie an.

»Spinnst du?«, fragte er schließlich, in diesem leisen Ton, der Ärger verhieß. Wer unter Stress steht, verrät die Wahrheit über sich, dachte Katinka und wappnete sich.

»Tom«, sagte Carla, »mach der Frau, die du liebst, ein heißes Bad zurecht. Ich koche die Suppe.«

Katinka warf ihr einen dankbaren Von-Frau-zu-Frau-Blick zu und ging ins Bad.

»Katinka«, flüsterte Tom und schloss die Tür. »Was ist da passiert?«

Er half ihr aus den klatschnassen Jeans, während heißes Wasser in die Wanne floss. Katinka schlüpfte aus Hardos Pulli, kuschelte sich in ein Badetuch und setzte sich neben Tom auf den Wannenrand. Sie berichtete von den Schüssen. Wie sie die Schüsse gezählt und im entscheidenden Moment in Deckung gerannt war. Sie erzählte von dem Gewitter, der berstenden Buche, ihrer Ahnung und rechtzeitigen Flucht auf die Wiese, der Scheune und schließlich von den Spuren ihres Verfolgers im Heu.

»Er hat alles mit angehört«, seufzte sie und fühlte mit der Hand die Wassertemperatur, »und macht sich jetzt einen Reim draus. Verdammt, Tom, wahrscheinlich setzt Hardo mich wieder vor die Tür und ich kann meinen Fall im Rinnstein davonschwimmen sehen.« Sie nieste.

Tom fuhr ihr durchs Haar und küsste sie.

»Du musst dich aufwärmen«, sagte er, »und wo könntest du das besser als in der Badewanne ...«

»... zusammen mit einem Mann«, vollendete Katinka grinsend. Sie wand sich aus dem Handtuch und stieg in die Wanne. Toms blaue Augen leuchteten im Wasserdampf wie Warnbojen auf einer grauen See.

»Übrigens hast du mir auch etwas zu erzählen«, murmelte sie, während sie sich wohlig ausstreckte und die Wärme genoss. »Wie lief es mit Carla?«

Tom schlüpfte aus seinem T-Shirt, ließ Jeans und Boxershorts fallen und kletterte hinter Katinka in die Wanne.

»Erzähle ich dir später. Schande, ist das heiß!«

Katinka lehnte sich an ihn und gab sich seinen Händen hin, die nach Ingwer und Zwiebeln rochen und warm und zärtlich über ihren Bauch wanderten.

Sie aßen spät zu Abend. Ausgehungert stürzte sich Katinka auf die Mulligatawny-Suppe. Sie hatte einen Rollkragenpullover übergezogen und Toms dicke Flanell-Schlafanzughose. Selbst das reichte noch nicht, irgendwo in ihrem Innern steckte ein Eisklumpen fest, den weder das heiße Bad noch Toms Zärtlichkeit hatten schmelzen können. Sie schloss für einen Moment die Augen und hörte die Schüsse tackern. Kaum hatte sie den ersten Löffel Suppe im Magen, klingelte es an der Tür.

»Ich gehe«, sagte Tom.

Gespannt sah Katinka ihm nach. Hardo tauchte auf, in sauberen Jeans, einem frischen karierten Hemd und – o Wunder – schwarzen Trekkingschuhen. Sein Vorrat an Turnschuhen war wohl zur Neige gegangen.

»Guten Abend allerseits«, sagte er, berührte Katinkas Schulter und gab Carla die Hand.

»Carla Nerius, Goldschmiedin«, stellte Katinka vor. »Harduin Uttenreuther, Kriminalhauptkommissar.«

»Freut mich, Sie kennenzulernen«, sagte Carla.

»Setzen Sie sich.« Tom stellte einen Teller auf den Tisch. »Die Suppe reicht für alle.«

»Das lasse ich mir nicht zweimal sagen«, seufzte Hardo. Er sah Katinka an, viel zu ernst, und sie ahnte, dass Dinge im Schwange waren, die unangenehm werden würden, sehr unangenehm.

»Was Neues?«, fragte sie so beiläufig wie möglich.

Hardo löffelte Suppe. Sein Appetit kannte keine Hemmungen, und üblicherweise weigerte er sich, beim Essen über die Arbeit zu sprechen.

»Lass ihn aufessen«, sagte Tom und tauschte einen Blick mit Carla.

Es geht vorwärts, dachte Katinka. Menschen, die Blicke tauschen, sind sich irgendwann und irgendwie nähergekommen. Sie stand auf und holte für Hardo ein Bier aus dem Kühlschrank. Ungeduldig wartete sie, bis er seinen ersten Teller ausgelöffelt hatte und sich von Tom nachgeben ließ.

»Sie bekommen Personenschutz, Katinka.«

»Ich – was?«

»Wir halten es für das Beste«, sagte Hardo, »solange wir nicht sicher sein können, wer Ihnen nachstellt.«

Toms Hand zitterte, während er Hardo seinen Teller zurückgab.

»Aber was ist mit den Spuren, die Ihre Kollegen gefunden haben?«, fragte Katinka atemlos. »Und aus welcher Waffe wurde geschossen?«

»Ihre Vermutung war richtig. Aus einem Jagdgewehr, einem Luger Kaliber.22«, sagte Hardo. »Und wir wissen auch, wer so eine Waffe besitzt.«

»Wer?«, fragten Tom und Carla simultan.

»Bernhard Kroll.«

»Kroll?«, rief Katinka. »Klar, Kroll ist Jäger.«

»Jungjäger, um genau zu sein. Er hat die Prüfung erst vor einem halben Jahr abgelegt und muss noch eine Weile mit einem ausgewachsenen Partnerjäger auf die Pirsch gehen, bis er selbst seinen Sonntagsbraten erlegen darf.«

»Dann hat Kroll geschossen?«, fragte Tom.

»Langsam«, warnte Hardo. »Zuerst müssen wir feststellen, ob aus *seinem* Gewehr geschossen wurde. Es ist ein gewöhnlicher Repetierer und in Jägerkreisen weit verbreitet.«

»Aber können Sie das nicht feststellen? Ich meine, schnell? Jetzt?«, drängte Tom.

Katinka schwante etwas.

»Sie haben sein Gewehr noch nicht sichergestellt, oder?«, fragte sie hastig.

»Nein. Es ist Freitagabend«, sagte Hardo. »Die Kollegen tun, was sie können. Wir haben ja außerdem die Ermittlungen in dem Doppelmord an der Backe. Und Kroll ist nicht zu Hause.«

»Dann müssen Sie ihn eben finden!«, schnaubte Katinka. Und nieste.

»Ab heute Nacht«, erklärte Hardo, und die Bestimmtheit seiner Worte erstickte jeden Widerspruch im Keim, »haben Sie Personenschutz, und zwar so lange, bis wir herausgefunden haben, wer auf Sie geschossen hat. Klar?«

»Katinka«, sagte Tom leise. »Das ist das Sicherste.«

Katinka sah Carla an, in deren Augen Besorgnis mit einer gewissen Amüsiertheit stritt. Sie nickte Katinka zu.

»Ich möchte hundert Euro wetten«, sagte Katinka, »dass Sie, verehrter Herr Kriminalhauptkommissar, die erste Schicht übernehmen. Wer hält dagegen?«

Hardo verdrehte die Augen.

»Bis morgen früh um sechs. Dann werde ich abgelöst.«

Katinka sah auf die Uhr. Fast elf. Sie nahm noch einen Schluck Bier.

»Ich suche nach einem Menschen, der anonyme Briefe schreibt«, sagte sie. »Warum sollte jemand mich umbringen?«

»Das Warum ist für mich zweitrangig«, murrte Tom. Er stand auf und ging in sein Arbeitszimmer, wo er das Sofa als Schlafstätte für Hardo herrichtete.

Sie saßen lange in der Küche und redeten. Katinka wurde schläfrig vom Klang der Stimmen und der heißen Milch mit Honig, die Carla ihr zurechtgemacht hatte, um den anrückenden Schnupfen zu vertreiben. Sie wünschte eine gute Nacht und ging ins Bett, gefolgt von Tom, der Kater Vishnu unsanft zur Seite schob.

»Sag nichts«, flüsterte Katinka, als sie sich an Tom kuschelte. Vishnu hatte ein Einsehen, rollte sich an ihren Füßen zusammen und spielte Wärmflasche. Tom fuhr ihr durchs Haar.

»Kat the Catey«, sagte er. »Beruhige dich. Ich habe kein Problem mit deinem Beruf. Ich will dich nur in Sicherheit wissen, während ich unterwegs bin.«

Katinka erschrak. Sie hatte ganz vergessen, dass Tom den Samstag nutzen wollte, um seinem Kunden in Leipzig das neue Buchhaltungsprogramm zu installieren.

»Wirst du über Nacht wegbleiben?«, fragte sie.

»Wenn alles glattgeht, komme ich am späten Nachmittag zurück«, versprach Tom.

»Nur geht bei Computern selten alles glatt.«

»Carla ist ja hier«, beruhigte er.

Katinka lächelte. Sie hörte Carlas und Hardos Stimmen drüben in der Küche, leise, wie akustische Schatten.

»Wie war euer Tag?«, fragte sie.

Tom biss zärtlich in Katinkas Nacken.

»Ich gewöhne mich dran.«

»Gut«, murmelte Katinka und trieb einem unruhigen Schlaf mit feuchten Träumen entgegen.

Als sie am nächsten Morgen erwachte, war Tom schon fort. Katinka kämpfte sich aus den Kissen, wohlwollend beäugt von Vishnu, der es sich auf der Kommode bequem gemacht hatte. Sie zog sich Jeans und eine Bluse über und tappte barfuß in die Küche.

»Guten Morgen, Frau Palfy!«, sagte ein junger Mann aufgeräumt.

Sein Gesicht verschwamm vor ihren Augen und ihr fiel ein, dass sie die Kontaktlinsen noch nicht eingesetzt hatte.

»Was machen Sie an meinem Küchentisch?«, fragte Katinka erschöpft, bevor ihr die erlösende Einsicht kam. »Sie sind mein Schutz und Schirm, kann das sein?«

»Sozusagen. Klaus Motsch.«

Er stand wohlerzogen auf und gab ihr die Hand, ein drahtiger Mann mit braunem Haar, ebenso braunen Augen und einem Latin-Lover-Bart. Er trug T-Shirt und Jeans. Die Polizeipistole baumelte an seiner Hüfte.

»Kaffee?«

»Ich habe schon, danke«, sagte er. »Ihre Schwiegermutter ist übrigens Brötchen holen gegangen.«

»Wer?« Katinka setzte sich und rieb sich übers Gesicht. Sie fühlte sich abgekämpft und eine widerliche Unruhe zog an ihren Nerven. Wenigstens hatte der Schnupfen sich verzogen.

Ehe Klaus Motsch etwas erwidern konnte, ging die Tür auf, und Carla kam herein. Sie trug eine große Plastiktüte.

»Ich dachte, wir brauchen ein anständiges Frühstück. Habt ihr euch schon bekannt gemacht?«

»Ja, selbstverständlich«, sagte Klaus Motsch.

»Heute um sechs war Wachwechsel«, sagte Carla und stellte Schinken, Käse, Nutella, Milch und einen Teller mit Tomaten auf den Tisch. »Tom ist kurz danach aufgebrochen.«

»Ich hätte ihn gerne noch gesehen«, seufzte Katinka und griff nach dem Nutellaglas.

»Er meint, bis heute Abend alles installiert zu haben und rechtzeitig wieder nach Hause zu kommen«, beruhigte Carla.

Katinka biss in ihr Brötchen und suchte nach dem Telefon.

»Uttenreuther?«

Seine Stimme klang ausgetrocknet.

»Katinka hier«, sagte Katinka. »Haben Sie gut geschlafen?«

»Das sollte ich Sie fragen«, sagte er.

»Ich war bestens bewacht.« Katinka sah Carla an, die sich am Wasserkocher zu schaffen machte. »Und bin es noch. Haben Sie schon was?«

»Wir sind der Wahrheit ein Stück näher gekommen. Leider nicht, was die Motorradspuren betrifft. Es hat zu heftig geregnet, die Spuren hinter dem Heuschober waren schon aufgeweicht, als die Kollegen hinkamen. Krolls Repetierer haben wir bisher auch nicht gefunden.«

»Aber?«

»In seiner Garage lagen eine schlammbespritzte Buschhose und ein Pulli. Wir nehmen an, dass der Schlamm von der Anhöhe oben bei Königsberg kommt.«

»Dann spricht alles dafür, dass Kroll auf mich geschossen hat!« Katinka wollte es nicht glauben. Kroll war ihr nicht gerade sympathisch, aber sie konnte sich ihn nicht als so kaltblütig vorstellen.

»Wobei Kroll kein Motorrad besitzt«, sagte Hardo, »und wir erst noch die Bestätigung brauchen, dass die Erdklumpen an seinen Sachen tatsächlich von dort oben stammen. Die kriegen wir im Laufe des Vormittags aus dem Labor. Zudem haben wir in seiner Garage eine Flasche mit Reifendichtmittel gefunden, Marke VW!«

»In Krolls Garage?« Katinkas Gedanken überschlugen sich. Hatte Kroll sie erkannt, als sie vorgestern Nacht in seinem Haus geschnüffelt hatte? Waren die Krähenfüße und die Schüsse eine Lektion, die er ihr erteilen wollte?

»Haben Sie ihn schon ausfindig gemacht?«, fragte sie.

»Noch nicht.«

»Und Dr. Thompson?«

»Seit gestern Nachmittag auf einer Fortbildung in München. Sie hielt von fünf bis sieben einen Vortrag über«, er blätterte in seinen Akten, »das Dostojewski-Syndrom.«

Sieh an, dachte Katinka. Ein Vortrag über Ewald. Wie praktisch, dass sie einen Patienten hat, der ihr Daten in Mengen liefert.

»Ich hatte sie eben selbst am Telefon und außerdem den Veranstalter der Fortbildung. Es gibt zweihundert Zeugen, die ihren Vortrag gehört haben. Sie kann nicht gleichzeitig in Königsberg gewesen sein.«

Katinka dachte an den Anruf, den Kroll in der Nacht zuvor bekommen hatte. Schlagartig wurde ihr klar, wo Kroll steckte: Er war mit einem Kumpel oder Komplizen auf Achse! Wo, davon hatte sie nicht die leiseste Ahnung. Fieberhaft überlegte sie, wie sie Hardo bitten könnte, Krolls Telefonliste nach einem Anruf zwischen null Uhr und null Uhr dreißig am Freitag früh zu checken. Ohne ihm zu verraten, dass sie dort gewesen und das Gespräch mit angehört hatte.

»Hardo«, begann sie, sah Klaus Motsch an, dessen Augen unverwandt auf sie gerichtet waren, und ging ins Schlafzimmer. »Ich muss ...«

»Auf der Flasche mit dem Reifendichtmittel sind keine Fingerabdrücke«, sagte Hardo. »Gar keine.«

»Das heißt nichts«, entgegnete Katinka. »Kroll kann die Hülle abgewischt haben.«

»Seltsam ist das schon«, sagte Hardo. »Er plant voraus. Er stiehlt das Dichtmittel. Hinterlässt keine Fingerabdrücke. Auch an Ihrem Auto haben wir nichts gefunden.«

»Wo ist eigentlich mein Käfer?«

»Bei den Haßfurter Kollegen. Sie kriegen ihn heute noch wieder. Aber Sie fahren sowieso nirgendwo hin.«

Katinka schnappte nach Luft vor Ärger.

»Machen Sie weiter«, murrte sie.

»Also: Er plant. Entfernt Fingerabdrücke. Taucht mitsamt Waffe ab. Aber seine schmutzigen Kleider lässt er in der Garage schimmeln.«

Katinka brummte Zustimmung. Das passte in der Tat nicht zusammen.

»Hardo, Sie überprüfen doch sicher Krolls Telefonate in den letzten Tagen, oder?«

»Warum?«

Katinka holte tief Atem.

»Bitte checken Sie, wer in der Nacht von Donnerstag auf Freitag zwischen Mitternacht und halb eins bei Kroll angerufen hat.«

In der Leitung war es so still, dass Katinka Hardos Atemzüge hören konnte.

»Palfy, was wollen Sie mir damit sagen?«

»Diesen Mann sollten Sie genauestens befragen, was er und Kroll am Donnerstagmorgen getrieben haben. Sehr früh am Morgen. Vielleicht zu der Zeit, als der Doppelmord geschah. Und dann wäre auch interessant zu wissen, was er und Kroll für heute geplant haben.«

»Palfy, wenn Sie ...«

»Dieser Mann ist jetzt mit Bernhard Kroll unterwegs. Bis später!«

Katinka legte auf. Ihre Knie zitterten, als sie ins Bad ging und die Kontaktlinsen einsetzte. Die rechte fiel zweimal ins Waschbecken, bis sie endlich saß. Als Katinka in die Küche zurückkam, hockte ihr Bewacher immer noch auf dem gleichen Stuhl und las im *Fränkischen Tag*.

»Kaffee?«, fragte Carla und hielt Katinka schon die

Tasse hin. Ihre Hände berührten sich kurz. Unerwartet verspürte Katinka den Wunsch, sich an Carla zu schmiegen und sich von ihr trösten zu lassen.

»Unbedingt. Danke. Wow, genau die richtige Mischung.«

Carla lachte.

»Tom hat mir deine fünfzig zu fünfzig Milchkaffee-Rezeptur verraten.«

Es klingelte an der Tür. Motsch warf die Zeitung weg und sprang auf.

»Gehen Sie ins Wohnzimmer!«

»Komm schon.« Carla packte Katinka am Arm.

»Das ist nur die Post«, sagte Katinka halblaut. »Am Samstag kommt sie immer um diese Zeit.«

Sie setzten sich auf Carlas Schlafsofa.

»Das wird schon wieder«, sagte Carla.

»Du könntest mir ein Amulett schmieden, das Projektile fernhält«, seufzte Katinka.

»Ich denke mir etwas aus.« Carla lächelte aufmunternd.

»Alles in Ordnung«, kam es kurz darauf aus der Küche. »Das war die Post.«

Ach was, dachte Katinka. Bei dem Gedanken, mehrere Tage unter Kuratel zu stehen, wurde ihr schwindelig. Sie fühlte sich schon jetzt eingesperrt. Außerdem gefiel ihr der Gedanke nicht, dass Tom unterwegs war. Gerade jetzt hätte sie ihn gerne neben sich gehabt. Sie folgte Carla in die Küche, stellte ihre Tasse in die Spüle und rief Tom an. Mailbox.

Er ist bei seinem Kunden, dachte Katinka und sah auf die Uhr. Kurz nach elf. Er muss längst in Leipzig sein. Schaltet sein Handy immer aus, wenn er bei einem Kunden seine Software installiert. Nervös hinterließ sie eine kurze Nachricht auf dem Anrufbeantworter. Carla nickte ihr zu.

Klaus Motsch saß wieder hinter seiner Zeitung. Vishnu beäugte ihn eine Weile, sprang dann auf den Tisch und rollte sich mitten auf dem Sportteil zusammen. Motsch lachte.

»Schönes Tier«, sagte er und strich über Vishnus rote Tigerstreifen.

»Ja, nicht?«, sagte Carla.

Katinka ging in Toms Arbeitszimmer. Sie setzte sich an seinen Schreibtisch, startete den Rechner und klickte sich in Toms Terminkalender.

»Samstag, fünfundzwanzigster Juni, Wäscherei Schimmelpfennig, Leipzig«, murmelte sie. Sie schrieb sich die Telefonnummer auf einen Zettel. Griff nach dem Telefon, stellte es zurück und steckte den Zettel in ihre Hosentasche. Sie sah aus dem Fenster. Stahlblau glänzte der Himmel. Ein Samstagsbummel durch die Stadt wäre ihr jetzt gerade recht. Sie konnte sich allerdings ausrechnen, was Motsch davon hielte. Ganz zu schweigen von Hardo. Sie stand auf und ging zurück in die Küche, als das Telefon klingelte.

»Palfy?«

Motsch streichelte immer noch Vishnus Fell.

»Elvira Hanf hier. Aus Königsberg.«

»Guten Morgen«, sagte Katinka.

»Es gibt da etwas. Vielleicht interessiert Sie das.« Elviras Stimme klang entschuldigend, als habe sie Katinka wegen einer Lappalie gestört.

»Schießen Sie los«, sagte Katinka und biss sich auf die Lippen, als ihr die wörtliche Bedeutung dieser Redensart aufging, zum ersten Mal in ihrem Leben. Sonderbar, dachte sie, manches liegt vor einem, so klar und eingängig, und doch sehen wir es nicht.

»Ich habe Ihnen doch erzählt, dass Beatrix eine Ausbildung zur Arzthelferin machte«, sagte Elvira zögernd. »Bei Dr. Montag in Ebern.«

»Genau.«

»Nun ... bevor Bea dort anfing, hatte sie eine Stelle bei Ewald Isensteins Ärztin, Dr. Thompson.«

Katinka hielt den Atem an.

»Und weiter?«

»Es ist wichtig, nicht wahr?«, fragte Elvira Hanf und klang erleichtert. »Ob Sie es glauben oder nicht – die Geschichte fiel mir auch eben erst wieder ein. Sie fragten mich doch nach Ewald. Wobei ich mir immer noch nicht vorstellen kann, was Beas Ausbildung bei Dr. Thompson mit«, sie schluckte, »ihrem Tod zu tun haben könnte.«

»Langsam, Frau Hanf«, bat Katinka und zog sich in Toms Arbeitszimmer zurück. Der Rechner lief noch. Katinka schaltete ihn ab. »Wann hat Beatrix bei Liz Thompson aufgehört und warum?«

»Das war so«, begann Elvira. »Ein Patient griff sie an.«

»Ein Patient?«

»Bea saß eines Vormittags allein am Empfang, als Ewald Isenstein hereinkam. Er war außer sich und verlangte, sofort Dr. Thompson zu sprechen. Bea war aber angewiesen, die Patienten immer zuerst ins Wartezimmer zu schicken. Isenstein scherte sich nicht darum und marschierte auf den Behandlungsraum zu. Bea ging dazwischen – da würgte er sie.«

»Du meine Güte.« Katinka malte Kringel auf Toms Schmierpapier.

»Dr. Thompson und eine andere Helferin kriegten noch rechtzeitig mit, was los war. Ich sehe heute noch die Abdrücke an Beas Hals.«

»Wann war das?«

»Anfang März diesen Jahres. Bea hatte wirklich Angst. Sie schlief ein paar Nächte bei mir im Bett, so durchgedreht war sie. Aber Dr. Thompson reagierte sehr verständnisvoll und konnte nachvollziehen, dass Bea bei ihr nicht mehr weiterlernen wollte.« Elvira brauchte ein paar Atemzüge, um sich zu fassen. »Dr. Montag ist ein Landarzt. Ein ruhiger, netter Mensch mit Patienten, die wegen Halsschmerzen und Tetanusimpfungen zu ihm kommen. Bea fühlte sich dort entschieden wohler.«

»Verstehe.« Katinka fuhr sich durchs Haar. Brittas Bericht über Ewalds Aussetzer im E. T. A.-Hoffmann-Museum ging ihr durch den Kopf. »Frau Hanf, Sie sollten sich an die Polizei wenden. Sofort.«

»Der Herr von der Polizei, der schon öfter hier war, erwies sich nicht als besonders feinfühlig«, erwiderte Elvira Hanf. Katinka hörte, dass sie mit den Tränen kämpfte.

»Rufen Sie in der Bamberger Polizeidirektion an«, sagte sie und gab Elvira die Nummer durch. »Sagen Sie Hauptkommissar Uttenreuther einen schönen Gruß von mir. Er wird Ihnen zuhören. Außerdem arbeitet er mit seinen Haßfurter Kollegen in diesem Fall ohnehin zusammen.«

Sie verabschiedete sich von Elvira Hanf mit einigen aufmunternden Worten, legte auf und wählte Toms Nummer. Mailbox.

# 15. Tom

Katinka verbrachte den Rest des Vormittags und den frühen Nachmittag damit, Kaffee zu trinken, mit Motsch und Carla Belanglosigkeiten zu bereden, Vishnu aufzuscheuchen, aus dem Fenster zu starren und Tom anzurufen – jedes Mal ohne Erfolg. Irgendwann kam ein Polizist vorbei und brachte ihr das Protokoll zur Unterschrift.

»Mach dich nicht verrückt«, sagte Carla schließlich. Sie war Katinka in Toms Arbeitszimmer nachgekommen und setzte sich auf das Sofa. »Du bist angespannt. Aber Tom ist nichts passiert. Es gibt doch gar keinen Grund.«

Katinka schwieg. Sie wollte Carla nicht gerne sagen, dass es sehr wohl einen Grund geben könnte, dass auch Tom und seine Mutter Personenschutz benötigten. Wenn nämlich ihr Angreifer keine Möglichkeit hätte, an Katinka heranzukommen, dann könnte es eine Alternative für ihn sein, die Menschen zu drangsalieren, die ihr am nächsten standen.

Es wurde heiß in der Wohnung. Katinka kippte alle Fenster. Motsch wurde ungeduldig und bat Katinka, von den Fenstern wegzubleiben.

»Sie glauben doch nie im Leben, dass irgendwo in der Nachbarschaft ein Scharfschütze sitzt und auf meine Wohnung zielt«, sagte Katinka scharf.

Motsch versuchte sie zu beruhigen. Er tat es freundlich, ohne viel Aufhebens.

Katinka setzte sich neben Carla.

»Wie geht es dir mit Tom?«, fragte sie.

»Ich war sehr unsicher, als ich zu euch kam. So reinzuschneien bei einem Paar, und dann mit meiner Vorgeschichte.«

»Gestern Abend hatte ich den Eindruck, dass es Tom gut geht. Das wollte ich nur sagen.«

»Danke, dass du so offen bist«, sagte Carla. »Ihr beide passt gut zusammen. Wirklich.«

Drüben in der Küche schaltete Motsch das Radio ein, um die Nachrichten zu hören.

»Vier Uhr«, brummte Katinka. »Ich bin jetzt schon klaustrophobisch. Wenn ich nicht bald aus der Wohnung rauskomme ...«

»Du bleibst hübsch hier. Ich zeichne einen Entwurf für ein Schmuckstück für dich. Ein Amulett des langen Lebens.«

Katinka lächelte. Sie fixierte das Telefon, in der Hoffnung, es durch Hypnose zum Klingeln zu bringen. Es funktionierte.

»Tom?«

»Nein. Uttenreuther.«

»Hardo! Was haben Sie herausgefunden?«

»Ich sage Ihnen eins: Ich frage Sie nicht, woher Sie von Wilhelm Starostek wissen. Aber sollte ich es jemals herausbekommen, dann gnade Ihnen der Allmächtige.«

»Wer ist Wilhelm Starostek?«, fragte Katinka.

»Schätzchen«, warnte Hardo. »Überziehen Sie nicht. Starostek ist der Jägerkollege, dem Kroll als Jungjäger zugeteilt ist.«

Katinka schlug sich vor die Stirn.

»Mir wird alles klar. Die beiden haben sich für heute zum Jagen verabredet. Und am Donnerstagmorgen waren sie auch im Wald und auf der Heide!«

Es war still im Hörer. Schließlich beschloss Hardo, die Sache auf sich beruhen zu lassen.

»Kroll kam gegen drei nach Hause, wo ihn zwei Kollegen in Empfang nahmen.«

»Hat er seine Knarre nicht vermisst?«

Carla sah sie mit gerunzelter Stirn von der Seite an, stand auf und ging hinaus. Erleichtert setzte sich Katinka auf Toms Schreibtischstuhl.

»Er besitzt noch ein zweites Jagdgewehr. Das Luger.22 jedenfalls haben wir in seinem Wagen gefunden. Es ist gerade in der Ballistik.«

»Ich werd' nicht mehr«, stöhnte Katinka. »Entweder hat er Nerven wie Drahtseile oder er ist nicht richtig im Kopf.«

»Vielleicht weder das eine noch das andere«, kommentierte der Kommissar. »Wahrscheinlich ist er nur ungeschickt. Er verstrickte sich in reichlich widersprüchliche Aussagen und wartet jetzt auf seinen Anwalt. Der Dreck an seinen Sachen stammt im Übrigen eindeutig von dem Feld an der Straße nach Königsberg.«

»Na gut«, seufzte Katinka. »Dann kann ich Klaus Motsch für heute freigeben?«

Hardo zögerte.

»Ehrlich gesagt ist mir das nicht so recht, bevor wir keine eindeutigen Beweise haben.«

»Hardo, ich drehe hier durch! Ich kann nicht mehr länger untätig rumsitzen, außerdem erreiche ich Tom nicht. Er ist in Leipzig, ich mache mir schon Sorgen!«

»Er ist in Leipzig?« Hardos Stimme wurde laut. »Warum höre ich erst jetzt davon?«

Katinkas Magen zog sich zusammen, als sie antwortete:

»Das muss gestern in der Aufregung untergegangen sein. Er installiert einem Kunden eine neue Software.«

»Versuchen Sie, ihn zu erreichen. Ansonsten rufen Sie mich sofort zurück.«

»Gut«, sagte Katinka. Schweiß rann ihr zwischen den Schulterblättern hinunter.

»Motsch bleibt bei Ihnen, bis ich das Ergebnis der ballistischen Untersuchung habe, verstanden?«

Katinka nickte dem Telefon zu und lauschte dem feinen Summen, das in der Leitung verblieb, als Hardo längst aufgelegt hatte. Dann hatte sie es eilig. Sie wählte ohne große Hoffnung Toms Handynummer. Natürlich ging er nicht dran. Sie klaubte den Zettel mit der Nummer der Wäscherei Schimmelpfennig aus ihrer Jeanstasche und wählte.

»Schimmelpfennig?«, meldete sich eine Männerstimme.

»Katinka Palfy hier. Bitte entschuldigen Sie die Störung, aber ich bin dringend auf der Suche nach Tom Thiele.«

»Ich allerdings auch«, sächselte Schimmelpfennig. »Wir hatten für heute einen Termin, aber Herr Thiele ist bis jetzt nicht aufgetaucht. An sein Handy geht er auch nicht.«

Katinka konnte hören, dass Schimmelpfennig alles andere als entzückt war.

»Bitte rufen Sie mich sofort an, wenn er sich meldet«, bat sie.

»Wer sind Sie denn?«, kam es neugierig.

»Privatdetektivin. Und Tom Thieles ... Frau.«

»Ach so? Privatdetektivin? Na, dann sollten Sie Ihren Mann ja schnell wieder aufgabeln«, sagte Schimmelpfennig leutselig.

»Das hoffe ich«, sagte Katinka. Sie gab Schimmelpfennig ihre Nummern durch. »Tag und Nacht erreichbar.«

»Sie wissen, wie man Geschäfte macht, was?« Der Mann lachte dröhnend. »Bis später.«

Hoffentlich, dachte Katinka, als sie das Gespräch beendete und Hardos Nummer wählte. Er war nicht zu sprechen. Katinka fragte nach Sabine Kerschensteiner. Sie kam nach drei Minuten an den Apparat.

»Sabine, ich werde verrückt hier«, schrie Katinka in den Hörer. »Außerdem kann ich Tom nicht erreichen.«

Sie erzählte Sabine von ihrem Gespräch mit Toms Kunden in Leipzig.

»Er ist nicht angekommen?«

»Nein!« Katinka stöhnte. »Bitte, unternimm was. Gib es an Hardo weiter. Er wollte, dass ich ihn anrufe. Könnt ihr nicht die Krankenhäuser abtelefonieren? Oder wegen Unfällen nachfragen, die an der Autobahn auf der Strecke nach Leipzig passiert sind?«

Hardo hatte das für sie im Winter einmal getan, als Tom in einer stürmischen Schneenacht nicht erreichbar gewesen war.

»Ich kümmere mich drum«, sagte Sabine. »Uttenreuther gebe ich so schnell wie möglich Bescheid. Hier ist die Hölle los. Der Mord im Luitpoldhain hält uns alle in Atem.«

»Danke, Sabine.«

Katinka gab Toms Autokennzeichen durch und legte auf. Die nächste Stunde tänzelte sie zwischen Handy und Telefon herum wie ein unwilliges Dressurpferd. Carla saß im Wohnzimmer und zeichnete Entwürfe. Motsch hatte sich mit Katinkas Unruhe angesteckt und stiefelte kreuz und quer durch die Wohnung. Ab und zu musterte er Katinka nachdenklich und fuhr sich über den Bart. Sie rief alle zehn Minuten Toms Handy an. Schließlich ging sie ins Wohnzimmer. Setzte sich neben Carla.

»Was ist los, Katinka?« Carla legte ihren Skizzenblock weg. »Irgendwas ist ganz und gar nicht in Ordnung, oder?«

Katinka schüttelte den Kopf. Sie brauchte jemanden, an dem sie ihre Panik abstreifen konnte, und zudem, redete sie sich zu, würde Carla ohnehin bald mitbekommen, dass etwas nicht stimmte.

»Tom ist nicht in Leipzig angekommen«, sagte sie leise.

»Er ist nicht angekommen?« Carla legte den Bleistift sorgsam auf den Block. »Woher weißt du das?«

»Ich habe seinen Kunden angerufen.«

Carla stand der Mund offen. Erschrockenes Erstaunen, so pflegte Britta Toms Gesichtsausdruck zu beschreiben, den er zur Schau stellte, wenn Katinka ihm irgendeine wenig angenehme Neuigkeit eröffnete. Jetzt bemerkte Katinka, wie ähnlich Toms und Carlas Mimik waren. Sie holte tief Atem:

»Ich habe eine Freundin bei der Polizei gebeten, nachzuforschen, ob ein Unfall passiert ist.«

»Mein Gott!«

»Ich habe so ein verdammt mieses Gefühl«, flüsterte Katinka.

»Ruhig!«, sagte Carla. »Es wird sich aufklären. Es wird sich alles aufklären.« Ihre Stimme klang alles andere als entspannt.

Katinka hockte im Bad auf dem Wannenrand und kühlte ihre Füße, als es klingelte. Motsch ging nachsehen.

»Frau Palfy?«, rief er.

Katinka wusch sich das Gesicht mit eiskaltem Wasser ab.

»Ich komme.«

Hardo stand groß und breit in der Küche.

»Katinka«, sagte er. Er roch nach Schweiß.

»Haben Sie was von Tom gehört?«

»Nein. Kein Unfall an der Strecke.«

Immerhin etwas. Katinka setzte sich auf einen Stuhl und stützte das Kinn in die Hände. »Es ist nicht normal, dass er bei seinem Kunden nicht auftaucht und auch nicht anruft. So was kommt bei Tom einfach nicht vor! Wenn er nicht ans Telefon geht, dann ist ihm was passiert, Hardo. Was auch immer.« Sie ahnte, dass Motsch und Hardo Geschichten kannten, in denen alleingelassene Frauen das Gleiche von ihren Männern behauptet hatten, im Brustton der Überzeugung, während jene Männer sich im Puff herumtrieben – notfalls jenseits der tschechischen Grenze. Hardos Lebenserfahrung hielt noch ganz andere Storys bereit. Deswegen sah er sie so mitleidig an.

»Glauben Sie mir, Hardo«, bat sie ihn leise. »Können Sie nicht nach ihm fahnden?«

Er sagte eine Weile nichts. Sah Carla an. Katinka hörte die beiden reden, ohne dass die Worte zu ihr vordrangen. Es kam ihr plötzlich vor, als habe sie Wasser in den Ohren. Ungeduldig schüttelte sie den Kopf. Sah, wie Hardo zum Handy griff und telefonierte.

»Wir kümmern uns drum«, sagte er, als er auflegte und das Handy in die Tasche schob. »Motsch, Sie können gehen.«

Motsch stand auf und nickte ihnen zu.

»Danke«, sagte Katinka. »Kommen Sie mal auf ein Bier vorbei.«

Motsch grinste schief.

»Wer mich einmal in seinem Haus sitzen hatte, will mich in der Regel nicht mehr so gerne sehen.« Er gab Katinka und Carla die Hand und ging.

»Spielen Sie jetzt Wachtmeister?«, wandte sich Katinka an Hardo.

»Es ist eigenartig«, sagte Hardo, setzte sich und schob die Zeitung beiseite. »Der Schmutz an Krolls Kleidern stammt vom Tatort. Aus seinem Gewehr wurde geschossen.«

»Das ist schlagend! Was wollen Sie mehr!«

»Kroll bestreitet alles«, sagte Hardo. »Er hat kein Motorrad und auch keinen Motorradführerschein.«

»Das heißt nichts«, schnaubte Katinka. »Er kann sich eines geliehen haben. Von einem Freund oder einem Verwandten oder wem auch immer. Männer fahren ständig ohne Führerschein herum, das müssten Sie doch wissen!«

Hardo harpunierte sie mit seinem Blick.

»Hat er ein Alibi für die Tatzeit?«, fragte Katinka weiter.

»Nein. Jedenfalls kein brauchbares.«

»Na, also!«

Carla setzte Wasser auf. Vishnu streifte um Hardos Beine und maunzte. Hardo packte ihn am Schlafittchen und setzte ihn auf seinen Schoß.

»Wir haben noch ein bisschen weiterrecherchiert, Katinka«, sagte Hardo. »Veit Behlen und Markus Isenstein besitzen beide ein Motorrad.«

Katinka starrte ihn an. Sie hörte Wasser brodeln und sah Carla zu, wie sie Kaffee aufgoss und Tassen auf den Tisch stellte.

»Veit? Er saß im Auto. Ich bin ihm und Mariele nachgefahren.«

»Kann es sein, dass Veit unterwegs ausstieg?«

»Nein!« Katinka stutzte. »Oder doch!«

Hardo beugte sich vor. »Sagen Sie!«

»Sie haben in Zeil angehalten und Eis gekauft.« Katinka kniff die Augen zusammen und sah das Bild vor sich. Die Fachwerkhäuser, die Wimpel. »Veit hat das Eis gekauft.« Sie konzentrierte sich. »Es kann sein, dass Mariele alleine weiterfuhr«, erklärte sie langsam. »Veit reichte das Eis zur Fahrerseite herein. Mariele muss den Platz gewechselt haben.«

»Sicher?«, fragte Hardo. Er hielt schon sein Handy in der Hand.

»Es wäre sogar sehr gut möglich, dass Veit in Zeil blieb«, sagte Katinka. »Ich habe Abstand gelassen. Ein Auto fädelte sich zwischen uns ein. Irgendwie habe ich fest damit gerechnet, dass beide in dem Auto saßen. Ich bin gar nicht auf die Idee gekommen, dass nur noch einer von beiden weiterfuhr.«

»Das«, sagte Carla, »ist der übliche Betrug. Unser Gehirn will nur das Gewohnte sehen.«

Hardo nickte und lächelte Carla kurz zu. Sein Lächeln sprang von Mundwinkel zu Mundwinkel. Erlosch. Katinka hatte Hardo kaum jemals herzlich lachen sehen. Er hat zuviel Mist erlebt, dachte sie. Und er trauert immer noch um seine Tochter. Harduin Uttenreuthers Tochter Sybille war vor gut zwei Jahren bei einem Unfall ums Leben gekommen. Sie war in Katinkas Alter gewesen. Tom mutmaßte, dass sich Hardo außerdem immer noch nach einem Draht zu seiner Ex-Frau sehnte. »Die will ihn nicht mehr«, hatte Tom eines Abends zu Katinka gesagt, »aber Hardo will das nicht wahrhaben!«

»Dann könnte Veit in Zeil auf ein Motorrad umgestiegen sein, Sie überholt haben, und ...«, hörte sie den Kommissar sagen.

»Aber Ihre Kollegen haben die Spuren.«

»Bevor sie die Spuren aufnehmen konnten, legte der Wolkenbruch los«, schnaubte Hardo. »Der Kollege, der selbst Motorradfahrer ist, meinte jedoch, es sei kein Motocross-Rad gewesen. Und keiner unserer drei Motorradfreunde hat so eines. Also stehen wir am Anfang.«

»Wie sollte Veit an Krolls Gewehr gekommen sein?«, wollte Katinka wissen.

»Unmöglich ist nichts«, murmelte Hardo. Er tippte eine Nummer in sein Handy. Zeitgleich klingelte Katinkas Telefon.

»Palfy?«

»Hier ist noch mal Elvira Hanf.« Ein hysterischer Ton schwang in Elviras Stimme. »Gerade bekam ich ein Päckchen. Das ist ... ganz fettig. Ewald Isensteins Adresse steht als Absender drauf.«

»Es ist fettig?«, fragte Katinka entgeistert, während sie

in Toms Arbeitszimmer ging, um Hardos Gespräch nicht zu stören.

»Es scheint ein Buch drin zu sein«, sagte Elvira Hanf. »Verzeihen Sie, wenn ich Sie deswegen behellige ... warum sollte Ewald mir ein Buch schicken?«

In Katinkas Kopf setzte sich ein Karussell in Bewegung, drehte sich schneller und schneller.

»Komisch«, sagte Elvira Hanf. »Irgendwie riecht es nach Marzipan.«

Ein Ratschen knisterte durch die Leitung.

»Halt!«, schrie Katinka. »Ziehen Sie das Buch nicht raus! Nicht rausziehen!«

»Ich ...«

»Das ist Plastiksprengstoff. Lassen Sie es liegen, wo es ist. Gehen Sie aus dem Haus! Ich komme!«

Sie drückte die Aus-Taste, warf das Telefon auf den Schreibtisch und rannte in die Küche. Hardo hielt seinen Kaffeebecher in der Hand.

»Bei Elvira Hanf ist ein Päckchen mit Plastiksprengstoff aufgetaucht«, rief sie. »Schnell, wir müssen hin!«

Hardo verschüttete Kaffee auf sein Hemd.

»Sie gehen nirgendwohin!«, fuhr er auf. Er hielt Katinka am Arm fest.

Sie riss sich los, schnappte ihren Rucksack und zog die Wohnungstür auf. Als sie unten an der Haustür ankam, war Hardo neben ihr.

»Ich habe ein Problem mit Ihnen«, knurrte er.

»Hören Sie schon auf. Kroll ist in Gewahrsam. Den Personenschutz können Sie sich sonst wohin schmieren.«

Hardo packte sie an den Schultern. Für einen Augenblick hatte sie Angst, er würde sie gegen die Wand schmettern.

»Krolls Gewehr haben Sie auch sichergestellt. Aus der

Flinte feuert so schnell keiner mehr«, wehrte sich Katinka.

»Sie bellen den falschen Baum an, Palfy!«

Sie hörten oben die Tür zuschlagen. Carla rannte die Treppen herunter.

»Ich komme mit«, verkündete sie.

Dankbar sah Katinka sie an. Hardo war überstimmt.

# 16. Explosion

Hardo prügelte seinen Golf mit hundertzwanzig über die Landstraße. Katinka saß hinten und hielt sich an Carlas Kopfstütze fest. Die ersten Minuten hatte Hardo telefoniert und Anweisungen erteilt. Nun hielt er die Lippen zusammengepresst und sagte kein Wort. Ab und zu trafen sich ihre Blicke im Rückspiegel. Katinka zog eine Gangstermiene. Sie hielt durch bis Altershausen, dann sagte sie:

»Hardo, tut mir leid.«

»O.k.«, sagte er knapp. Sein Zorn konnte so schnell davonschwirren wie ein Kolibri.

Katinka lotste ihn durch Königsberg zum Salzmarkt. Am Samstagabend um kurz nach sechs lag das Städtchen still da. Carla betrachtete staunend die bunten Fassaden.

»Das ist wunderhübsch«, murmelte sie.

»Ja. Ein wunderhübsches Gefängnis«, sagte Katinka.

»Na, na!«, machte Hardo.

Sie hielten vor Elvira Hanfs Haus. Katinka sprang aus dem Wagen, gefolgt von Hardo. Sie klingelte Sturm. Elvira Hanf öffnete, blass wie ein Totenkopf.

»Gott sei Dank sind Sie da!«, rief sie. Sie deutete auf den Boden neben der Tür. Mitten in ihrer Garderobe lag ein brauner Umschlag, aufgerissen. Ein Taschenbuch ragte einen Zentimeter heraus. Deutlich war der Fettfleck zu sehen. In krakeliger Handschrift stand Elviras Adresse darauf, und als Absender nur zwei Worte: Ewald Isenstein.

»Die Leute vom Sprengkommando sind gleich hier.

Was tun Sie hier noch? Raus mir Ihnen«, kommandierte Hardo und schob Katinka Richtung Straße. »Sie auch!« Er nahm Elvira Hanf am Arm und zog sie zur Tür. Ein Streifenwagen fuhr vor.

In ihrer Erinnerung würden Katinka später Splitter einzelner Szenen verfolgen. Die routinierten Bewegungen der Polizisten beim Absperren der Straße. Das Gesicht eines Nachbarn, der plötzlich aus dem Boden wuchs und an Elviras Türrahmen klopfte, wo er Hardo und Elvira den Weg nach draußen versperrte. Neugier sei noch nie ein guter Ratgeber gewesen, behauptete Hardo später, schon gar nicht die Neugier der Nachbarn. Dann war da Elviras schreckgeweiteter Blick. Katinka würde lange Zeit die Stimme dieses Nachbarn im Ohr klingen: »Störe ich?«, würde sie ihn monatelang fragen hören. Sie würde sich die spärlichen, vom Schweiß glänzenden Haare auf seinem Kopf vergegenwärtigen. Und Hardo würde sie vor sich sehen, wie er mit dem Nachbarn redete, während er ihn ungeduldig auf die Straße drängte. Dann war da ein kurzer Moment aus schwarzem Nichts, bevor sie glasklar im Bruchteil einer Sekunde den braunen Umschlag über den Boden schlittern sah.

Ein ohrenbetäubender Knall zerriss die Königsberger Stille. Katinka flog ein Stück und landete hart auf ihren Knien, stürzte vornüber auf das Pflaster. Etwas sauste an ihrem Kopf vorbei. Funken wirbelten vor ihren Augen auf, blaue und grüne, und tanzten weiter, als Katinka die Augen schloss und betete, dass sie noch am Leben sei. In ihren Ohren dröhnte ein Gong, groß wie Alaska.

»Katinka?« Jemand strich ihr übers Haar. »Katinka!«

Die Stimme besänftigte das Brüllen in ihren Ohren ein wenig. Katinka hob den Kopf. Carla kniete vor ihr.

»Katinka, sag was!«

Katinka richtete sich auf. Stimmen und Geräusche hörten sich an, als schwimme sie unter Wasser. Sie stützte sich mühsam auf die Knie und schrie auf vor Schmerz. Blut durchtränkte ihre Jeans.

»Alles in Ordnung«, kam es aus ihrem Mund, dumpf und fern.

Carla zog sie an sich.

»Menschenskind«, flüsterte sie. »Menschenskind.«

Katinka machte sich los.

»Wo ist Hardo?«

»Es geht ihm gut«, sagte Carla.

Der Kommissar hockte auf dem Kopfsteinpflaster, Schulter an Schulter mit Elviras Nachbarn. Irgendwas hatte ihn am Kopf getroffen. Er blutete. Katinka kämpfte sich hoch und schwankte auf ihn zu.

»Hardo! Alles in Ordnung?«

Er nickte benommen.

»Sie bluten am Kopf.«

»Katinka, schnell!«, rief Carla. Sie kniete im Hauseingang. Katinka taumelte durch eine Welt aus Watte auf sie zu.

Elvira Hanf lag in einer Blutlache. Ihr rechter Fuß war bis auf die Knochen zerfetzt. Ihre Augen starrten ins Leere.

»Elvira!«, schrie Katinka. »Hören Sie mich? Elvira!«

Elvira Hanf blinzelte.

»Sie lebt!«, brüllte Katinka. »Aber sie verliert viel Blut.«

»Abbinden«, sagte Carla. Sie zog ihren Gürtel aus den Jeans und band Elviras Oberschenkel knapp über dem Knie ab. Katinka nahm Elviras Hand in ihre und hielt sie fest. Leise redete sie auf sie ein. Ihr Blick blieb an der verkohlten Garderobe hängen, an den verschmierten Wänden, den Scherben. Das Blaulicht der heranrasenden Polizeiwagen geisterte über die Szenerie. Hinter ihr regte sich Hardo.

»Sie kann Sie nicht hören, Katinka«, sagte er. »Die Explosion hat ihr die Trommelfelle zerrissen.«

»Das ist egal«, sagte Katinka. »Sie sieht mich reden.«

Elvira Hanf murmelte etwas. Ihr Blick flackerte. Hardo ging Katinka gegenüber in die Knie. Ihre Augen trafen sich. Dann strich Hardo behutsam ein paar Scherben aus Elviras roten Locken.

Eine Stunde später saß Katinka auf dem weißen Sofa in Elvira Hanfs Wohnzimmer und hielt still, während Carla ihr die zerschlissenen Hosenbeine in Kniehöhe abschnitt.

»Was wird das denn«, fragte Hardo.

»Ich bin auf die Knie gefallen«, sagte Katinka. Selbst ihre eigene Stimme klang dumpf in ihren Ohren. »Sie sehen übrigens apart aus mit Ihrem Pflaster auf dem Kopf.«

Hardo schnitt ihr eine Grimasse.

»Wird Elvira es schaffen?«, fragte Katinka.

»Wenn sie stark genug ist, um den Blutverlust auszuhalten ... Die Frage ist allerdings, ob sie den Fuß retten können.«

Ein Sanitäter sah zur Tür herein.

»Brauchen Sie noch was?«, fragte er.

Katinka zeigte auf ihre aufgeschlagenen Knie.

»He, das sieht tief aus. Und verdreckt außerdem.« Er desinfizierte die Wunden. »Brennt ein bisschen, was?«

»Nicht der Rede wert«, stieß Katinka zwischen zusammengebissenen Zähnen hervor. »Danke. Haben Sie auch ein Hörgerät dabei?«

»Das gibt sich wieder«, beruhigte er sie und ging.

Eine Menge Beamte in Uniform und Zivil schwirrten durch Elviras Haus. Sie stellten Fragen und notierten sich mit unzufriedenen Gesichtern die Antworten. Elviras Nachbar kauerte mit einem dicken Verband auf dem linken Ohr auf einem Stuhl und schüttelte immer wieder den Kopf, als könne er sich selbst nicht glauben. Katinka zog die Beine an und kuschelte sich auf das Sofa. Carla saß neben ihr. Hardo stand am Fenster und starrte in die Ferne.

»Hardo?«, sagte Katinka irgendwann, ganz leise.

Er drehte sich zu ihr um. Selten hatte sie einen solchen Schmerz in seinen Augen gesehen. Er hob in einer entschuldigenden Geste die Hände und ging hinaus.

»Nicht«, warnte Carla und hielt Katinka fest. »Lass ihn.«

Katinka sank zurück auf das Sofa.

»Was war das für eine Bombe?«, fragte Carla.

»Das war Plastiksprengstoff«, sagte Katinka. »Jede Wette. Der Fettfleck und der Geruch nach Marzipan sind typisch. Die Vorrichtung ist ganz simpel: Du nimmst ein Taschenbuch. Verbindest den Sprengstoff mit dem Zünder, klebst die Kontaktpunkte auf zwei gegenüberliegende Buchseiten, steckst ein Stück Karton zwischen diese beiden Seiten, faltest den Karton und klebst ihn an der Innenseite des Umschlags fest. Wenn man das Buch rauszieht, bleibt der Karton im Umschlag, die Kontaktpunkte berühren sich, der Kreislauf ist geschlossen. Peng. Explosion.«

Carla schauderte.

»Also die perfekte Briefbombe.«

»Der übliche Standard.«

»Aber niemand hat das Buch rausgezogen.«

»Elvira hat den Umschlag aufgerissen. Das Buch guckte ein Stück raus. Ich konnte es sehen, als es in ihrer Garderobe lag. Irgendwie muss sie dagegengestoßen sein. Das Buch ist rausgerutscht.«

»Was meinst du, wer die Briefbombe geschickt hat?«

Katinka rief sich die Schrift auf dem Kuvert in Erinnerung.

»Wahrscheinlich die gleiche Person, die die anonymen Briefe verfasst hat.«

Sie stand auf und ging zur Toilette. Setzte sich auf den Deckel und stützte das Kinn in die Hände. Vorsichtig streckte sie die Beine aus und betrachtete ihre verpflasterten Knie. Sie würgte, als sie an Elvira Hanfs blutigen Fuß dachte oder an die Fetzen, die noch davon übrig waren, und schaffte es gerade noch, aufzuspringen und den Klodeckel aufzureißen. Aber ihr Körper wollte nichts hergeben. Sie lehnte sich keuchend an das Waschbecken und betrachtete ihr Gesicht. Schwarzer Staub, vermischt mit Schweiß, klebte auf ihrer Haut. In ihren Haaren sah der Staub seltsam hell aus. Sie wusch sich das Gesicht und ließ Wasser über ihr Haar laufen. Eine braune Brühe gurgelte durch den Abfluss. Katinka wickelte ein Handtuch um ihren Kopf und ging zurück ins Wohnzimmer. Carla beantwortete Fragen. Dann beantwortete Katinka Fragen. Sie musste weit ausholen und viel erzählen. Carla brachte ihr ein Glas Wasser zu trinken. Als die letzten Polizisten das Haus verließen und Katinka hinter Hardo und Carla ins Auto stieg, zeigte die Uhr kurz vor zehn.

Hardo drehte den Zündschlüssel. Der Golf holperte über das Kopfsteinpflaster aus der Stadt. Auf der Landstraße gab Hardo kaum mehr Gas. Gemächlich rollte der Wagen den Hügel hinauf.

»Hier war es«, sagte Katinka. »Hier hat er gestanden und geschossen.«

Hardo hielt. Er stieg aus und kletterte die Böschung hinauf. Katinka folgte ihm. Sie hörte Carla hinter sich.

»Der Regen hat alle Spuren weggewaschen«, sagte Hardo. Er hockte sich auf die Erde. Katinka setzte sich neben ihn.

»Es ist nicht Ihre Schuld!«, sagte sie. »Wirklich nicht, Hardo. Sie konnten nichts dafür. Elvira hätte längst aus dem Haus sein müssen. Sie hätte den Umschlag nicht öffnen dürfen.«

»Hätte, hätte«, sagte Hardo. Er fuhr sich über den kahlen Schädel und riss in plötzlichem Jähzorn das Pflaster ab. Wütend schleuderte er es in die Sträucher. »Glauben Sie mir, ich weiß das. Und ich hasse es!« Er sprang auf und lief über das Feld, als habe er einen Fußmarsch nach Wladiwostok vor sich.

»Lass ihn«, sagte Carla. »Er macht sich Vorwürfe.«

»Aber das ist unnötig. Ihn trifft keine Schuld.«

»Natürlich trifft ihn keine Schuld«, bestätigte Carla. »Das ist doch so typisch für Selbstvorwürfe. Die meisten sind leer wie Versprechungen.«

»Es tut mir so weh, ihn so zu sehen«, seufzte Katinka. Einer ihrer Fälle kam hoch, das Gesicht einer Frau, die sie hatte beschützen sollen.

»Ich hatte eine Klientin«, murmelte Katinka. »Jemand stellte ihr nach, und ich sollte feststellen, wer und warum. Aber sie wurde in ihrer Küche ermordet, während ich ums Haus ging. Fast unter meinen Augen.« Katinka bohrte ihre Schuhspitze in die Erde. »Verstehst du, sie könnte noch leben. Elvira Hanf könnte hier mit uns stehen. Hinter Hardo hergehen. Es sind diese grauenhaften Sekunden, in denen sich alles verändert, und ich wünschte so sehr, ich könnte das Leben zurückspulen wie ein Videoband.«

Carla strich ihr übers Haar.

»Hardo hat mir wirklich geholfen, damals«, flüsterte Katinka. »Er hat mir beigebracht, mich nicht selbst zu zerfleischen wegen eines Unglücks, für das ich keine Verantwortung trage. Und nun ...«

»... zerfleischt er sich selbst.« Carla sah über das Feld. Weit weg stand Hardo, sein mächtiger Körper nur ein Schatten im abendlichen Dämmerlicht. »Er braucht Zeit.

Für alles brauchen die Menschen Zeit. Zeit, um zu sich zu finden. Zeit, um freundlich zu sein. Auch zu sich selbst.«

»Ja«, sagte Katinka. Ihre Gedanken schraubten sich wie eine Spirale in die frühe Nacht. Immer weiter weg, immer verschwommener erschienen ihr die Ereignisse des Tages. Als ihr Handy klingelte, brauchte sie eine Weile, um zu verstehen, dass sie gemeint war.

»Hier ist Sabine«, meldete sich Sabine Kerschensteiner.

»Hast du schon gehört?«, fragte Katinka. »In Königsberg gab es eine Explosion. Elvira Hanf hat eine Briefbombe bekommen. Sie ist in die Luft geflogen. Hardo ... hat wahrscheinlich sein Handy aus. Er ...«

»Wir haben die Meldung reingekriegt. Hör zu Katinka. Bist du allein?«

»Nein. Hardo und Carla sind bei mir.« Katinka klammerte sich an ihrem Telefon fest.

»Wir haben Toms Auto«, sagte Sabine. »Es steht auf einem Parkplatz hinter der Ausfahrt Lobenstein an der A 9.«

»Aber – wo ist Tom!«

»Das wissen wir nicht.«

»Sabine, er ist heute früh zwischen sechs und halb sieben losgefahren. Er hätte spätestens um neun in Leipzig sein müssen!«

»Kann sein, dass er auf den Parkplatz fuhr, um zu pinkeln.«

»Und dann?«, schrie Katinka. Sie sah Carlas drängenden Blick. »Hat er einen Spaziergang gemacht? Eine Rennsteigwanderung vielleicht?«

»Die Thüringer Kollegen fanden das auch merkwürdig«, sagte Sabine. »Aber sie entdeckten keine Hinweise, dass es einen Kampf gegeben hätte oder so was.«

»Einen Kampf?« Katinka trat mit dem Fuß nach einem Weißdornstrauch.

»Katinka«, sagte Sabine. »Wir müssen damit rechnen, dass er nicht freiwillig verschwunden ist.«

# 17. Entführt

**Bist du denn rein von der Sünde, daß du es wagst, wie der Reinste, ja wie Gott selbst, den du verhöhnest, in meine Brust schauen zu wollen, daß du es wagst, mir Vergebung der Sünden zuzusagen, du, der du selbst vergeblich ringen wirst nach der Entsündigung, nach der Seligkeit des Himmels, die sich dir auf ewig verschloß? Elender Heuchler, bald kommt die Stunde der Vergeltung, und in den Staub getreten wie ein giftiger Wurm, zuckst du im schmachvollen Tode, vergebens nach Hülfe, nach Erlösung von unnennbarer Qual ächzend, bis du verdirbst in Wahnsinn und Verzweiflung![4]**

Katinka glaubte nichts von dem, was Sabine ihr am Telefon berichtete. Sie war zutiefst überzeugt, nach Hause zu kommen und Tom an seinem Rechner sitzen zu sehen, die steile Falte für knifflige Probleme über der Nasenwurzel. Hardo fuhr, und Carla saß neben ihm und sagte alle paar Minuten: »Nicht jetzt. Bitte nicht jetzt.«

Katinka verstand später, was sie gemeint hatte.

Während Hardo parkte, sprang Katinka aus dem Auto und rannte zur Haustür. Sie stürmte die Treppen hinauf und schloss die Wohnungstür auf. Sie sah Tom vor sich, hörte das leise Klicken der Computertastatur.

Die Wohnung war leer.

Sie saßen zusammen am Küchentisch, jeder mit seinen Dämonen. Hardo ging bald. Katinka legte den Kopf auf ihre Arme. Die Apathie, die sie schützte und alle grauenvollen, ängstigenden Gedanken von ihr fernhielt, lag auf ihr wie die schwarze Staubschicht aus Elviras Haus. Carla schickte sie ins Bett. Katinka schlief ein, den Kopf leer.



[4] E. T. A. Hoffmann, Die Elixiere des Teufels. Seite 68f.

Sie wachte gegen vier Uhr auf. Der Himmel färbte sich hellblau, und nun überrannten sie die Schrecken wie ein Hunnenheer. Sie hockte sich auf ihr Bett, starrte Toms leere Seite an und fühlte eine eiserne Presse ihr Herz zerdrücken. Ihr Magen krampfte sich zusammen. Das Atmen war ihr so schwer, dass sie Angst bekam, sie könnte ersticken. Sie stand auf und ging in die Küche. Da saß Carla, vor einer Flasche Bier. Katinka setzte sich zu ihr.

»Ich rufe Hardo an.« Der in dieser Nacht ebenso den Gespenstern zu trotzen hätte. Der keinesfalls schlafen würde.

»Ja, bitte?«, tönte seine Stimme nach dem ersten Läuten in die Leitung.

»Ich bin's, Katinka.«

»Mädchen«, sagte er. »Was ist los?«

»Sie haben nicht geschlafen, oder?«

»Nein. Reden Sie.«

»Was geschieht jetzt?«, fragte Katinka. »Suchen Sie nach Tom?«

»Ja. Gegen Mitternacht ist die Umgebung um den Parkplatz großräumig abgesucht worden. Aber wir haben nichts gefunden. Das ist einerseits beängstigend, aber andererseits auch beruhigend.«

Katinka drückte auf die Lautsprechertaste, damit Carla mithören konnte.

»Sie meinen, er ist mit einem anderen Wagen weggefahren?«

»Das wäre die einzige Möglichkeit.«

»Aber«, sagte Katinka und presste die freie Hand auf ihren Magen, »er hat es nicht freiwillig getan.«

»Wenn er es freiwillig getan hätte, dann hätte er Sie angerufen oder sich bei seinem Kunden gemeldet.«

Katinka fühlte, wie das Telefon in ihrer Hand zitterte.

»Ich kenne die Geschichten, an die Sie mich jetzt erinnern wollen«, sagte sie. »Männer, die untertauchen, aus heiterem Himmel. Sie haben monatelang alles akribisch vorbereitet, und niemand hat etwas davon gewusst.«

»Ich wollte Sie nicht daran erinnern«, widersprach Hardo müde.

Katinka hielt sich den Kopf. Darin ratterten Zahnräder und schlugen Hämmer auf Ambosse ein. Sie war lange genug im Geschäft, und sie musste den Gedanken endlich aussprechen:

»Jemand hat ihn entführt«, sagte sie heiser.

»Wir haben nichts gefunden. Keine Hinweise, kein Schreiben, kein Nichts.«

»Es dauert manchmal eine ganze Weile, bis sich ein Entführer meldet«, sagte Katinka. »Das alles ist doch verquer! Ewald hat ihn nicht entführt. Niemals.«

»Wir haben einige Leute auf dem Zettel, die wir daraufhin überprüfen müssen«, erwiderte Hardo, »und dazu zählt die gesamte Familie Isenstein. Ewald, seine Frau und seine Kinder.«

»Was ist mit Kroll?«

»Ich bin ratlos.«

»Sie meinen, er hat nicht geschossen?« Katinka spürte ihren Puls schneller werden.

»Nein, ich glaube es nicht. Aber Glaube ist nur Biochemie. Ich brauche Beweise!«

»Was ist mit Dr. Thompson«, fragte Katinka.

»Sie ist in München. Will erst morgen nach dem Frühstück heimfahren. Sie kann es nicht gewesen sein, Katinka.«

Katinka nickte dem Telefon zu, obwohl sie nicht überzeugt war. Gut, Liz Thompson hatte nicht geschossen, aber welche Verbindung gab es zu Ewald außer der Beziehung zwischen Ärztin und Patient?

»Dr. Thompson profitiert von Ewalds Krankheit«, sagte Katinka nachdenklich.

»Das ist üblich in der Branche«, beruhigte Hardo. »Schließlich will die Wissenschaft weiterkommen, und dazu braucht sie Patienten.«

Katinka tauschte einen Blick mit Carla. Die formte lautlos ›El-vi-ra‹ mit den Lippen.

»Wie geht es Elvira?«

»Ihr Zustand ist stabil. Sie kam gleich in den OP. Wir werden sehen.«

»Hat sie Sie eigentlich gestern noch angerufen?«

»Ja«, antwortete Hardo knapp. »Ihre Nichte hat den Arbeitsplatz gewechselt, nachdem sie von Ewald angegriffen worden war. Das Verfahren ist eingestellt worden. Keine Schuldfähigkeit.«

Es klapperte im Hintergrund. Hardo fluchte leise.

»Was machen Sie da?«

»Ich suche ein Buch.«

»Ein Buch?« Katinka stöhnte in sich hinein. Hardo war ein Büchernarr, aber dass er sich in dieser Nacht mit anregender Lektüre wach hielt ... »Was für ein Buch?«

Er zögerte. Katinka zählte die Sekunden, in denen sie schwieg, um ihn zum Weiterreden zu animieren.

»Ich habe irgendwie den Eindruck, dass ich von unserem Fall schon einmal gelesen habe.«

Katinka hörte ein dumpfes Geräusch. Bücher, die auf den Boden fielen. Hardos Regale waren zu voll.

»Aber ich kann mich nicht erinnern, in welchem Buch. Ich weiß nicht einmal mehr, wie die Geschichte genau ging, aber irgendetwas erinnert mich an das, was wir vor uns haben.«

Katinka seufzte.

»Das kenne ich. Je mehr man versucht, die Erinnerung einzukreisen, desto weiter weicht sie zurück.«

»So ist es auch mit den Wörtern. Je näher man ein Wort ansieht, desto ferner schaut es zurück. Sagte Karl Kraus.«

Katinka hielt sich den Kopf. In Wellen kam die Angst. Überspülte sie, drückte sie nieder. Nahm ihr den Atem. Sie musste schnell weiterreden, bevor die Panik sie vollkommen auffraß.

»Gibt es schon einen Anhaltspunkt, was die Briefbombe betrifft?«

»Nein. Wir haben nichts, verdammt. Gar nichts. Obwohl die Kollegen noch heute Nacht das Isensteinsche Haus in Königsberg durchsucht und Ewald ordentlich in die Zange genommen haben.« Er fluchte. »Ich habe mit Frau Isenstein gesprochen. Rufen Sie sie morgen an und schlagen Sie ihr vor, zur Polizei zu gehen. Ihr bleibt nichts anderes übrig.«

Katinka schwieg und hörte Hardo am anderen Ende beim Schweigen zu.

»Können Sie schlafen?«, fragte er schließlich. »Versuchen Sie es wenigstens.«

»Ich versuche es«, sagte Katinka. »Gute Nacht.«

Sie legte auf und sah Carla an. Ihre Augen standen weit offen, blau wie der Pazifik und genauso tief.

»Was sollen wir tun?«, flüsterte Carla.

Katinka ging zum Kühlschrank, goss sich Milch in eine Tasse und trat zum Fenster. Dort unten stand ihr Käfer. Also war er doch noch gebracht worden, sie hatte gar nicht mehr daran gedacht. Schnell rannte sie die Treppe hinunter zum Briefkasten und holte die Schlüssel heraus.

»Wir haben ein Auto, Carla«, sagte sie und hielt den Schlüssel hoch.

Carla stand am Fenster.

»Schau mal«, sagte sie und wies mit dem Kinn auf einen dunklen Wagen hinter Katinkas Beetle.

»Hardo überlässt aber auch nichts dem Zufall«, murmelte Katinka. Sie trat zurück.

»Was tun die? Uns bewachen?«, fragte Carla.

»Beschützen. Das ist in etwa das Gleiche.«

»Der Mann, den sie festgenommen haben ...« Carla zögerte.

»Kroll.«

»Ja. Kroll. Der kann die Briefbombe nicht zugestellt haben.«

»Wohl kaum«, sagte Katinka.

»Dann hat Kroll auch nicht geschossen«, mutmaßte Carla. »Sie haben den Falschen.«

»Wenn wir annehmen, dass es nur einen Täter gibt«, sagte Katinka, »dann würdest du richtig liegen. Aber das wissen wir nicht. Ich verstehe nicht einmal, warum Elvira diesen Sprengsatz bekam.«

»Eine Warnung?«

»Eine reichlich rüde Warnung, die sie nicht überlebt hätte, wenn sie nicht misstrauisch geworden wäre und mich angerufen hätte«, sagte Katinka.

»Aber weshalb?«

Katinka ruderte hilflos mit den Armen durch die Luft.

»Ich zermartere mir das Hirn!«, sagte sie. »Elvira muss etwas wissen. Etwas, das den Mörder in die Bredouille bringen kann. Womöglich ist ihr das nicht einmal bewusst.«

»Was wäre das?«, fragte Carla.

»Mein Gott, ich habe keine Ahnung!«

Katinka fühlte die Antwort. Zumindest den Anfang einer Antwort auf die Frage, weshalb Elvira Hanf Opfer eines Briefbombenattentats geworden war. Aber sie konnte die Erkenntnis nicht einkreisen.

Sie musste etwas tun. Aktiv werden, um die Magenkrämpfe und das Entsetzen loszuwerden. Sie ließ Carla stehen, ging ins Bad, duschte und zog sich an. Als sie zurück in die Küche kam, den Rucksack in der Hand, fragte Carla:

»Willst du weggehen?«

»Ich muss mich umsehen. Es hat keinen Sinn, hier herumzuhängen. Ich werde verrückt dabei.«

»Ich komme mit.«

»Nein. Kommt nicht in Frage.« Ich bin die Detektivin, wollte Katinka noch anfügen. Sie konnte niemanden brauchen, der ihr am Rockzipfel hing.

»Ich komme mit«, sagte Carla entschieden. »Ich bin seine Mutter.«

»Aber du hast ihn weggegeben.«

Es war heraus, bevor Katinka es noch bemerkte. Carlas Augen wurden noch größer. Sie fuhr sich durch das kurze Haar.

»Du weißt ja nicht«, sagte sie, »was damals war. Urteile nicht.«

»Entschuldige.« Katinka setzte den Rucksack auf den Tisch. »Ich ...«

»Mütter sind Wesen, die so gut wie alles falsch machen, wenn man den Richtersprüchen der anderen glaubt«, fuhr Carla fort. »Ich wollte nicht mit ihm schlafen. Er sah gut aus und er faszinierte mich. Aber ich wollte nicht mit ihm ins Bett.«

»Mit Toms Vater?«

»Bernhard Thiele«, bestätigte Carla. »Ich wusste nicht mal, dass er verlobt war.«

Katinka griff nach der Milch. Sie trank direkt aus der Tüte.

»Ich war achtzehn. Du meine Güte, ich fühlte mich geschmeichelt, dass ein älterer, erfahrener und, wie ich meinte, bessergestellter Mann sich für mich interessierte.«

Katinka setzte die Milchtüte ab.

»Ich wusste schon nach zwei Wochen, dass ich schwanger war, aber erst drei Monate später ging ich zum Arzt. Ich habe sehr strenge Eltern, Katinka. Religiöse Eltern. Mit ihnen konnte ich nicht reden. Für sie durfte das alles nicht sein, also existierte es nicht. Sie ignorierten die Schwangerschaft. Ich wurde von der Schule genommen. Kurz vor dem Abitur. Ich war immer sehr gut in der Schule, niemand verstand das. Ein Lehrer kam sogar zu meinen Eltern nach Hause. Aber sie bestanden darauf, dass ich eine Lehre machen sollte, wie sie selbst es auch getan hatten. Als man den Bauch sehen konnte, kam ich zu einer Tante in der Nähe von Lübeck. Ich kannte keine Seele dort.« Carla setzte sich an den Tisch. »Eines Abends tauchte Bernhard auf. Es war ein sehr warmer Septemberabend, ziemlich genau einen Monat vor Toms Geburt. Er sagte, ich könne doch wieder in die Schule gehen, wenn ich ihm das Kind nach der Geburt gebe. Einfach so.«

Katinka setzte sich.

»Es tut mir leid, Carla«, sagte sie leise. Es kam ihr vor, als sei Carla wieder selbst in ihrer Geschichte, an jenem Septemberabend 1972.

»Stell dir vor, du lebst ein paar Monate bei einer alten Tante. In einem Ort mit dreihundert Einwohnern. Du hast keine Freundin, keinen Rat, kein Verständnis. Meine Tante behandelte mich korrekt. Sie war nett. Nett! Aber ich suchte jemanden, der mich in die Arme nahm und mich tröstete, wenn ich Heimweh hatte, wenn ich an Bernhard dachte. Und ich wollte jemanden haben, der meine Freude teilte, wenn ich meinen Bauch ansah oder spürte, wie das Baby sich bewegte. Da war nichts. Nichts. Grenzenlose Leere.«

Katinka drehte die Milchtüte in ihren Fingern.

»Er teilte mir mit, er sei verlobt und werde heiraten.

Seine Zukünftige wäre bereit, das Kind zu sich zu nehmen und aufzuziehen.«

»Schwein«, sagte Katinka.

»Nein, Katinka. Er war gefangen, genauso wie ich. O.k., er war älter und hätte mehr Feinfühligkeit aufbringen müssen. Meine Eltern hatten ihn ausfindig gemacht und zu mir geschickt. Sie haben das Ganze eingefädelt. Hätten sie zu mir gehalten, hätte ich es geschafft, hätte das Baby behalten und aufgezogen. Aber sie lehnten uneheliche Kinder ab. Für sie war Bernhards Angebot die Ideallösung.«

Carla machte eine Pause. Eine lange Pause, Katinkas Gedanken schweiften ab.

»Tom war eine leichte Geburt«, fuhr Carla fort. »Ich sah mir das Kind an und gab es weg. Ich wollte mein altes Leben zurück. Ich wollte Abitur machen und einen Beruf lernen, allein für mich sorgen. Ich wollte in meinem hormonverdrehten und trotzigen Denken meinen Eltern zeigen, was in mir steckt. Wir alle wollen es unseren Eltern beweisen. Und richten uns nach ihren Maßstäben von Sieg und Niederlage. Wie albern. Sieg und Niederlage sind nur zwei willkürliche Begriffe. Sie stützen jene, die ohnehin Macht haben. Und treten die in den Dreck, deren Lebensgeschichte niemand achtet.«

»Hast du Tom nie wieder gesehen – bis jetzt?«, fragte Katinka.

»Doch. Einmal. Bernhard schickte mir ab und zu Fotos von meinem Sohn.« Carla schüttelte den Kopf, als könne sie es nicht glauben. »Die ersten Jahre habe ich alles ignoriert. Ich habe die Fotos weggeworfen und die Briefe zerrissen. Ich habe nie geantwortet. Aber dann fuhr ich nach Lichtenrade, ganz in den Süden Berlins, wo die Thieles damals lebten, an Toms sechstem Geburtstag. Ich sah ihn zur Schule gehen – einen schmächtigen blonden Kerl mit einem riesigen Ranzen – und wäre am liebsten in diesem

Moment tot zusammengesunken. Von da an versuchte ich nie mehr, ihn wiederzusehen, aber an seinen Geburtstagen dachte ich an ihn. Ich kaufte sogar Blumen.«

»Tom wusste nichts von dir«, sagte Katinka.

»Ja. Hat er mir gesagt. Bis Bernhards Frau vor einem Jahr den Schlaganfall hatte. In seiner Sorge um sie hat Bernhard ausgepackt.«

Katinka erinnerte sich nur zu gut an Toms Verwirrung, als er aus Berlin zurückgekommen war.

»Und deine Eltern?«, fragte sie.

»Sie sind schon lange tot. Mein Vater starb an einem Herzinfarkt, als ich dreißig war. Meine Mutter litt an ihrer Einsamkeit und ihrer Arthrose, die beinahe all ihre Gelenke lahmlegte. Man liest manchmal, Arthrose habe mit innerer Steifheit zu tun und einer Geisteshaltung, die alles und jedes kritisiert. Ich habe sie selten besucht. Sie starb zehn Jahre später.«

Katinka rechnete nach. Carla war einundfünfzig Jahre alt.

»Warum hattest du keine Kinder mehr?«, fragte sie.

»Weil ich keinen Mann fand, mit dem ich welche hätte haben wollen«, sagte sie. Sie wischte ungeduldig die Tränen von ihren Wangen. »Egal. Jetzt gehen wir. Was hast du vor?«

Katinka stellte die Milchtüte weg.

»Ich muss das alleine machen«, sagte sie.

»Sag erst, was du vorhast.«

»Ich weiß es nicht genau«, sagte Katinka zögernd. »Aber ich glaube, ich muss mir Ewald genauer unter die Pupille nehmen.«

»Ewald? Solltest du nicht zu seiner Entlastung ermitteln?«

»Mag sein, dass seine Frau sich täuscht. Er ist zweimal auffällig geworden, weil er Frauen an die Kehle ging und sie würgte.« Katinka berichtete kurz von Brittas Hinweis. »Ich kann das nicht ignorieren.«

»Aber jemanden zu würgen, aus der Aggression eines Augenblicks heraus, ist doch etwas anderes, als eine Briefbombe zu basteln und sie einer Frau nach Hause zu schicken!«

Katinkas Gedanken kreisten in einem sich immer schneller drehenden Wirbel um sich selbst. Sie legte die Hände auf die Tischplatte. Wenn Tom entführt worden war, dann ging das gegen sie. Gegen ihre Ermittlungen und ihre Verwicklung in den Fall Isenstein.

»Ich schaue bei den Isensteins vorbei«, verkündete Katinka. »Bitte lass mich allein gehen, Carla.«

Carla wehrte sich nicht. Die Panik in ihren Augen tat Katinka weh, aber sie brauchte jemanden, der zu Hause die Stellung hielt.

»Ich melde mich alle zwei Stunden«, versprach sie. »Plus minus zehn Minuten. Es ist jetzt fünf nach fünf. Mein nächster Anruf kommt um sieben. Wenn ich mich nicht melde, dann ruf sofort Hardo an.« Sie kritzelte seine Nummern auf einen Zettel. »Wenn du ihn nicht erreichst, frag nach Polizeimeisterin Kerschensteiner«, fuhr sie fort. »Oder melde dich bei Britta. Sie ist Journalistin.«

Carla betrachte misstrauisch das Blatt mit den Nummern.

»Wie willst du an unseren Bewachern vorbeikommen?«

Katinka grinste.

»Ich schleiche durch den Keller. Es gibt eine Verbindung zum Nachbarhaus.«

»Isensteins werden schlafen.«

»Oder auch nicht.«

Katinka überprüfte den Inhalt ihres Rucksacks, schnallte sich ihre Beretta unter die Achsel und ging.

# 18. Dämonen

Katinka hockte am Ufer des Alten Kanals, den Rücken gegen den Kran gelehnt, und starrte in das behäbig dahinfließende, braune Wasser. Sie sortierte die Fäden, behutsam darauf bedacht, keine Gedanken an Tom zu verschwenden. Die Panik würde sich nicht allzu lang wegdrängen lassen. Einmal niedergestreckt von der Angst, könnte sie kaum weiterdenken. Besser jetzt den Fall lösen. Schnell. Schnell genug, um Tom zu finden.

Katinka rieb sich mit den Händen über die Wangen. Sie sah nur ein schlüssiges Drehbuch für die Szenerie, in der ein Ehemann und Vater vernichtet werden sollte: Veit und Charlotte. Eine Affäre, heiß und schwül wie dieser Juni, unbedacht und aussichtslos wie die meisten Liebeleien dieser Art. Katinka seufzte. In ihrem Beruf galt es als dilettantisch, sich zu früh auf ein Muster festzulegen. Schon leckte die raue Zunge des schlechten Gewissens an ihren Gedanken. Zu früh, zu früh, du bist dir zu früh zu sicher.

Katinka fuchtelte ein paar Mücken weg.

Es gab keinen anderen sinnvollen Zusammenhang. In Zeil hatte Veit das Eis durch das Fahrerfenster gereicht. Also war Mariele ans Steuer gerutscht und alleine weitergefahren. Die Frage war, wohin Veit gegangen war und was er mit seinem Nachmittag angestellt hatte. Schmerzhaft krampfte sich Katinkas Magen zusammen. Wer immer Tom entführt hatte, wollte, dass Katinka sich mit dem Verschwinden ihres Freundes beschäftigte und nicht mit den Isensteins. Aber da passte noch nichts zusammen. Sie musste an der einzigen Puzzleecke ansetzen, wo sie einen Zusammenhang sah: Die Affäre von Charlotte und Veit.

Veit schreibt Ewald böse Briefe, um ihn vollends um seinen Verstand zu bringen, dachte Katinka. Ewald bricht zusammen. Wird in eine Klinik eingeliefert. Ist außer Sicht. Veit hat erreicht, was er will. Er kann seiner Affäre mit Charlotte nachgehen.

Zwei Fragen, diktierte sich Katinka. Wie kommt Mariele aus der Geschichte raus, und was dachte sich Charlotte, als sie mich engagierte? Sie kann nicht wissen, dass Veit hinter allem steckt, überlegte Katinka. Dass Veit hinter allem stecken *könnte*. Graben Sie tiefer, Katinka, hörte sie Hardo sagen. Was bewirkt Charlottes Beziehung zu Veit in ihr selbst?

»Schuldgefühle!«, rief Katinka leise, sprang auf und schulterte ihren Rucksack. Charlotte musste gegenüber ihrer Tochter eine verdammt tiefe Schuld empfinden. Immerhin spannte sie ihr den Freund aus. Wie praktisch aber auch für Veit und Charlotte, dass Mariele in Leipzig studierte und nur am Wochenende nach Bamberg kam. Wie praktisch, dass Ewald als Partner nicht mehr zur Debatte stand. ›Er hat keinerlei sexuelles Interesse mehr.‹ Charlottes Worte klangen Katinka noch im Ohr.

Es muss so sein, dachte Katinka. Veit ist in Zeil ausgestiegen. Hat sich sein Motorrad unter den Hintern geklemmt und ist nach Königsberg gerast. Hat die Krähenfüße verstreut und mich zum Halten gebracht.

Sie musste dringend mit Hardo reden. Sie brauchte alle Daten, musste erfahren, wo sich die Isensteins gestern Nachmittag aufgehalten hatten, als die Briefbombe bei Elvira Hanf zugestellt wurde. Katinka traute Veit ohne weiteres zu, mit Plastiksprengstoff umzugehen.

Was ist mit Mariele?, raunte das Detektivinnengewissen. Ahnt sie nichts? Ist sie so dumm? Oder weiß sie alles? Und sagt nichts? »Quatsch. Sie kann nichts wissen«, murmelte Katinka.

Sie ging los und stand eine Minute später vor dem Haus der Isensteins. Kurz vor sechs. Die Straße lag leer und verlassen da. Beim Hotel an der Ecke parkte ein Wäschereiwagen. Katinka sah sich um. Aufmerksame Nachbarn gab es hier mehr als genug. Sie zückte den Dietrich und machte sich an der Tür zu schaffen. Dann stand sie im Flur, lauschte ihrem Atem und den Wogen der Panik, die in der Ferne grollten und donnerten. Leise tappte sie die Treppen zu Charlottes Schlafzimmer hinauf. Bestimmt stand die tüchtige Frau Isenstein bald auf. Katinka atmete tief durch, legte die Hand auf die Klinke und drückte sie herunter.

Charlotte Isenstein lag im Bett und schlief, zwischen die Kissen gekuschelt wie ein Kind.

»Frau Isenstein«, flüsterte Katinka. »Wachen Sie auf. Es ist wichtig!«

Charlotte grummelte im Schlaf, wie es Tom immer tat, wenn er sich weigerte, aufzuwachen.

Nicht denken!

»Frau Isenstein!«

Charlotte drehte sich auf den Rücken und blinzelte.

»Nicht erschrecken!«, sagte Katinka schnell. »Ich bin's. Katinka Palfy.«

Charlotte ging in die Luft wie eine Skud-Rakete.

»Was fällt Ihnen ein!«

»Es ist dringend, Frau Isenstein«, flüsterte Katinka. Sie setzte sich auf die Bettkante, ohne eine Aufforderung abzuwarten. »Wo waren Sie und Veit am Freitagnachmittag?«

Charlottes Gesicht wurde so weiß wie ein Fleck auf der Landkarte. Im Kontrast mit dem roten Haar sah die Farbe unbekömmlich aus.

»Sie haben«, flüsterte sie und hustete, als sei ihr das Atmen schwer, »Sie haben es herausgefunden?«

Hundert Punkte, dachte Katinka.

»Sie müssen mir sagen, wo Sie waren«, drängte sie.

»Bitte. Sagen Sie es nicht meiner Tochter. Um Gottes willen, sagen Sie es nicht meiner Tochter.«

»Sie lieben Ihre Tochter sehr, nicht wahr?«

»Wir sind die Einzigen in dieser Familie, die zusammenhalten«, murmelte Charlotte. »Die Einzigen.«

»Und Mariele hängt an Ihnen«, drückte Katinka auf die Tube. Mach die Schuldgefühle so stark, dass die befragte Person in akuten Stress gerät! Ein Mensch, der unter Stress steht, verrät die Wahrheit über sich selbst.

»Ja!« Charlotte starrte Katinka entsetzt an. Der Irrsinn der Situation schien ihr jetzt erst bewusst zu werden: Katinka an ihrem Bett wie eine besorgte Krankenschwester, sie selbst verschlafen und mit verquollenem Gesicht.

»Weiß Mariele ...?«, fragte Katinka.

»Um Himmels willen. Bitte nicht. Bitte sagen Sie es nicht Mariele.«

»Ist sie hier? Schläft sie hier im Haus?«

»Oben in ihrem Zimmer. Allein. Keine Angst, sie ist eine Langschläferin. Frau Palfy, ich flehe Sie an ... ich brauche Mariele! Wenn ich sie nicht mehr habe, bin ich ganz allein!«

Katinka fühlte sich vom Mitleid überwältigt. Sie durfte nicht urteilen. Fast machte sich ein Gefühl von Verachtung für Mariele breit, weil sie nicht bemerkte, was um sie herum geschah.

»Wo waren Sie am Freitagnachmittag, Frau Isenstein?«

»Im Labor. Meine Mitarbeiter waren alle weg. Veit wollte um fünf Uhr kommen. Aber er tauchte nicht auf. Mariele rief mich am Abend an, sie sei bei ihrem Vater in Königsberg. Ich habe ... o mein Gott!« Charlotte

Isenstein brach in Schluchzen aus, beruhigte sich aber schnell. Hektisch wischte sie sich mit den Fingern über die Lider.

Katinka hob den Kopf und lauschte. Über ihren Köpfen polterte etwas. Charlotte duckte sich instinktiv. Dann war alles still.

»Sie hat eine Katze. Seit Neuestem. Aus dem Tierheim geholt«, erklärte Charlotte.

»Ist Mariele mit Veit gemeinsam nach Königsberg gefahren?«, drängte Katinka.

»Nein. Er hat ihr sein Auto gegeben. Sagte sie. Ewald erzählte am Telefon, Mariele sei allein gekommen.«

Also wäre dieser Punkt abgehakt, dachte Katinka ingrimmig. Veit ist in Zeil ausgestiegen, und Mariele hat darüber Ihrer Mutter gegenüber kein Wort verloren.

»Was haben Sie gemacht, als Veit nicht auftauchte?«

»Ich rief ihn an, aber er ging nicht an sein Handy. Ich blieb im Labor und erledigte Schreibkram.«

»Bis wann waren Sie dort?«

»Vielleicht bis acht oder halb neun. Dann ging ich ins *Hoffmanns*, gleich bei uns gegenüber.« Sie winkte mit dem Daumen zum Fenster wie eine Anhalterin. »Auf einen Absacker. Ich wollte einfach noch nicht heim.«

»War Mariele am Abend wieder zurück?«

»Sie kam gegen zehn. Ich sah das Auto vorfahren. Veits Auto.« Feine Tränen liefen über Charlottes Wangen. Mühsam richtete sie sich auf und lehnte sich an das Kopfteil ihres Bettes. »Er war nicht dabei. Mariele kam allein. Sie sagte«, Charlotte wischte sich die Tränen weg, »sie sagte, er habe etwas vorgehabt, mit ein paar Kommilitonen. Aber ich weiß es besser.«

Katinka nickte. Also hatte Veit noch ein Verhältnis. Vermutlich wieder mit einer Frau, deren Alter der politisch Korrekte mit ›reifer‹ bezeichnete.

»Was war am Samstag?«

Charlotte biss sich auf die Lippen. Ihr Atem kam schnell, sie schnappte nach Luft, als tauche sie aus dem Wasser auf.

»Ich versuchte, ihn anzurufen. Erreichte ihn nicht gleich und ließ es dann sein. Ich war zu verletzt. Ich hätte ihm wer weiß was an den Kopf geworfen und dann wäre ... dann wäre alles aus.«

So tief kann der Mensch sinken, dachte Katinka. Sie arrangiert sich mit seinen Liebschaften, nur um mit ihm ins Bett zu gehen. So wie Hardo sagt. Sex ist ein starker Antrieb.

»Ich ging gegen Mittag ins Labor. Es ist immer was zu tun. Frau Palfy, wer hat die Briefe geschrieben?«

»Ich beginne es zu ahnen«, sagte Katinka.

»Nein. Nicht Veit. Nie im Leben Veit.«

»Wir sollten zusammenarbeiten, Frau Isenstein.«

»Warum Veit?« Charlotte brach in heftiges Schluchzen aus, und dieses Mal bemühte sie sich nicht, es wegzubeißen.

»Das wissen Sie besser als ich. Er will Ihren Mann aus dem Weg haben.«

»Aus dem Weg?« Charlotte wedelte mit der Hand vor ihrem Gesicht herum. »Bitte, Frau Palfy, geben Sie mir die Packung Tempos dort auf dem Bord.«

Katinka ließ Charlotte nicht aus den Augen, während sie nach den Taschentüchern griff. Aber ihre Vorsicht war unnötig. Charlotte Isenstein stand so nah am Abgrund, dass der Schwindel sie schon in den Fängen hatte. Ihr blieb keine Kraft mehr, um sich zu wehren oder Verstecken zu spielen. Katinka wartete. Schließlich fragte sie leise:

»Sie wissen nicht, wo Veit sich am Samstagnachmittag aufhielt, richtig?«

»Nein. Keine Ahnung.«

»Wo war Mariele?«

»Sie rief mich im Labor an. Von zu Hause. Ich sehe die Nummern auf dem Display. Sie war in Sorge wegen Veit. Ich versuchte, sie zu beruhigen. Ich bin ein falsche Schlange, Frau Palfy.«

Katinka hatte sich unter Kontrolle. Sie würde Charlotte nicht trösten. Nicht sofort.

»Und dann?«

»Ich kam gegen sieben Uhr heim. Mariele saß im Garten und spielte mit ihrer Katze. Wir setzten uns zusammen und tranken ein Glas Wein. Das tun wir gerne. Sie erzählte von ihrem Studium.«

»Sie sprach nicht zufällig von Markus und seinen Eskapaden?«, startete Katinka einen Versuch.

Charlotte riss die Augen auf, straffte sich im nächsten Augenblick und fragte:

»Was meinen Sie?«

»Ich meine, dass Sie ein Problem mit Ihren Kindern haben«, sagte Katinka brutal. »Sie spannen Ihrer Tochter den Freund aus, und mit Ihrem Sohn steht auch nicht alles zum Besten.«

Charlotte zog die Beine an und drückte die Stirn auf die Knie. Katinka unterdrückte den Impuls, sie zu beruhigen. Viele Male hatte Hardo sie so hart behandelt, wenn sie ihm in einem Fall etwas verheimlichte. Inzwischen verstand sie, warum.

»Markus lebt von meinem Geld!« Charlotte putzte sich die Nase. »Er bringt es einfach zu nichts. Die wenigen Aufträge, die er an Land zieht, bringen ihm nichts ein.«

»Er hat Aufträge?«

»Schon. Ein paar.«

Aha, dachte Katinka. So unfähig kann er nicht sein.

»Warum spielen Sie dann Sponsor?«

Charlotte zuckte die Achseln.

»Markus war schon immer ein Sorgenkind. Schwierigkeiten in der Schule. Sprechstundentermine bei den Lehrern. Wir sollten ihn vom Gymnasium nehmen. Anders als seine Schwester hat er sich immer schwergetan. Er ist nicht dumm! Er hatte nur kein Interesse an der Schule.«

Das wiederum verstand Katinka. Sie selbst lobte immer noch den Tag, an dem sie mit dem Abitur in der Tasche zum letzten Mal durch das Schultor getreten war, in eine Welt, wo man sie endlich für voll nahm und sie ihre eigenen Fehler machen ließ.

»Wäre es mit Markus doch so leicht gewesen wie mit Mariele«, seufzte Charlotte.

»Bittet Markus Sie um Geld?«

»Ach was!«

»Warum geben Sie ihm dann welches?«

»Sie haben keine Kinder, Frau Palfy«, schnaubte Charlotte. »Sie können das nicht verstehen! Markus ist ein Faulpelz. Er sieht nicht ein, dass er sich für etwas anstrengen soll. Ihm fehlt der Ehrgeiz, und was er verdient, gibt er mit vollen Händen aus.« Charlotte presste sich ein Kissen vor das Gesicht.

»Überweisen Sie ihm das Geld?«

»Nein«, kam es dumpf. »Ich gebe es ihm in bar. Damit es nicht in seinen Büchern erscheint.«

»Haben Sie Ihren Sohn in den letzten Tagen gesehen?«

Charlotte schüttelte den Kopf.

»Ihr Mann ist zweimal auffällig geworden«, machte Katinka weiter. »Er hat Frauen angegriffen, gewürgt, aus einer plötzlichen Aggression heraus.«

»Er hat jetzt bessere Tabletten.« Charlotte schleuderte das Kissen zur Seite. »Seitdem ist nie wieder etwas passiert.«

»Die junge Frau, die in Königsberg von der Reichsburg gestürzt ist, wurde auch einmal von Ihrem Mann angegriffen. In Dr. Thompsons Praxis.«

Charlotte schüttelte den Kopf.

»Ewald würde niemanden umbringen. Nie.«

»Er war aber drauf und dran, zwei Frauen zu erwürgen, wenn man ihn nicht jedes Mal rechtzeitig daran gehindert hätte.«

Sterbensmüde lehnte Charlotte den Kopf an die Wand.

»Damals hatte er die neuen Tabletten noch nicht. Sie glauben gar nicht, was das für ein Unterschied ist. Nein. Ewald bringt niemanden um.«

»Könnte ein Klinikaufenthalt Ihrem Mann helfen?«

»Nein. Das würde seine Lebensqualität nicht bessern.«

»Ist Dr. Thompson dieser Meinung?«

Charlotte sah erstaunt drein.

»Sicher. Sie ist seine Ärztin. Liz Thompson hat uns niemals zu einem stationären Aufenthalt geraten. Warum auch.«

Sie hat euch nicht dazu geraten, weil sie Ewald als Patient nicht hergeben will, dachte Katinka. Er ist immerhin die beste Quelle für ihr Lieblingsthema.

»Ewald ist seit Freitag alleine in Königsberg, nicht wahr?«, fragte Katinka.

»Ja. Mariele besuchte ihn ja am Freitagnachmittag. Markus kümmert sich nicht um seinen Vater.«

Wie sollte er auch, wenn der Rest der Familie so aufopfernd ist, dachte Katinka gereizt und sagte:

»Gestern Nachmittag wurde einer Frau in Königsberg eine Briefbombe vor die Tür gelegt. Sie ging hoch.«

»Aber ...«

»Verdammt, Frau Isenstein!«, rief Katinka und dämpfte erschrocken ihre Stimme. »Die Explosion hat dieser Frau den Fuß zerfetzt. Vielleicht muss er amputiert werden. Hat Ewald jemals mit Sprengstoff experimentiert? Kennt er sich damit aus? Sagen Sie schon!«

Entsetzt starrte Charlotte in Katinkas wütendes Gesicht.

»Nein«, flüsterte sie matt. »Nein. Ewald hat niemals mit Sprengstoff zu tun gehabt. Das versichere ich Ihnen. Mein Gott!«

Sie schlug die Hände vors Gesicht. Zitternd kroch sie in sich zusammen wie ein verletztes Tier.

»Bitte«, wimmerte sie. »Bitte. Ich kann nicht mehr.«

»Haben Sie mit Hauptkommissar Uttenreuther telefoniert?«, bohrte Katinka.

»Er rief mich an. Geben Sie ihm die Briefe, von mir aus.« Schluchzend schlug sie mit der Hand auf die Matratze. »Geben Sie sie ihm. Es ist ohnehin alles verloren. Alles am Ende. Alles.«

»O.k.«, sagte Katinka. Es war an der Zeit, die Quälerei einzustellen. »Wir können später noch mal reden.«

»Es ist doch nur für das bisschen Glück ein paar Mal in der Woche«, flüsterte Charlotte Isenstein. »Nur ein bisschen Vergessen!« Sie klammerte sich an Katinkas Schulter und weinte.

Katinka hätte am liebsten mitgeweint, aber sie durfte sich ihrer Angst nicht hingeben. Das Entsetzen würde sie allzu bald niederstrecken, bis dahin brauchte sie Kraft, um so viele Fragen wie möglich zu klären. Sie tätschelte Charlotte Isensteins Arm.

»Entschuldigen Sie«, schniefte Charlotte. »Ich ... ich ...«

»Sie weinen zu selten«, schlug Katinka vor.

Verdutzt blickte Charlotte sie an. Dann versuchte sie ein verheultes, müdes Lächeln.

# 19. Die Elixiere des Teufels

Katinka stand im Flur und startete ihren ersten Anruf bei Carla.

»Alles in Ordnung?«, rief Carla ins Telefon.

»Bei mir ja. Hat sich Tom gemeldet?«

»Nein.« Carlas Stimme bebte vor Unruhe.

»Ich rufe wieder an«, versprach Katinka und legte schnell auf.

Sie setzte sich an den Küchentisch und sah zu, wie Charlotte Isenstein die Kaffeemaschine bediente, Brötchen aufbuk und den Tisch deckte.

»Ich werde Ewald heute abholen«, sagte Charlotte bestimmt, während sie ein Fenster zum Garten öffnete. Kühle Morgenluft strömte herein. »Ich kann nicht zulassen, dass er alleine in Königsberg sitzt.«

Nein, allerdings nicht, dachte Katinka. Sie nahm sich vor, Dr. Thompson zu fragen, warum sie für Ewald keinen Klinikaufenthalt erwog. Nur um ihre Reaktion zu sehen.

In der Haustür drehte sich ein Schlüssel. Katinkas Schultern verspannten sich. Charlotte sah erstaunt auf.

»Morgen!«, dröhnte eine wohlvertraute Stimme.

»Markus!« Charlottes geschmeidige Bewegungen froren von einer Sekunde zur anderen zu Eis. Markus ließ einen Schlüsselbund auf den Tisch fallen, lächelte Katinka an und küsste seine Mutter auf die Wange. Sie schob ihn weg. »Was machst du hier?«

Freundliche Begrüßung, dachte Katinka.

»Kaffee trinken vielleicht?«, schlug Markus vor und

wandte sich an Katinka: »Haben Sie schon Anhaltspunkte, was meinen Vater betrifft?«

»Es geht voran«, sagte Katinka vorsichtig und nahm eine Tasse Kaffee entgegen.

»Ich habe gehört, die Polizei hat einen Mann verhaftet.«

»Bernhard Kroll, ja!«, sagte Katinka. Sie goss Milch in ihren Kaffee.

»Angeblich soll Kroll auf Frau Palfy geschossen habe, als sie am Freitag nach Königsberg fuhr, um Ewald zu treffen«, mischte sich Charlotte ein.

»Geschossen?« Markus blieb der Mund offen stehen. »Mein Gott!«

»Aber sie können es ihm nicht nachweisen«, vollendete Charlotte und stellte ihrem Sohn eine Tasse Kaffee vor die Nase. *Klonk*.

Markus machte ein verwirrtes Gesicht, während er sich Zucker in seinen Kaffee rührte.

»Wo waren Sie gestern, Herr Isenstein?«, fragte Katinka.

»Aushäusig.« Er zwinkerte.

»Markus, das ist nicht witzig. Beantworte die Frage.«

An Charlotte ist eine Lehrerin verlorengegangen, dachte Katinka.

»Ich bin gern mit dem Motorrad allein unterwegs«, sagte Markus. »Ich fahre einfach durch die Gegend, am liebsten quer durch die Fränkische Schweiz.«

»Sind Sie eingekehrt?«

»Warum fragen Sie?« Ein Hauch Nervosität flirrte in Markus‹ Stimme.

»Ich frage nur, ob jemand Sie gesehen hat. In einem Biergarten zum Beispiel.«

»Ich bin Anhänger der Null-Komma-Null-Promille-Grenze«, erklärte Markus und strich sich die Locken aus dem Gesicht. »Biergarten macht keinen Spaß, wenn man nichts trinken darf.«

»Haben Sie getankt? Etwas gekauft?«

»Niemand wird sich an mich erinnern, Frau Palfy«, antwortete Markus und hob entschuldigend die Hände. »Solche Ausflüge unternehme ich alleine, ich mag Nebenstraßen und meine Ruhe und Einsamkeit.«

»Gestern explodierte in Königsberg eine Bombe!«, sagte Charlotte und stellte die fertig aufgebackenen Brötchen auf den Tisch. »Im Übrigen hatte ich gehofft, Du würdest dich endlich um den Garten kümmern, wie wir es ausgemacht haben.«

»Bombe?«, fragte Markus verdattert.

»Mögen Sie das Mittelalter?«, erkundigte sich Katinka schnell. Sie dachte an die Krähenfüße.

»Mittelalter? Das sind Fragen!« Er blinzelte.

Katinka antwortete mit einem feinen, kurzen Lächeln. Ihr Blick fiel auf Markus‹ Hände. Sie sah die schwarzen Ränder unter den Nägeln und eine rote Stelle auf seinem Handrücken. Er folgte ihrem Blick.

»Ein Motorradfreak ist auch ein Bastler«, sagte er. »Schläft Mariele noch?«

»Was willst du von ihr?« Charlotte sah Markus scharf an.

»Nur ein bisschen quatschen. Wir haben uns lange nicht gesehen.«

»Sie schläft. Hat sie sich auch verdient. Heute Nachmittag fährt sie nach Leipzig zurück. Wann machst du dich an die Gartenarbeit?«

»Sobald ich kann.« Markus nickte Katinka zu, küsste seine Mutter. Sie drehte den Kopf weg.

»Tschüss dann!«, sagte Markus und ging.

»Gartenarbeit?«, fragte Katinka und wies zum Fenster. »Ihr Garten sieht mir gut in Schuss aus.«

»Nicht dieser«, fauchte Charlotte. »Wir haben am Unteren Stephansberg noch einen kleinen Garten, völlig verwahrlost. Die Terrassen rutschen allmählich den Hang hinunter. Ich habe Markus gebeten, wenigstens die einzelnen Ebenen abzustützen. Aber Sie sehen ja. Mit meinem Sohn kann ich nicht rechnen.«

Sie stand auf und machte sich an der Spülmaschine zu schaffen.

Um acht saß Katinka in ihrem Büro. Die Luft war stickig von der Wärme der letzten Tage. Ihr Kopf brummte vor Müdigkeit, und ihr Magen wehrte sich gegen Charlottes Frühstück. Sie wählte Hardos Handynummer.

»Wo sind Sie?«, fragte er sofort.

»Im Büro. Und Sie?«

»Auf dem Weg vom Klinikum in die Stadt.« Er zögerte. »Wie haben Sie meine Leute ausgetrickst?«

»Die Herrschaften in dem Wagen hinter meinem Käfer?« Katinka tat, als müsse sie überlegen. »Ich glaube, ich habe sie mit Lachgas betäubt.«

»Himmel, Arsch und Wolkenbruch«, kam es von Hardo. Sie ließ sich von seinem ruppigen Tonfall nicht täuschen. Er klang eindeutig amüsiert.

»Waren Sie bei Elvira? Wie geht es ihr?«

»Sie wurde lange operiert. Man kann noch nicht so viel sagen.«

»Sie kommt durch, oder?«

»Hoffen wir es«, sagte Hardo. Er seufzte. Katinka sah den rohen, schmerzvollen Ausdruck in seinen Augen vor sich, sah, wie er gestern hinter Königsberg über die Wiese geschritten war, als ginge er los, den Horizont anzuklagen.

»Wegen Tom«, begann Katinka und schluckte verzweifelt die Tränen weg. »Können Sie mir etwas Gutes berichten?« Sie hasste es, einfach loszuheulen, aber die Mauern begannen zu bröseln.

»Ich habe nichts. Nichts Gutes, aber auch nichts Schlechtes.«

Es soll ein Trost sein, dachte Katinka. Sie biss sich auf die Lippen, bis sie Blut schmeckte.

»Ich komme zu Ihnen«, versprach Hardo. »Geben Sie mir zwanzig Minuten.«

Sie beschloss, noch genau diese zwanzig Minuten abzuwarten, bevor sie durchdrehte.

Keine Viertelstunde später tauchte Hardo in Jeans und zerknittertem Hemd vor Katinkas Bürotür auf. Katinka saß auf ihrem Schreibtisch, die Füße auf einen Besuchersessel gestemmt, und sah ihm entgegen.

»Das gibt's doch nicht!«, flüsterte sie. »Dass sich niemand meldet. Dass er sich nicht meldet. Er kann doch nicht einfach von der Bildfläche verschwinden.« Ihr Magen zog sich zusammen. Sie krümmte sich vor Schmerz.

Hardo nahm sie in die Arme.

»Wir finden ihn«, sagte er leise. »Ich verspreche Ihnen, dass wir ihn finden.«

Katinka drückte ihr heißes Gesicht an sein Hemd und atmete tief seinen Geruch ein. Ein Aftershave, das nach Ozean roch und ihr vertraut genug war, um sie zu beruhigen.

»Danke, dass Sie gekommen sind.«

»Für Sie reite ich nach Bujumbura.«

»Es ist meinetwegen, oder?« Sie hob den Kopf. »Der anonyme Briefeschreiber will mich ausschalten. Ich soll nicht weiterermitteln. Er lenkt mich ab, indem er Tom entführt.«

»Ich nehme es an«, gab Hardo zu. Er zog ein Taschentuch aus seiner Tasche, eines aus Stoff und kariert wie sein Hemd. »Hier. Ich muss etwas mit Ihnen besprechen. Ich glaube, ich habe etwas.«

Katinka schnäuzte sich.

»Was meinen Sie damit?«

Er nahm ihr das Taschentuch ab und tupfte die Tränen von ihren Wangen. Dann griff er in seine Jeanstasche und förderte ein zerlesenes gelbes Bändchen zutage.

»Hier. Die Elixiere des Teufels von E. T. A. Hoffmann.«

»Was ist damit?«

»Wissen Sie, dass dieses Werk in die Tradition der Schauerromane gehört?«

Katinka hob die Schultern. Sie hatte keine Lust, sich über Bücher zu unterhalten.

»Hoffmann wurde bei einem seiner Bambergaufenthalte zu den ›Elixieren‹ angeregt.«

»Hardo, was soll das!« Katinka rutschte vom Tisch und setzte sich auf den Sessel. »Bitte ...« Sie brach ab, denn ihre Stimme wurde schrill und tat ihr selbst in den Ohren weh.

»Moment noch!« Er hob die Hand. »Was haben wir vor uns, Katinka? Was ist das für ein Fall? Sagen Sie es mir.«

»Wir haben drei Morde. Und einen Wahnsinnigen.«

»Richtig.« Hardo klatschte das gelbe Bändchen auf den Tisch. »Genau das Gleiche in den ›Elixieren‹.«

Katinka hatte das Buch vor Jahren gelesen und konnte sich an wenig erinnern außer an einen gruseligen Schauer auf ihrem Rücken.

»Ich will es Ihnen erklären«, fuhr Hardo fort. »Ich habe die halbe Nacht darüber gegrübelt. Ich wusste genau, dass ich irgendwann ein Buch gelesen hatte, an das mich dieser Fall hier erinnert. Nur kam ich nicht drauf, welches. Nachdem wir telefoniert hatten, ging ich ins Internet und gab ein paar Stichwörter ein. Wahnsinn, Persönlichkeitsspaltung, Literatur, Mord. In einem von Hunderten von Links las ich ›Elixiere des Teufels‹. Da war der Knoten geplatzt. Katinka!« Er baute sich vor ihr auf. »Jemand spielt diesen Roman nach!«

»Wie bitte?« Katinka blinzelte.

»Wir haben einen Protagonisten, der an übersteigerter Wirklichkeitserfahrung leidet, zwischen Genius und Irrsinn schwankt. Am Freitagabend bekam ein Kollege die Krankenakte von Ewald Isenstein. Daraus geht hervor, dass Ewald zeitweise an Persönlichkeitsspaltung leidet.«

»Moment! Ich denke, Dr. Thompson ist übers Wochenende in München?«

Hardo deutete ein Lächeln an.

»Ich habe mir ihr telefoniert. Eine Helferin holte für uns die Akte aus der Praxis.« Er setzte den typischen Blick auf, den er für Momente wie diesen reserviert hatte. Momente, in denen er Katinka beweisen wollte, dass die Polizei effektiver arbeiten konnte als eine Privatdetektivin. »Also. Wir haben einen Mann vor uns, Ewald Isenstein, der Anzeichen von Persönlichkeitsspaltung, Identitätsauflösung, übersteigertem Gefühlsleben, Zerstörung des Ichs aufweist, der aggressiv oder zumindest emotional unbeständig ist und außerdem an Schreibrausch leidet. Wie die Hauptfigur in Hoffmanns Buch.«

»Schreibrausch«, murmelte Katinka und zog die Stirn kraus.

»In den ›Elixieren‹ besitzt der Mönch Medardus, die Hauptfigur, ein Talent zum Predigen. Ewald beansprucht für sich ein Talent zum Schreiben. Setzen wir beides für den Augenblick gleich«, argumentierte Hardo.

Katinka nahm sich ein Blatt Papier und malte einen Kreis, der Ewald symbolisieren sollte.

»O.k., weiter?« Hardos Aufregung elektrisierte sie.

»Wir haben einen Mord, der auch ein Unfall sein könnte. Wie in den ›Elixieren‹.« Hardo blätterte in dem Bändchen. Eine Seite segelte heraus. »Hier. Viktorin heißt der arme Mensch, der just in dem Moment in einen Abgrund stürzt, als Medardus hinzukommt.«

Katinka malte einen Kreis und schrieb: ›Erstes Opfer. In den Abgrund gestürzt‹.

»Es gibt zwei weitere Morde. Ein Sohn und seine Mutter. Wie im Buch! Die Mutter wird vergiftet. Der Sohn ... nun im Buch wird er erstochen. Unser Opfer wurde erschlagen.« Hardo wischte sich ungeduldig ein paar Schweißperlen aus dem Gesicht. »Weiter. Wir haben im Buch einen leidenschaftlichen Protagonisten, der die Mächte, die ihn treiben, nicht bekämpfen kann. Wie Ewald!«

Triumphierend legte er das Buch auf den Schreibtisch und packte Katinkas Schultern.

»Denken Sie nach«, sagte er eindringlich und schüttelte sie. Die Buchstaben auf ihrem Papier wurden krumm. »Wenn diese Parallele nicht nur zufällig existiert, was sagt uns das?«

Katinka sah ihn an. Seine grauen Augen glühten wie Leuchtfeuer.

»Ich weiß nicht, Hardo«, murmelte sie. Allmählich tauchten Fragmente des Romans in ihrem Gedächtnis auf. »Soweit ich mich erinnere, reist Medardus in Hoffmanns Roman durch die Welt, um seine Geliebte zu finden.«

»Eine eingebildete Geliebte. Er verliebt sich in ein Bildnis.«

»Wobei«, Katinka nagte an ihrer Unterlippe, »wobei Ewald vielleicht im übertragenen Sinn auf der Suche nach der Liebe ist.«

»Warum?« Hardo setzte seinen investigativsten Blick auf.

»Charlotte sagt, er hätte kein sexuelles Interesse mehr an ihr. Könnte doch sein, dass Ewald sich eine Geliebte erfindet.«

»So was gab es schon mehr als einmal«, bestätigte Hardo. »Was weiter?«

»In Hoffmanns Buch«, dachte Katinka laut, »ging es da nicht um einen Familienfluch?«

»Ging es«, bestätigte Hardo. Er blätterte durch die zerfledderten Seiten. »Medardus entdeckt seine Abstammung von einem Maler, der das Altarbild der heiligen Rosalia geschaffen hat, welche Medardus wiederum als seine Geliebte identifiziert. Dieser Frau jagt er nach.«

»Vielleicht jagt Ewald auch jemandem nach.«

»Das könnte sein. Und noch was, Palfy: Denken Sie an den Titel!«

Katinka nahm ihm das Buch aus der Hand.

»‹Die Elixiere des Teufels‹. Und?«

»Diese geheimnisvollen Elixiere sind der springende Punkt im Buch«, erklärte Hardo. »Medardus bekommt die Leitung der Reliquienkammer übertragen. Zum Inventar gehört das ›Teufelselixier‹. Eine Flasche mit einem geheimnisumwobenen Trunk. Der Satan selbst soll damit den heiligen Antonius in der Wüste versucht haben.«

»Ich weiß nicht, Hardo«, stammelte Katinka. »Ich bin zwar katholisch, aber was das mit unserem Fall zu tun hat, das ist mir zu weit weg.«

»Mir nicht! Nicht, je länger ich darüber nachdenke. Der Trunk versetzt jeden in sinnliche Stimmung, der davon trinkt. Medardus tut es. Er hofft, dass die Elixiere sein verloschenes Predigttalent wieder aufleben lassen. Das funktioniert auch. Von nun an trinkt er immer wieder davon. Wahrscheinlich ist es nur ein Wein. Irgendwas Schweres. Ein Messwein.«

»Messwein!« Katinka schlug sich vor die Stirn und fegte ihren Zettel zu Boden. »Messwein!«

Hardo hob das Blatt auf und sah Katinka fragend an.

»Hardo«, flüsterte Katinka. »Sie haben recht! Absolut recht! Ewald besitzt diesen Teufelstrank.«

»Wie bitte?«

»Er schleppt eine Flasche mit sich herum, die er ›Teufelselixier‹ nennt. Mein Gott, alles steht in Blockbuchstaben vor unseren Augen und ...«

»... und was?« Hardo konnte seine Ungeduld nicht bremsen. »Palfy, raus damit!«

»Er bot mir sogar davon an. Ein schwerer Wein, sehr süß. Ewald sagte Vin Santo dazu.«

»Vin Santo ist ein Wein, den man in Italien zum Dessert trinkt, oft zu Mandelkeksen.«

»Woher wissen Sie das?«

»Trauen Sie mir nicht zu, hm?«

»Hardo, bitte. Was bedeutet das? Spielt jemand mit uns? Ist es Ewald? Begeht er die Morde? Warum schreibt er sich dann selbst Briefe? Hypergraphisch sahen die nicht aus, ganz bestimmt nicht. Ewald hat eine verschnörkelte, ausufernde Handschrift und lässt keine Unze Weiß auf dem Papier.«

»Jemand anderes kann Ewalds Obsession durchschauen und ihn mit dieser Geschichte unter Druck setzen.«

»Aber wer? Und warum?«

»Seine Frau. Um ihn vollends auszubluten und ihn klinikreif zu kriegen«, schlug Hardo vor.

»Nicht sehr wahrscheinlich«, widersprach Katinka. »Weshalb sollte sie mich dann engagieren?«

»Gute Frage, aber nur, weil Charlotte Sie angeheuert hat, ist sie noch lange nicht aus dem Verdächtigenkreis ausgeschieden.«

»Was ist mit Veit?«, fragte Katinka. »Er hat tatsächlich eine Affäre mit Charlotte! Nicht nur mit ihr! Am Freitag hat er sie versetzt. Also hat er noch eine Liebschaft laufen.«

»Schon dreist, wenn man der eigenen Tochter den Freund ausspannt.«

»Heute Morgen kam Markus zum Frühstück«, berichtete Katinka weiter. »Charlotte behandelte ihn nicht gerade freundlich. Sie kreiste über ihm wie ein gieriger Habicht.«

»Sitzen Sie etwa Markus Isensteins Charme auf?«, fragte Hardo spöttisch.

»Quatsch. Aber einen leichten Stand hat er nicht. Seine Mutter sponsert ihn. Er hat zwar Aufträge, aber Charlotte ist das zu wenig.«

»Die Aufträge können Sie knicken. Er baut einem Freund einen Hobbykeller. Das würde ich auch gerade noch schaffen. Ohne Architekturstudium.«

Katinka massierte ihre Schläfen. Mit einem Mal wollten ihr die Augen zufallen.

»Wissen Sie, dass Markus Isenstein auf Pump lebt?«, fragte Hardo. Er genoss die Wirkung, die seine Worte auf Katinka hatten.

»Auf Pump?«

»Er hat Ansprüche an das Leben auf diesem Planeten: ein teurer Geländewagen, ein Motorrad der Spitzenklasse, eine Wohnung und ein Büro in exklusiver Lage, mehrere ebenso exklusive Frauen.«

»Sie haben sein Konto gecheckt?«

Wieder zog Hardo seine Ich-sag's-ja-Grimasse.

»Aber seine Mutter schiebt ihm Bares über den Tresen!«

Der Kommissar hob die Augenbrauen. Katinka kannte seine Mimik. Das hörte er zum ersten Mal. Er räusperte sich:

»Markus Isenstein hat vor einem knappen halben Jahr ein Darlehen von einer halben Million aufgenommen, um seine materiellen Bedürfnisse abzudecken.«

»Womit hat er denn die Bank überzeugt?«

»Der Name Isenstein bürgt für ihn. Was glauben Sie,

wie viel Geld in Charlotte Isensteins Dentallabor steckt, vom Umsatz ganz zu schweigen.«

»Er hat den ganzen Batzen bekommen, ohne selbst eine Sicherheit zu erbringen?«

»Er hat die Wohnung und das Büro. Nicht gerade billig, dort drüben an der Nonnenbrücke. Gekauft hat die Immobilien seine Frau Mama. Sein Vater ist nicht reich, ein paar bescheidene Ersparnisse hat er in Fonds angelegt. Seine Pension ist zwar nicht kümmerlich, aber an die Einkünfte seiner Frau kommt sie nicht heran.«

Katinka schnaubte.

»Wozu sollte Markus die Briefe schreiben und seinen Vater verleumden?«

Hardo hob die Arme und ließ sie fallen.

»Ich weiß es nicht. Haben Sie einen Kaffee für mich?«

»Klar.«

Katinka ging in den Nebenraum und setzte Wasser auf. Hardo kam ihr nach.

»Es wäre doch ein Ansatzpunkt, dass jemand Ewald aus dem Weg haben will.«

»Veit!«, sagte Katinka voller Überzeugung, während sie zwei Becher ausspülte und Nescafé hineingab. »Er hätte etwas davon, wenn Ewald vor Gram in die Klinik müsste.«

»Würde es ihm wirklich nützen?« Hardo musterte das Faxgerät, als könne es jeden Moment die Antwort ausspucken.

Katinka dachte nach. Im Grunde störte Ewald die Affäre seiner Frau nicht. Er war an Charlotte gar nicht interessiert. Sie goss das brodelnde Wasser in die Tassen.

»Vielleicht will Veit an Charlottes Geld, und nach ein paar Monaten lässt er sie fallen. Es gibt genug ausgehungerte Frauen ihres Alters, die sich von seinem Gehabe beeindrucken lassen.«

»Palfy!« Hardo nahm ihr eine Tasse aus der Hand und sah sie bestürzt an. »Richten Sie nicht über die Sehnsüchte der Menschen!«

»Verzeihung.« Katinka holte Milch aus dem Kühlschrank. »Sie meinen also, selbst wenn Ewald aufgrund der Aufregung, die die Briefe erzeugt haben, in eine Klinik kommt, würde das für Veits und Charlottes heiße Stunden nichts bringen?«

»Nicht Ewald Isenstein ist der Störfaktor«, schlug Hardo vor und schwenkte seine Tasse, um die Milch zu verteilen. »Sondern Mariele.«

Katinka reichte ihm einen Löffel.

»Sie haben recht! Und zwar nicht nur aus Veits Perspektive, sondern auch aus Charlottes.«

»Genau. Wie will sie ihrer Tochter noch in die Augen sehen, wenn das so weitergeht?«

»Aber es wird nicht weitergehen«, mutmaßte Katinka. »Veit wird Charlotte in die Pilze schicken und mit der Nächsten und Übernächsten anbandeln. Wo ist er eigentlich jetzt?«

»Veit Behlen? Keinen Schimmer. Er ist nicht zu Hause und geht nicht an sein Handy.«

»Er ist in Zeil ausgestiegen«, sagte Katinka. »Ich bin mir sicher, Hardo.«

»Gut. Also hat er eine Liebschaft in Zeil?«

»Könnte doch sein. Vielleicht ist ihm die Liaison mit der Mutter seiner offiziellen Freundin einfach zu heiß.«

Hardo nahm einen Schluck und verbrannte sich die Lippen.

»Spielen wir weiter«, schlug er vor. »Hat Markus Vorteile, wenn sein Vater in eine Klinik kommt?«

Katinka dachte eine Weile nach, während sie in ihren Kaffee blies. Sie ging zurück ins Büro und setzte sich auf den Schreibtisch. Hardo folgte.

»Nein«, sagte sie schließlich. »Sein Problem ist nicht sein Vater. Er hat Schwierigkeiten mit seiner Mutter.«

Hardos Stirn kräuselte sich. Er war nicht zufrieden.

»Ewald ist letztlich kein Störenfried«, murmelte er. »Er ist niemandem direkt im Weg. Nur seiner Frau.« Seine Stimme klang, als glaube er nicht an das, was er sagte.

»Sie hat kein Alibi«, nickte Katinka. »Weder für Freitagnachmittag noch für gestern. Übrigens, die Briefe!« Sie zeigte Hardo die beiden anonymen Schreiben an Ewald. Er scannte darüber und legte sie dann behutsam auf der Schreibtischplatte ab.

»Ich rufe den Staatsanwalt an. Wir werden das analysieren und zusehen, dass wir brauchbare Schriftproben von den Familienmitgliedern bekommen. Apropos Alibis: Andere haben auch keins. Kroll schon. Er war ja bei uns.« Er schnaubte.

»Veit und Markus haben beide keines, weder für Freitag, als die Schüsse fielen, noch für Samstag«, sagte Katinka. »Und Mariele war angeblich am Samstag alleine zu Hause. Auch nichts Hieb- und Stichfestes.«

»Ganz und gar nicht.«

»Aber Hardo«, sagte Katinka. »Wenn wir das alles weiterdenken, dann bedeutet es doch, dass jemand Morde begeht, um sie Ewald in die Schuhe zu schieben. Das ist ... Wahnsinn!«

»Mit Wahnsinn haben wir es hier zu tun.«

»Warum bekam Elvira die Briefbombe?«, fragte Katinka. »Wie passt das in die Geschichte?«

Wieder stand dieser wunde Ausdruck in Hardos Augen.

»Womöglich hat Elvira ein Muster erkannt oder jemanden gesehen oder sich an etwas erinnert, das uns in diesem Zusammenhang helfen kann.« Er fuhr sich über die Glatze. »Nur leider konnte ich sie noch nicht fragen.«

Katinka stöhnte. Sie lehnte sich gegen die Fensterscheibe und presste ihre Stirn an das kühle Glas.

»Die erste Frage, die wir klären müssen, lautet: Ewald oder ein anderer«, vermutete sie.

Hardo nickte.

»Was sagen Ihre Kollegen zu dieser Literaturtheorie?«

»Ich habe sie noch keinem unterbreitet. Ich wollte erst mit Ihnen sprechen.«

Katinka musste lächeln.

»Mit der Einzelkämpferin?«

»Nein. Mit der Frau, die um die Ecke denken kann. Sie wissen doch: Brauchbare Lösungen für ein schlecht definiertes Problem aufzutun, ist schwieriger, als eine Matheaufgabe zu lösen. ›Divergentes Denken‹ sagt man dazu.«

Katinka schluckte ihre Verlegenheit runter und blätterte mit dem Daumen durch das gelbe Buch. Der nächste Gedanke kam wie ein Donnerschlag.

»Verflucht. Hardo!«

»Was ist?«

»Wenn jemand, ob Ewald oder ein anderer, diesen Roman quasi inszeniert«, sie legte das Bändchen weg, »dann bedeutet das doch nur eins.« Sie griff sich an die Kehle.

»Ja«, knurrte der Kommissar. »Ich wusste, Sie würden draufkommen.«

»Medardus mordet ein viertes Mal!«, wisperte Katinka.

Hardo nickte und nahm ihre Hände in seine.

»Ich weiß. Es wird noch ein Mord geschehen.«

# 20. Versuchskaninchen

**Ich wollte aufspringen vom Lager, aber das Grausen hatte seine Eisdecke auf mich geworfen, und jede Bewegung, die ich versuchte, wurde zum inneren Krampf, der die Muskeln zerschnitt. Nur der Gedanke blieb und war inbrünstiges Gebet: daß ich errettet werden möge von den dunklen Mächten, die aus der offenen Höllenpforte auf mich eindrangen. Es geschah, daß ich mein Gebet, nur im Innern gedacht, laut und vernehmlich hörte, wie es Herr wurde über das Klopfen und Kichern und unheimliche Geschwätz des furchtbaren Doppeltgängers, aber zuletzt sich verlor in ein seltsames Summen, wie wenn der Südwind Schwärme feindlicher Insekten geweckt hat, die giftige Saugrüssel ansetzen an die blühende Saat.[5]**

Hardo fuhr Katinka nach Hause. Als sie in die Wohnung kamen, saß Carla mit dem Telefon auf dem Schoß in der Küche.

»Katinka!«, rief sie und sprang auf, als habe man ihr einen Elektroschock versetzt. »Es ist schon nach neun. Ich hätte beinahe ...« Sie brach ab und sah Hardo an. »Wissen Sie etwas? Wissen Sie etwas von Tom?«

Selbst in all ihrem Elend konnte Katinka noch Bewunderung aufbringen für Hardos Geschick, sie und Carla zu beruhigen. Sie lauschte seiner tiefen, samtigen Stimme, als er ihnen die nächsten Schritte erklärte, in einem Tonfall zwischen Sachlichkeit und Anteilnahme.

»Ich muss in die Polizeidirektion«, sagte er schließlich. »Sie beide sollten hier nicht alleine sein. Ich sehe zu, dass ich Sabine Kerschensteiner vorbeischicke. Oder wollen Sie Ihre Reporterfreundin anrufen, Palfy?«



[5] E. T. A. Hoffmann, Die Elixiere des Teufels. Seite 288.

Katinka nickte. Sie hielt Hardo das Telefon hin und diktierte ihm die Nummer. Hardo rief an. Er sprach kurz mit einer offenkundig verschlafenen Britta. Als er auflegte, sagte er:

»Katinka, ich möchte nicht, dass Sie das Haus verlassen. Tom wurde aller Vermutung nach entführt, um Sie am Ermitteln im Fall Isenstein zu hindern.«

Vishnu huschte herbei und strich dem Kommissar um die Beine.

»Das haben wir schon besprochen«, sagte Katinka müde. »Aber ich ...«

»Sie bleiben hier«, bestimmte Hardo. »Ich rufe Sie regelmäßig an. Melden Sie sich sofort, wenn sich irgendetwas tut. Auch, wenn Sie einen Anruf von einem unserer Verdächtigen bekommen. Klar?«

Katinka nickte. Sie würde sich nicht abhalten lassen, rauszugehen, um zu ermitteln, wenn es notwendig würde. Nur hatte sie nicht vor, dies gerade jetzt vor Hardo breitzutreten.

Er strich ihr kurz übers Haar, nickte Carla zu und ging. Die Tür schlug zu und seine Schritte verklangen im Treppenhaus. Es war ganz still. Katinka hörte die Küchenuhr ticken. Ein *Tick* und ein *Tack*, um die Sekunden über das Zifferblatt zu schieben, langsam und gleichgültig. Sie sah auf und blickte in Carlas weit aufgerissene Augen.

»Erzähl mir«, bat Carla. »Bitte.«

Katinka wischte die bleierne Erschöpfung beiseite. Sie berichtete von ihrem Besuch bei Charlotte Isenstein an diesem Morgen, von Markus und ihrem Gespräch mit Hardo in der Detektei. Sie ging zur Spüle, wusch sich die Hände und nahm sich einen Pfirsich. Er schmeckte nach Kraut. Sie warf ihn weg.

Britta klingelte kurz vor zehn.

»Schande über Schande!«, rief sie, während sie in die

Wohnung stürmte und sogleich wie ein Staubsauger alles verschlang, was Katinka und Carla ihr über die letzten achtundvierzig Stunden berichteten.

»Ein Motiv sucht ihr?«, fragte Britta schließlich. »Ihr habt zwei zur Auswahl. Geld und Sex.«

»Geld funktioniert nicht«, widersprach Katinka. »Niemand hat finanzielle Vorteile, wenn Ewald in eine Klinik kommt.«

Britta machte ein säuerliches Gesicht.

»Dann nimm eben Sex.« Britta hielt eine Plastiktüte hoch. »Sprechen wir über Sex, bekomme ich sofort Hunger.«

Katinka betrachtete gleichgültig die Brötchen, Käsepäckchen und Marmeladengläser, die Britta auf den Tisch stellte.

»Wenn Geld keine Rolle spielt, und alles am Sex hängt, dann kommt nur einer in Frage: Veit Behlen«, sagte Katinka und erläuterte Britta, was sie und Hardo sich zusammengereimt hatten.

Britta hörte schweigend zu, während sie Teller und Besteck heraussuchte, Servietten faltete und das ein oder andere Argument mit einem unwirschen »hm« kommentierte.

»Ihr habt sicher nichts dagegen«, verkündete sie, »dass ich mir diese Story im Kopf so zurechtlege, als wollte ich eine Reportage darüber schreiben. Ihr verdächtigt jemanden, der Geld will, weil Ihr jemanden habt, der Geld braucht: Markus.«

»Aber der, sollte er der Briefeschreiber sein, sich eine sinnlose Technik ausgesucht hat, um an Geld zu kommen«, widersprach Carla.

»Vom momentanen Stand der Dinge her, ja«, gab Britta zu. »Ihr verdächtigt weiterhin einen Mann, der Sex will. Der die Briefe schreibt, um zu mehr Sex zu kommen.«

Katinka goss Kaffee in die Tassen. Ihre Hand zitterte leicht.

»Aber er wird nicht mehr oder besseren Sex haben, wenn Ewald in eine Klinik eingewiesen wird oder sich im Wahn umbringt«, führte Britta weiter aus.

Katinka sah auf.

»Wie meinst du das?«

»Veit ist dafür bekannt, Schätzchen, dass er Ladys ab fünfzig verführt. Der vögelt sich die Birne weich. Wahrscheinlich hat er Komplexe, was seine eigene Lendenkraft betrifft. Eine Ältere ist womöglich mit einer Leistung zufrieden, die eine Jüngere nicht hinter dem Ofen hervorlockt.«

»Na, na!«, machte Carla.

«Sorry«, hob Britta die Hände. »War nicht böse gemeint.«

Carla lachte.

»Vergiss es. Was verstehst du schon vom Alter.«

Britta machte ein verdutztes Gesicht.

»Ich meine doch nur: Was hat Veit davon, Ewald aus dem Weg zu räumen, wenn er sämtliche Damen erobern kann, die sich von einer Maxiportion Nassgel beeindrucken lassen«, sagte sie.

»Wenn du recht hast«, seufzte Katinka, »können wir uns unsere bisherigen Motive abschminken.«

»Esst ihr nichts?« Britta reichte den Brötchenkorb herum. »Also: Charlotte könnte die Briefe geschrieben haben, damit der Verdacht auf Veit fällt und sie ihn los wird.«

»Das glaube ich nicht«, warf Carla ein. »Sie kann ihn jederzeit abservieren.«

»Das sollte sie möglichst tun, bevor Mariele Wind von der Beziehung bekommt«, bemerkte Katinka.

»Hat Mariele vielleicht schon«, sagte Britta. »Und hat angefangen, böse Briefe zu verfassen, um sich zu rächen.«

»Warum sollte sie die Briefe an ihren Vater richten?«, fragte Carla.

»Um ihre Mutter auf besonders hinterhältige Weise zu verstricken«, schlug Britta vor. »Noch mehr Schuldgefühle! Nicht nur die Tochter geht vor die Hunde, sondern auch der Ehemann.«

Katinka presste die Hände auf die Schläfen.

»Ihr vergesst etwas«, murmelte sie.

»Was?« Britta sah sie gespannt an.

»Die Morde. Derjenige, der die Briefe schreibt, hat auch die Morde auf dem Gewissen. Das wäre Lösung eins.« Sie schloss die Augen, um sich zu konzentrieren. »Lösung zwei: Jemand ermordet Leute, und der Briefeschreiber, zum Beispiel Mariele, bekommt sofort Wind davon und verfasst die entsprechende Prosa.«

Sie schwiegen.

»Nicht so logisch«, sagte Britta schließlich, »wenn Hardos Theorie vom großen Theaterstück stimmt.«

»Was ist mit der Ärztin?«, fragte Carla. »Ist sie nicht auch verdächtig? Könnte sie alles inszenieren, damit Ewald sich zu Handlungen hinreißen lässt, die ihn als Objekt der Wissenschaft noch interessanter machen?«

»Das wäre ein Gedanke!«, rief Katinka. »Wenn sie diesen Fall beschreiben würde, dann könnte sie sich bestimmt einen Namen unter den Kollegen machen.«

»Glaubst du, dass sie losgeht und Leute umbringt, damit sie ihrem Patienten hinterrücks die Morde in die Socken schieben kann?«, fragte Britta.

»Das trifft in jedem Fall zu, wenn wir Lösung eins annehmen«, sagte Carla. »Mörder und Briefeschreiber sind identisch. Und mir scheint das logisch. Überlegt mal: Wenn jemand die ›Elixiere des Teufels‹ nachspielt, wie Uttenreuther das annimmt, dann muss der Verfasser der Briefe auch die Morde begehen. Oder soll er darauf warten, dass zufällig Leute in der richtigen Reihenfolge ermordet werden? Einmal als Unfall getarnt? Einmal Mutter und Sohn?«

»Schlagendes Argument«, bekannte Britta.

»Hier wird ein Teufelsstück inszeniert«, fuhr Carla fort. »Das ist alles bestens geplant und durchdacht.«

Katinka stand auf und ging zum Fenster. Sie starrte eine Weile auf die sonnige Straße und dachte an den vierten Mord, der geschehen könnte. Ihre Bewacher hatten sich inzwischen besser positioniert, sie konnte sie nicht ausfindig machen. Aber bestimmt waren sie da. Müde schloss sie die Augen. Die vertrauten Geräusche, als Britta und Carla das Geschirr zusammenstellten, verwirrten sie. Sie müsste nur die Augen öffnen, und Tom würde dort stehen, am Herd, an der Spüle, mit einem Topf Kirschen vor sich auf dem Tisch für einen Kirschenmichel ... Eine Hand legte sich auf ihre Schulter. Sie riss die Augen auf. Carla stand neben ihr.

»Wann, glaubst du, hat die Polizei die Handschriften analysiert?«

»Sie brauchen Schriftproben«, sagte Katinka. »Wenn die Verdächtigen nicht freiwillig welche abgeben, muss ein Richter her, damit vorhandene Schriftstücke beschlagnahmt werden können. Vor morgen tut sich nichts.«

Vor morgen. Tom. Vor morgen tut sich nichts. Ein vierter Mord.

»Liz Thompson wohnt im Hotel«, fuhr sie fort. »Warum eigentlich?«

»Klingt reichlich teuer«, mutmaßte Britta. »Verdient sie so viel? Die Ärzte klagen alle. Sie verwalten den lieben langen Tag und kriegen kein Geld dafür.« Sie verzog das Gesicht.

»Nehmen wir mal an, es geht doch nicht um Sex, sondern um Geld!«, spann Katinka den Faden weiter. »Und Dr. Liz Thompson hat eine tragende Rolle.«

Britta zückte einen Taschenspiegel und richtete sich ihr perfekt geschnittenes, schwarzes Haar.

»Geld? Na, Geld ist immer ein Motiv. Ungefähr so: Dr. Thompson hat immense finanzielle Ansprüche, kann ihnen mit ihrem Einkommen nicht nachkommen und tut allerlei, um den Geldspeicher aufzufüllen. Auch anonyme Briefe schreiben.«

Carla wiegte den Kopf.

»Das ist eine fantasievolle Geschichte«, sagte sie. »Aber in unserem Fall gibt die These nichts her: Hier ist kein Geld zu holen.«

»Doch!«, riefen Katinka und Britta wie aus einem Munde. Sie sahen sich an. Britta grinste schief.

»Liz Thompson macht Ewald wirr, er kommt öfter zu ihr in die Praxis, als er es ohnehin tut, und gibt mehr Geld aus. Bestimmt ist er Privatpatient, man hört doch allenthalben, dass die Ärzte nur noch an den Privatkassen verdienen«, sagte Britta.

Carla sah nicht überzeugt aus.

»Kassenbetrug und gute Verbindungen zu einem großen Pharmakonzern könnten es auch tun«, sagte sie. »Hast du nicht erzählt, Ewald wäre nicht mehr so aggressiv, seit er neue Tabletten bekommt? Was ist das für ein Medikament? Ist es in Deutschland überhaupt zugelassen?«

»Carla!«, rief Katinka. Sie schnippte mit den Fingern vor Aufregung. »Liz Thompson könnte Medikamente an Ewald testen. Für eine Pharmafirma. Ihre Beobachtungen verkauft sie weiter. Ja, das könnte gehen.«

Sie sahen einander an.

»Es würde erklären«, sagte Carla schließlich, »warum Ewald mehrmals auf Frauen losging und sie würgte. Zu der Zeit hatte er nicht die richtigen Medikamente. Anders gesagt: Er hatte die völlig falschen Medikamente.«

Katinka sah auf die Uhr. Mit überdeutlicher Klarheit

klangen ihr Liz Thompsons Worte im Ohr: ›Bis eine Tablette auf den Markt kommt, wird auch noch die kleinste Reaktion der Testpersonen aufgezeichnet.‹ Aber wo steckten die Patienten, deren Reaktionen man katalogisierte? In Labors? Katinka stellte sich gefesselte Irre vor, die schreiend an ihren Handschellen rissen. Wer wurde überhaupt Testperson? Wurde ein Schläfenlappenepileptiker freiwillig zum Versuchskaninchen? Wie viele Menschen gaben sich für die Wissenschaft her? Reichte ihre Zahl aus, um ausreichende Kenntnisse über das zu testende Medikament zu erlangen?

Katinka legte die Hände auf die Tischplatte und dachte nach. Sechzig Sekunden völliger Stille hüllten sie ein. Sie spürte die neugierigen Blicke der beiden anderen.

»Gebt mir ein paar Minuten«, sagte sie. »Ich muss etwas mit euch besprechen.«

»Sie sind mir eine!«, legte Liz Thompson los. Lässig lehnte sie am Türrahmen ihres Hotelzimmers und wies auf ihre Motorradkluft. »Ich bin eben erst angekommen. Schwitze wie ein Käse.«

Sie trat beiseite, um Katinka ins Zimmer zu lassen.

»Tut mir leid, wenn ich Ihnen die wohlverdiente Ruhe nach Ihrer Tagung streiche.« Katinka ließ ihren Rucksack zu Boden fallen. Es war stickig im Zimmer. Ein schwerer, bodenlanger Vorhang sperrte das Licht aus. Von draußen kam ein Windstoß und beulte den Stoff aus wie einen Blasebalg.

Dr. Thompson schnaubte. Sie warf sich aufs Sofa und sagte:

»Ich höre?«

»Welche Medikamente bekommt Ewald Isenstein zur Zeit?«

»Hübscheste, das fällt unter das Arztgeheimnis.«

»Die Polizei hat die Krankenakte eingesehen.«

»Die Polizei schon, aber eine Privatdetektivin …« Sie sah Katinka amüsiert an, als hielte sie das alles für ein kurioses Spiel.

»Mein Freund wurde entführt!«, sagte Katinka knapp. »Die Zeit läuft uns davon. Also. Welche Tabletten schluckt Ewald?«

Dr. Thompson blinzelte, als glaube sie kein Wort, wolle Katinka den Spaß aber nicht verderben. Katinka setzte sich auf einen Stuhl am Fenster und drehte sich so, dass die Ärztin das Pistolenholster unter ihrer Jeansjacke sehen konnte. Liz Thompson schien für einen Augenblick starr, dann verzog sich ihr Gesicht zu einem Lächeln.

»Er nimmt seit einigen Wochen Antikonvulsiva«, sagte sie. »Sie haben sich besser bewährt als alles andere zuvor.« Sie betrachtete ihre schmutzigen Fingernägel. »Ewald zeigt nicht die klassische Form des Dostojewski-Syndroms. Die traditionelle Variante sieht so aus, dass Schläfenlappenepileptiker mit Neigung zur Hypergraphie schreiben, bis sie vor Erschöpfung umfallen. Bei Ewald ist das Verlangen zu schreiben kombiniert mit einer Form von Blockierung. Er findet die Wörter nicht.« Sie blickte nachdenklich auf den Vorhang. »Ich habe Ihnen doch erzählt, dass er nach dem Unfall zunächst Sprachschwierigkeiten hatte. Wenn nun die Aktivität in seinen Schläfenlappen verringert ist«, sie seufzte, als sei sie es leid, zu erklären, »wenn er also keine Krampfanfälle hat, dann hat er so eine Art Schreibblockade. Sie kennen das Phänomen vielleicht. Während des Studiums litten alle irgendwann an einer Schreibblockade.«

Katinka zuckte die Schultern.

»Und?«

»Ewald leidet aufgrund seiner Voraussetzungen sehr viel heftiger daran, als wir es tun würden. Er zerfleischt sich, kratzt sich blutig auf der Suche nach den Wörtern. Er will schreiben. Etwas will aus ihm heraus. Aber es kommt nichts. Das macht ihn wahnsinnig.«

»Die Antikonvulsiva ...«

»... gleichen aus, wenn Sie so wollen. Die Blockierungen sind bei ihm auf eine übergroße neuronale Erregung zurückzuführen. Ewald braucht lediglich eine geringe Dosis, um stundenlang zu schreiben.«

Katinkas Augen hatten sich an das Halbdunkel gewöhnt. Unruhig sah sie sich im Zimmer um. Alles sah aufgeräumt aus, nicht so, als wohne jemand dauerhaft hier. Ein paar Kleidungsstücke hingen am Garderobenständer, und neben dem Fenster hockte eine altmodische Spiegelreflexkamera auf einem Tischchen. Typisch Hotel, dachte sie, alles ist ordentlich und jeden Abend kommt der Mensch in das gleiche gesichtslose Domizil, als habe die Welt sich nicht einmal um die eigene Achse gedreht.

»Sie sagten, wenn Ewald nicht schreiben kann, weil er blockiert ist, wird er aggressiv.«

Dr. Thompson verzog die Lippen. Der Vorhang bauschte sich. Katinka spürte den Windstoß.

»So habe ich das nicht gesagt, aber er ist verwirrt, und dann kann er durchaus aggressiv werden.«

»Als er in Ihrer Praxis Ihre Sprechstundenhilfe angriff, war er da in diesem Zustand? Hatte er eine Schreibblockade?«

Liz Thompson kniff die Augen zusammen.

»Er wollte mich sprechen«, sagte sie und sah zu Boden. Sie löste den Reißverschluss ihrer Motorradjacke und zog ihn ein Stück auf. Außer einem BH trug sie nichts darunter. Flashback. Ein verdrecktes Motorrad und Krähenfüße auf der Landstraße. Frische Abdrücke im Heu. »Ich war in einer Behandlung, und Beatrix versuchte, ihn zurückzuhalten. Auch die etwas spezielleren Patienten müssen sich daran gewöhnen, dass sie nicht zu jeder Zeit frei nach Laune vorsprechen können.«

»Weiter?«

»Ewald war zu der Zeit auf Neuroleptika. Man verwendet sie auch zur Behandlung von Stimmungsstörungen und Angstzuständen.« Sie sah an sich herunter und zippte den Reißverschluss wieder einen halben Zentimeter hoch. »Neuroleptika wirken hauptsächlich auf Dopamin, das ist ein Botenstoff im Hirn, der für Motivation und den Anstoß zur Bewegung zuständig ist.«

Katinka notierte so schnell sie konnte.

»Aber das Medikament war nicht das Richtige?«

Dr. Thompson seufzte.

»Wissen Sie, jeder Mensch ist anders. Man muss ausprobieren. Manches wirkt bei einem Patienten ganz hervorragend, ein anderer dreht fast durch.«

»Man findet das passende Mittel durch Ausprobieren?«

»Natürlich gibt es Erfahrungswerte und eine Reihe von knallharten Fakten, die zu beachten sind. Entscheidend ist nicht nur ein einziges Mittel, das auf eine bestimmte Weise funktioniert. Es geht um das Gebräu der Chemikalien im Gehirn. Ihr Zusammenspiel sorgt dafür, dass es uns gut geht, nicht die Substanzen allein. Vieles ist noch gar nicht erforscht.«

»Ist Ewald nun weniger aggressiv als zuvor?«, fragte Katinka.

Liz Thompson fuhr sich durchs Haar und zerrupfte ihre Frisur. Die Strähnen lösten sich aus dem Knoten und fielen ihr auf die Schultern. Plötzlich sah sie anders aus als zuvor. Jünger. Herausfordernd.

»Aggression entsteht aus unterschiedlichen Gründen«, sagte sie. »Bei Männern ist meistens ein zu hoher Testosteronspiegel mit im Spiel. Testosteron ist das Männlichkeitshormon. Eine komplizierte Sache. Es steht in Relation zur sozialen Rangordnung. Nehmen Sie Männer aus der Oberschicht: Ein hoher Testosteronspiegel macht den Mann zum Generaldirektor; er heiratet, hält sich luxuriöse Nebenfrauen und scheffelt Geld an der Börse. Ein armer Mann bleibt unverheiratet, vergewaltigt und säuft.«

»Ich fragte nach Ewald.«

»Ewalds Angriff auf meine Sprechstundenhilfe hatte so sicher, wie wir in diesem Fall nur sein können, mit der Blockade zu tun, die ihn am Schreiben hinderte und ihn dadurch fickerig machte. Entschuldigen Sie, ich muss zur Toilette.«

Liz Thompson verschwand im Bad. Katinka hörte Wasser rauschen. Sie legte sich ihre nächste Frage sehr sorgfältig zurecht. Als die Ärztin zurückkam, hatte sie ihr Haar zu einer ordentlichen Frisur hochgesteckt. Sie ging zum Fenster und zog den Vorhang beiseite.

»Heiß ist das«, murmelte sie.

»Wie wurden Ihre Ausführungen in München angenommen?«, fragte Katinka. »Ich nehme an, man sprach von einem Durchbruch?«

*Knall.* Liz Thompson fuhr herum und warf die Kamera zu Boden. In Zeitlupe drehte sie sich zu Katinka. Einen kurzen Moment maßen sie ihre Kräfte. Schließlich sagte Liz Thompson:

»Allerdings. Es gab bislang ein paar Fallberichte über die stimmungsstabilisierende Wirkung der Antikonvulsiva. Aber keine Studien.«

»Ewald Isenstein ist Ihre persönliche Studie?«

»Ach was«, winkte Liz Thompson ab. »Er ist nur *ein* Mann. Er ist keine Studie.« Sie knetete ihre Finger. »Ewald stellt *einen* Fall dar, in dem zum ersten Mal unter genau berechneten Bedingungen Antikonvulsiva für diese besondere Form des Dostojewski-Syndroms verabreicht werden.«

Katinka hob ihren Rucksack auf und ging zur Tür.

»Können Sie guten Gewissens sagen, dass Ewald Isenstein unter dem Einfluss des neuen Medikamentes keine Gewalttaten begehen wird?«

Dr. Thompson lachte. Es klang beinahe so fröhlich wie vor kurzem, als Katinka sie im Reformhaus getroffen hatte.

»Ich kann niemals behaupten, dass irgendwer etwas sicher tun wird oder nicht tun wird. Wenn wir nach der Wahrscheinlichkeit gehen, dann versichere ich Ihnen: Es ist unwahrscheinlicher als zuvor, dass Ewald Isenstein, wenn er seine Tabletten nach Verordnung einnimmt, gewalttätig wird.«

»Danke«, sagte Katinka. Der Schweiß lief ihr über den Rücken. Sie zog die Jeansjacke aus und genoss Dr. Thompsons Blick auf ihre Pistole.

»Sie kennen nicht zufällig Mariele Isensteins Freund? Veit Behlen?«

»Sie sind ein gerissenes Weib«, stieß Liz Thompson hervor, aber sie lächelte dabei. »Können Sie sich doch denken, dass ich zur Zielgruppe gehöre.«

»Sie wissen davon?« Katinka warf sich die Jacke über die Schulter.

»Frau Privatdetektivin, wenn Sie sich einst im zarten Alter von fünfzig oder später mit einem Mann amüsieren wollen, werden Sie die Vorzüge von Typen wie Veit noch kennenlernen!«

»Waren Sie vor Charlotte dran?«

Liz lachte.

»Ich habe ihn an Charlotte weitergereicht. Sie brachte Ewald zu mir in die Praxis, und Veit ging gerade – meine Mittagspause war zu Ende.«

»Aber Mariele?«

»Lady, Mariele ist eine Tarnkappe.«

»Na dann«, sagte Katinka. »Ich melde mich.«

Dr. Thompson nickte und sah ihr nach. Als Katinka schon den Korridor entlangging, rief sie ihr nach:

»Ist das eine Beretta?«

Katinka drehte sich um. Liz Thompsons Blick bohrte sich unter ihre Achsel.

»Wiedersehen«, sagte Katinka.

# 21. Veit

Brittas Auto parkte unschuldig im Innenhof. Auf ihrem Weg zur Luitpoldstraße hatte Katinka sich immer wieder besorgt umgesehen. Einige Tricks kannte sie ganz gut. Erfolgreiche Beschatter gingen ihrem Zielobjekt eher voraus als hinterher. Aber sie hatte niemanden ausmachen können, und so steckte sie einigermaßen erleichtert den Schlüssel ins Zündschloss von Brittas Fiat und fuhr los.

Auf dem Weg nach Zeil sortierte sie ihre Gedanken. Ewald als Täter konnte sie sich abschminken. Nach allem, was ihr Dr. Thompson berichtet hatte, schien es ihr vollkommen unwahrscheinlich, dass Ewald systematisch Morde beging oder Menschen entführte, geschweige denn, dass er einen Roman aus dem neunzehnten Jahrhundert als Realstück inszenierte. Rabiat verdrängte sie alle Gedanken an Tom.

»Ich muss das schaffen«, sagte sie laut zu Brittas Talisman, einer winzigen Giraffe aus Bast, die unschuldig am Rückspiegel baumelte. »Ich muss das schaffen.«

In Zeil parkte sie am Straßenrand und ging zur Eisdiele. Sie bestellte eine Coppa Ipanema und fragte nach Veit. Der Kellner sah groggy aus. Er hob die Schultern.

»Bei dem Wetter geht's hier rund wie in der Salatschleuder«, verkündete er. Seine Lippen schimmerten bläulich wie bei einem Herzkranken. »Adelina«, schrie er dem Mädchen hinter der Theke zu. »Wo bleibt der Cappuccino für Tisch fünf?« Das Mädchen blies sich die dunklen Strähnen aus dem Gesicht und zeigte ihm einen Vogel. Katinka grinste.

»Wie soll ich mich an Freitag erinnern. Jeder Tag hat seine Plage, oder?«, fragte er, ging davon und brüllte Katinkas Bestellung über die Theke.

Katinka stand auf und stellte sich zu Adelina, die Eisbecher arrangierte, die Kaffeemaschine bediente und Gläser in die Spülmaschine stapelte.

»Sie kennen Veit, oder?«, fragte sie.

Das Mädchen rümpfte die Nase.

»Ich verstehe Sie«, sagte Katinka. »Mit Typen wie ihm lassen Sie sich nicht ein. Ich mich übrigens auch nicht.«

Ein Stich im Herzen. Tom. Ausblenden.

Adelina verzog die Lippen zu einem gehetzten Lächeln.

»Der Knabe kommt schon seit Mai regelmäßig zu uns«, sagte sie. »Nie setzt er sich ins Café. Er kauft zwei Eistüten und zischt wieder ab.«

Katinka nickte.

»Sieht nach einer Liebschaft hier in der Nähe aus.«

Adelina donnerte zwei Gläser Latte Macchiato auf den Tresen.

»Sieht so aus.«

Katinka setzte sich wieder an ihren Tisch und wartete. Der blaulippige Kellner brachte die Coppa Ipanema. Sie löffelte das Eis und ließ die Früchte im Glas. Behutsam nahm sie das Schirmchen auf, faltete es zusammen und wickelte zwanzig Euro um den Stab. Werbungskosten, fiel ihr ein. Wieder ein winziger Stich im Herzen. Durchhalten. Diese Sache durchziehen. Alles wird gut. Sie ging zur Theke und legte Adelina das Bastschirmchen in die Handfläche.

»Mit wem war er am Freitag unterwegs?«

»Mit ihr ist er seit drei Wochen und einem Tag unterwegs, um genau zu sein«, antwortete Adelina. »Sie heißt Lule Berger und ist meine Mutter.«

»Danke.«

»Die Bullen haben auch schon gefragt«, sagte Adelina und räumte hastig die leergegessenen Becher in die Spülmaschine. »Aber ich habe es ihnen nicht gesagt. Ich will wirklich nicht, dass Mama Besuch von der Polizei bekommt.«

»Ich bin keine Polizistin.«

»Habe ich schon gemerkt.«

Katinka stieg durch ein frisch gestrichenes Treppenhaus in den ersten Stock und klingelte. Es war genau zwei Uhr.

»Ja, bitte?« Lule Berger lugte heraus. Sie hielt ihren Morgenrock vor der Brust zusammen. Irgendwie sah sie Liz Thompson ähnlich, auch sie trug das blondierte Haar hochgesteckt, doch ihre Figur war zierlicher, zerbrechlich beinahe. Die hohen Wangenknochen lenkten den Blick auf ihre schwarzen Augen.

»Könnte ich bitte mit Veit Behlen sprechen?«, fragte Katinka.

»Ich kenne nicht!«, rief Lule Berger. Ihre Stimme flackerte hysterisch. »Ich kenne nicht.«

»Ich bin nicht von der Polizei«, beruhigte Katinka und zeigte ihre Lizenz vor. »Es ist wirklich sehr wichtig!«

Lule Berger trat unsicher beiseite und ließ Katinka herein.

»Wir sind aus Kosovo«, sagte sie matt. »Kein Stress mit Polizei, bitte!«

Katinka sah sie einen Augenblick verdattert an. Sie hieß immerhin Berger. Ein ziemlich deutscher Name. Dann verstand Katinka.

»Keine Angst«, sagte sie.

»Veit!«, rief Lule Berger, ihre Stimme klang rau, nach vielen Zigaretten und Whiskey. Sie führte Katinka in ihr Wohnzimmer.

Veit tauchte aus dem Hintergrund auf wie ein havariertes U-Boot, in Boxershorts und einem T-Shirt. Sein Haar klebte am Kopf, und er roch nach Schweiß und Alkohol.

»Was ...« Veit riss Mund und Augen auf. »Wie ...«

»Wie ich Sie gefunden habe? Das ist mein Beruf«, erklärte Katinka. »Setzen wir uns. Ich brauche nicht lange.«

Veit stolperte über seine eigenen Füße und landete auf einem von Lule Bergers Sesseln. Er steht unter Stress, sagte sich Katinka. Unter gewaltigem Stress. Mach ihn fertig.

»Sie haben die anonymen Briefe an Ewald Isenstein geschrieben«, raunzte sie ihn an. »Sie wollen ihn ausschalten, um seine Frau ganz für sich zu haben.«

Veit glotzte, räusperte sich, bewegte die Lippen. Kein Ton kam aus seinem Hals.

»Sie haben Beatrix Hanf in Königsberg über die Mauer gestoßen«, machte Katinka weiter. »Sie haben den Mann im Luitpoldhain getötet und danach seine Mutter umgebracht.«

Veit öffnete und schloss seinen Mund, zu entsetzt, um auch nur ein Wort herauszubringen.

»Die Morde haben Sie begangen, um sie Ewald in die Schuhe zu schieben.«

»Nein!«, schrie Veit. Seine Stimme kippte. »Das können Sie mir doch nicht anhängen.«

»Ich nicht. Ich bin bloß die Zuarbeiterin. Aber die Behörden werden Ihnen das anhängen, Herr Behlen.«

Er winselte.

»Ich habe keine Briefe geschrieben und ich habe niemanden umgebracht.« Er wand sich, als habe er Schmerzen. »Glauben Sie mir doch! Ich habe niemanden umgebracht.«

Katinka stand auf, ging zur Tür und schob Lule Berger hinaus.

»Was ist das für eine Nummer, die Sie da abziehen?«, fragte Katinka, während sie die Tür zuschlug. »Jugendlicher Held? Retter abgetakelter Frauen?«

Veit lehnte sich zurück und sagte:

»Das geht Sie nichts an. Ich mache das, weil es mir Spaß macht. Die Frauen haben genauso ihren Spaß.«

»Hat Mariele den auch?«

Veit wurde rot.

»Das geht Sie nichts an.«

»Sie wiederholen sich. Kennen Sie E. T. A. Hoffmann?«

Überraschung leuchtete in seinen Augen auf. Schnell zog er ein Gangstergesicht.

»Wie bitte?«

»Verdammt, machen Sie doch nicht einen auf Unterschicht. Sie studieren Journalistik.«

»Aber nicht Literatur«, widersprach Veit.

»Also, Tarnung abgelegt«, sagte Katinka. »Was sagen Ihnen die ›Elixiere des Teufels‹?«

Seine Röte vertiefte sich, dann wurde er blass wie ein Kiesel.

»Sie haben ... es herausgefunden?«, flüsterte er.

»Was!«

»Dass ... nun ... jemand inszeniert das Buch.«

»*Sie* tun das.«

»Nein! Verfluchte Scheiße, ich mache das nicht!«

»Sie lügen wie die Zeitung«, schnaubte Katinka. »Sie belügen Mariele, Charlotte und wahrscheinlich auch Ihre Lule hier, die in einer Scheinehe lebt und aus Angst vor Entdeckung schon ganz dünnhäutig ist und trinkt und qualmt.«

»Aber ...«

»Was wissen Sie über das Teufelselixier?«

»Das – was?«, krächzte Veit. Er sank im Sessel zurück, die Beine gespreizt wie ein Cowboy. Katinka stellte ihren Fuß genau in den Winkel vor seinen Kronjuwelen.

»Machen Sie den Mund auf, Behlen, oder ich sorge dafür, dass sie geröstet werden wie eine Erdnuss, zusammen mit all Ihren Damen!«

Veit legte los, als habe er sich seinen Text schon vor Wochen zurechtgelegt und sei froh, ihn endlich abspulen zu können. Er hatte schon nach dem ersten anonymen Brief ein seltsames Gefühl gehabt, außerdem hatte Charlotte ihm von Ewalds Messwein erzählt, und Ewald bot ihm auch einige Male davon an. Das Wort ›Teufelselixier‹ erinnerte ihn sofort an Hoffmanns Roman, aber erst der Mord an Beatrix animierte ihn, in dem kleinen Band nachzuschlagen. Als die folgenden zwei Morde geschahen, las er das Buch in einer Nacht durch.

»Es geschieht noch ein Mord«, sagte er atemlos. »Im Roman wird Aurelie ermordet, als sie das Nonnengelübde ablegt.«

»Stimmt.« Katinka nahm den Fuß vom Sessel. »Und wen ermorden Sie als Nächstes?«

Veit trocknete den Schweiß auf seiner Stirn mit seinem T-Shirt. Dann fielen seine Hände neben ihm auf das Polster.

»Lassen Sie mich in Ruhe«, brummte er. »Sie haben ein Problem mit mir, weil ich mit mehreren Frauen gleichzeitig was laufen habe und weil ich gerne eine Nummer schiebe. Im Gegensatz zu Ihnen wahrscheinlich.«

Die Ohrfeige klatschte so zackig auf seine Wange, dass er nicht einmal besonders erstaunt dreinschaute. Erst, als er den feurigen Fleck betastete, verzogen sich seine Züge.

»Ihr Privatleben geht mir am Körperteil vorbei«, erklärte Katinka. »Aber nicht, wenn es mit dem Fall verwickelt ist. Mein Freund ist entführt worden. Ich nehme an, Sie haben ihn im Nebenzimmer angekettet.«

Veits Kinnlade stürzte ab.

»Sie sind der Einzige, der ein Motiv hat, Ewald mit anonymen Briefen in noch größere Verwirrung zu stürzen als die, in der er ohnehin permanent lebt. Der Einzige.«

»Ich will Ihnen eines sagen.« Veit lehnte sich vor und holte tief Luft. »Charlotte ist am Ende mit den Nerven. Sie kann einfach nicht mehr. Ewald muss in eine Klinik, damit sie ein wenig Ruhe hat. Zeit für sich und für ihre Arbeit. Sie braucht Erholung und wieder ein eigenes Leben.«

»Sie haben nicht einmal ein Alibi!«, erwiderte Katinka.

»Und wissen Sie was?« Veit fuhr sich durchs Haar. »Ewald tut mir leid. Alle wollen nur, dass er funktioniert. Dass er wieder so wird, wie er angeblich einmal war. Falls er jemals ein anderer war.« Er fuchtelte mit den Händen in der Luft herum. »Sie zwingen ihm einen Kampf gegen seine Krankheit auf. Dabei könnte er einfach damit leben: Er kriegt seine Pension, er hat ein Haus, er kann sich den ganzen Tag zurückziehen und schreiben, bis ihm die Hand abfällt. Er schadet niemandem! Aber die Frauen in der Familie Isenstein drängen ihn, dagegen anzuarbeiten. Gegen seine Hypergraphie und das alles.«

Katinka lehnte sich gegen die Tür. Sie spürte Lule Berger nur wenige Zentimeter entfernt auf der anderen Seite. Jemand hatte gesagt, wahrscheinlich wäre Veit der Einzige, der Ewald so akzeptieren konnte wie er war. Sie glaubte, es war Markus Isenstein gewesen.

»Er ist glücklich, wenn er seine Seiten beschreibt«, erklärte Veit. »Glücklich. All dieses Gerede von Therapie und Heilung und Medikamenten. Soll er doch schreiben! Soll er doch verrückt sein, mein Gott! Er kann den Kampf gegen sich selbst sowieso nicht gewinnen. Und wissen Sie, was? Es ist unmenschlich, jemandem einen Kampf aufzuzwingen, den er weder aufgeben noch gewinnen kann.«

Er ließ sich in den Sessel zurückfallen. Katinkas Blick glitt aus dem Fenster und prallte wenige Meter weiter an der nächsten Hauswand ab.

»Unmenschlich«, murmelte sie.

Veit nickte.

»Manches können wir nicht ändern. Sollen wir unsere Gefühle und unsere Lust und unsere Sehnsüchte von Tabletten oder durchgeknallten Psychologen manipulieren lassen? Sollen wir uns Ärzten anvertrauen, die festlegen, welches das richtige Gefühl für uns ist? Und den Pharmazeuten, die im Labor das Mittel der Wahl brauen, um damit den Jahresumsatz ihres Unternehmens zu verdoppeln?«

Katinka dachte an Dr. Thompson. Biochemie. Das richtige Zusammenspiel der Substanzen.

»Sie mögen missbilligen, wie ich lebe, Frau Palfy«, redete Veit weiter. »Es passt nicht in Ihr Weltbild. Männer, die in verschiedenen Schlafzimmern eine Schleife drehen, sind Ihnen zuwider. Akzeptiert. Aber mich gibt es dennoch, und es gibt noch ganz andere. Dafür sind wir eben mehrere.«

»Wie sieht Mariele das?«

»Das ist Marieles Problem«, sagte Veit.

»Nein. Es ist Ihres!«

»Eine Sache der Perspektive.« Veit versuchte es mit einem Grinsen, fasste dann an seine rote Wange und guckte schnell so ernst drein, wie er nur konnte.

»Testosteron«, sagte Katinka, »macht aggressiv. Sie haben sicher eine gute Dosis auf Lager.«

»Ich muss meinen Lebenswandel nicht vor Ihnen rechtfertigen.«

Katinka seufzte. Es war müßig, zu diskutieren. Irgendwie hatte er recht. Und irgendwie lag er fürchterlich daneben. Sie konnte nicht sezieren, wo die Betrachtungsweise knickte, und momentan war ihr das auch gleichgültig. Sie hatte keine Zeit für argumentative Spitzfindigkeiten. Sie hatte ihren Fall.

Im Auto rief sie Carla an. Hardo hatte sich nicht gemeldet, von Tom wussten sie nichts. Katinka sah auf die Uhr. Kurz nach drei. Ihr Magen knurrte.

Sie glaubte Veit. Sie mochte ihn nicht, aber sie glaubte ihm. Er hatte die Morde nicht begangen. Er war nicht der Typ, der sich die Hände schmutzig machte. Er wollte so viel Spaß wie möglich, ohne unangenehme Konsequenzen. Er war keiner, der sich für seine Überzeugung zu weit aus dem Fenster lehnte. Keiner, der bei Regen gerne nass wurde. Keiner, der sich der Gefahr aussetzte, in den Knast zu kommen. Ein Credo, das diese Dringlichkeit verlangen könnte, gab es für ihn nicht.

Damit schied er aus, und es blieben Charlotte Isenstein, Liz Thompson und Markus Isenstein. Und Ewald selbst. Und vielleicht Mariele.

Sie startete den Motor. Im Rückspiegel fiel ihr kurz ein dunkler Wagen auf, dessen Bamberger Kennzeichen ihr flüchtig bekannt vorkam.

# 22. Ewald Isenstein

Sie trafen sich wie abgemacht in Brittas Wohnung. Katinka stellte sich ans Fenster und fächelte sich Luft zu. Hitze und Panik machten ihr das Atmen schwer.

»Kommissar Superschlau hätten wir ausgetrickst«, verkündete Britta selbstzufrieden. »Wozu darf ich die Damen einladen? Vanilleeis mit roter Grütze? Oder lieber was Deftiges? Schinkenbrote?«

»Deftig«, bat Katinka und berichtete von ihrem Gespräch mit Veit.

»Wo er recht hat, hat er recht«, bestätigte Britta. »Und das wirft ein düsteres Licht auf Frau Doktor und ebenso auf Charlotte Isenstein.« Sie schnitt einen mächtigen Laib Landbrot an.

»Er liegt falsch«, widersprach Carla. »Er stellt seine Untreue und seine sexuellen Begierden auf eine Stufe mit Ewalds Krankheit.«

»Krankheit und Gesundheit sind eben nah beieinander«, entgegnete Britta.

»Auf einer Skala zwischen krank und gesund ist die Mitte sicherlich schwer bestimmbar«, nickte Carla. »Aber die Pole sind ziemlich gut auseinanderzuhalten.«

Katinka hockte sich auf Brittas Küchenbuffet.

»Egal. Vergesst ihn. Er war es nicht.«

»Dann hast du noch zwei Motorradfahrer im Angebot«, sagte Britta. »Frau Doktor und Markus.«

»Markus. Er hat Schulden. Wusstet ihr das?«

»Uups«, machte Britta. »Wie viel?«

»Die Bank hat ihm fünfhundert Mille zugesteckt.«

Carla und Britta starrten Katinka ungläubig an.

»Sieh an«, bemerkte Carla. »Ich wollte mal vierzigtausend für eine neue Werkstatt. Da lief nichts.«

»Du heißt nicht Isenstein«, ereiferte sich Britta. »Ich kann's mir denken. Mama hat gebürgt.«

»Aber was bringt es Markus, seinen Vater zu terrorisieren«, insistierte Katinka. »Finanziell, meine ich. Mein Gott. Ich habe schon wer weiß wie oft die gleichen Gedanken gesponnen. Nichts kommt dabei raus.«

»Es sei denn, Ewald Isenstein hat richtig Kohle und Markus würde das erben.«

»Er hat bescheidene Ersparnisse«, sagte Katinka. »so hat Hardo das ausgedrückt.«

»Bescheidene Ersparnisse? Die enden bei maximal zehntausend.« Britta öffnete ein Glas Cornichons und fing an, die Schinkenbrote zu verzieren.

»Also nichts, wofür es sich aus Markus‹ Sicht zu morden lohnt. Außerdem ist ja nicht Ewald ermordet worden.« Katinka sah zwanzig Fingern zu, die Brote schmierten und belegten. Tom. Wenn es nur irgendeinen Hinweis gäbe. Wenn sich jemand melden würde. Wenn. Wenn. Wenn.

»Liz Thompson kann Tom nicht entführt haben«, sagte Katinka. »Sie war in München. Und Markus hat kein Motiv.« Ihr fiel ein, wie Hardo gesagt hatte, Motive seien wichtig, aber manchmal müsse man umgekehrt anfangen.

Sie aß unter Brittas sanftem Drängen zwei Butterbrote und legte sich dann aufs Sofa, in der Hoffnung, Ruhe zu finden. Was nicht funktionierte. Ein Pyrotechniker veranstaltete ein Feuerwerk in ihrem Kopf. Sie rief Hardo an. Er wusste nichts zu berichten und versuchte, sie zu beruhigen.

»Wo sind Sie?«, fragte er argwöhnisch.

»Zu Hause.«

»Lügnerin.«

»Hardo, bitte, ich ...«

»Ich bin nicht so schwer von Kapee.«

»Könnte ich mit Sabine sprechen?«

»Sie hat frei.«

»Dann rufe ich sie zu Hause an.«

»Tun Sie das.«

Katinka stopfte sich Brittas geliebten Stoffseehund unter den Nacken und wählte Sabines Privatnummer. Ein Anrufbeantworter forderte sie blechern auf, eine Nachricht zu hinterlassen. Katinka bat um Rückruf, egal wann. Sie rutschte in einen unruhigen Schlaf, durchsetzt von gifttropfenden Träumen. Als sie schweißgebadet hochfuhr, saß Carla neben ihr.

»Ist gut, Katinka. Ist gut. Du hast nur geträumt.«

Die Wirklichkeit war noch mörderischer als der Traum.

»Hat jemand angerufen?«

»Nein.«

»Ich halte es nicht mehr aus.«

Carla sagte nichts.

»Wie schaffst du das?«, fragte Katinka.

»Ich weiß nicht. Habe ich ein Recht, zu jammern und zu klagen? Immerhin«, sie nahm Katinkas Hände in ihre, »habe ich ...« Sie sprach nicht weiter.

Ihn weggegeben, ergänzte Katinka im Geist.

»Das spielt keine Rolle«, sagte sie. »Was war, spielt keine Rolle. Nur das, was kommt. Wie spät ist es?«

»Kurz vor neun. Es wird gleich regnen. Die Schwüle ist kaum mehr zu ertragen.«

Katinka sah aus dem Fenster. Dicke Wolken schoben sich in Schichten über die Stadt. In der Ferne grollte der Donner.

»Wo ist Britta?«

»An ihrem Rechner. Sie schreibt. Es beruhigt sie, sagt sie.«

»Es sind jetzt sechsunddreißig Stunden.«

»Ich weiß.«

Schon beim ersten Klingelton sprang das Handy nachgerade in Katinkas Finger.

»Palfy?«

»Frau ... Frau Palfy?«

»Wer ist da?« Sie hörte ein Keuchen. Hart, wie das eines Läufers nach einem Sprint.

»Ewald Isenstein. Frau Palfy, bitte treffen Sie sich mit mir. Meine Frau ist nicht da. Ich muss mit Ihnen sprechen.«

Carla hielt ihr Ohr ganz nah neben Katinkas.

»Sie kümmern sich doch um die Briefe? Nicht wahr? Treffen Sie sich mit mir? Jetzt gleich?«

Nein, formte Carla mit den Lippen.

»Natürlich. Ich komme zu Ihnen.«

Carla schüttelte eindringlich den Kopf.

»Ich bin nicht zu Hause.«

»Wo sind Sie dann?«

»An der Schleuse beim Jahnwehr.« Ewald schnaufte wie ein Dampfross. »Ein Doppelgänger ist hinter mir her.«

»Ich komme.«

Katinka legte auf, stopfte das Handy in ihren Rucksack und sagte:

»Ewald braucht jemanden zum Reden. Ich treffe mich an der Schleuse Bamberg mit ihm.«

»Lass mich mitkommen.«

Doch Katinka schnappte sich schon Brittas Autoschlüssel und stürmte aus der Wohnung. Noch tapsig vom Schlaf zu ungewohnter Stunde und gleichzeitig bis zum Anschlag aufgedreht, setzte sie den Fiat mit kreischenden Reifen auf die Straße und raste los, fluchend, weil sie wegen der Brückenbaustelle einen Umweg fahren musste. Es wurde düster. Die Gewitterwolken sperrten das Abendlicht aus. Doppelgänger. Sie jagte parallel zum Main-Donau-Kanal über die verlassenen Straßen. Die Bäume und Büsche am Ufer tanzten in den Böen. Wer unterwegs war, hastete auf einen sicheren Unterstand zu.

Katinka ließ Brittas Wagen auf der Brücke stehen und sprang heraus. Die Schleuse lag im Dunkeln. Das Becken war randvoll mit schwarz schimmerndem Wasser. Neben den Sparbecken hinter dem Sperrzaun kämpften kreischend zwei Krähen. Grünlich schimmerte die Kanzel des Schleusenwartes in das Dämmerlicht. Weit hinten in der Biegung des Kanals im Süden konnte Katinka die Positionslichter eines Frachters ausmachen.

»Herr Isenstein, sind Sie hier irgendwo?«

Sie stand auf dem asphaltierten Platz hinter dem westlichen Schleusenturm. Fast die ganze Längsseite der Schleuse war umzäunt, Warnschilder hingen an den Metallgittern. Weit weg donnerte es. Langsam glitt der Frachter auf die Schleuse zu. Sehr langsam. Als zögere er. Katinka versicherte sich, dass ihre Pistole an Ort und Stelle war.

»Herr Isenstein?« Sie hatte wirklich keine Lust, zum Narren gehalten zu werden. Tom hatte zwei Tage und eine Nacht in der Gewalt eines Wahnsinnigen verbracht. Schon brach die zweite Nacht an. »Herr Isenstein? Sind Sie hier?«

Die Windstöße kräuselten das Wasser. Laub zappelte im Schleusenbecken. Es war bis zum Rand gefüllt. Das Schiff würde einfahren können. Katinka blickte zu der Ampel am südlichen Ende hinüber.

»Frau Palfy, da sind Sie ja!«

Ewald Isenstein wuchs hinter Katinka aus dem Boden. Sie fuhr herum und verbiss sich den Reflex, zur Waffe zu greifen.

»Guten Abend«, sagte sie außer Atem. »Sie wollten

mich sprechen?« Ich rede, als säße ich hinter meinem Schreibtisch. Hinter meinem sicheren Schreibtisch.

»Er ist mir gefolgt.« Ewald Isensteins knochige Knie ragten weiß in die Dämmerung.

»Wer?« Sie sah sich um. »Ich sehe niemanden.«

»Er hält sich versteckt.« Ewald fuhr sich über die Stirn. Er lächelte, ein schiefes, hässliches Lächeln. »Möchten Sie?« Er zog eine Flasche aus der Innentasche seiner Windjacke. Sein Messwein. »Mein kleines Teufelchen«, flüsterte er und entkorkte die Flasche.

»Danke, für mich nicht. Herr Isenstein, wie sieht der Doppelgänger aus?«

Katinka kam ein Gedanke. Ein garstiger Gedanke. Er flog heran wie ein Habicht.

»Er ist groß und trägt einen Umhang und«, Ewald brach ab und trank, »er ist gefährlich!« Er senkte die Stimme. »Gefährlich«, wisperte er.

Katinka sah sich um. Das Schiff war nun beinahe beim Schleuseneingang. Es schien, als verharre es in Wartestellung. Sie drehte den Kopf zur Schleusenkanzel. Ein Fenster war gekippt.

»Haben Sie Geld, Herr Isenstein?«, fragte Katinka. »Geld, von dem niemand etwas weiß?«

»Meine Frau bezahlt Sie doch!«, flüsterte Ewald.

In der Schleusenkanzel schlug das Fenster zu.

»Das ist schon in Ordnung«, beruhigte Katinka. »Aber ich denke an die anonymen Briefe. Will jemand Geld von Ihnen?«

Ewald sah verwirrt drein.

»Er läuft mir nach. Das ganze Wochenende schon.«

»Deswegen wollten Sie mit mir sprechen?«

Sie hörten ein Knacken, drüben im Hain. Der Rettungsring an der Schleusenmauer vibrierte im Wind. Ein Blitz zuckte. Donner folgte, sehr fern.

»Ja. Meine Frau glaubt mir nicht. Sie verstehen mich.« Ewalds Lächeln wurde freundlicher.

»Was tut Ihr Doppelgänger? Und wer ist er?«

»Möchten Sie?« Er hielt ihr die Flasche hin. Seine Hand zitterte so sehr, dass die Flasche vibrierte.

»Danke, bei der Arbeit muss ich nüchtern sein.« Sie tastete nach der Pistole, nur so. »Ihr Doppelgänger hat Sie verfolgt?«

»Er kann ins Haus.«

»Hat er einen Schlüssel?«

Dazu wollte Ewald nichts sagen. Er drehte sich um und starrte zu den Vorhaltebecken hinüber.

»Kennen Sie seinen Namen?«

»Natürlich nicht! Er ist halb nackt.« Isenstein lachte. »Und er hat diesen Umhang drüber.«

Wieder schlug das Fenster in der Kanzel. Warum schließt der da oben das Fenster nicht, bei dem Wind, dachte Katinka, wandte sich von Ewald ab und spähte am Schleusenturm hoch. Als sie sich wieder umdrehte, erblickte sie im Bruchteil einer einzigen Sekunde eine hoch aufgerichtete Gestalt, einen wallenden Umhang. Sie stürzte vornüber. Schmerz schoss durch ihren Körper. Dann wurde alles schwarz.

Die Ohnmacht mochte eine Stunde gedauert haben oder auch nur wenige Augenblicke. Katinka schlug die Augen auf und sah sich um. Ewald Isenstein war verschwunden. Das Frachtschiff glitt in die Schleuse.

Katinkas Knie pochten. Sie war auf die noch nicht verheilten Wunden gefallen. Blut drang durch ihre Hosen. Sie stützte sich auf die Hände und richtete sich auf. Ihr wurde übel, ihr Hals fühlte sich taub an. Sie tastete mit den Fingern darüber. Freundlicherweise hatte er ihr nicht den Schädel eingeschlagen, sondern sie mit einem gezielten Hieb auf die Halsschlagader ausgeschaltet.

Ewald. Ewald?

Das Schiff tastete sich sorgsam in die Schleuse hinein. Ganz leise, wie ein Geist. Es war beinahe so breit wie das Schleusenbecken. Drohend ragte der Bug über der Wasseroberfläche auf.

Katinka zog ihre Waffe und rannte zu dem Metallzaun hinüber, der die Plattform zum Becken hin abschloss. Ein violetter Fetzen hing an den Spitzen. Grell jagte ein Blitz durch die Nacht. Noch bevor der Donner rollte, sah Katinka Ewald Isenstein. Er trieb leblos im Schleusenbecken. Wenige Meter vom Bug des Schiffes entfernt.

»Ewald!«, brüllte Katinka. Sie starrte zur Schleusenkanzel hinauf. »Hallo! Hilfe!« Sie kletterte über den Zaun. Wohin mit der Waffe. Nicht hinlegen. Wer auch immer mich niedergeschlagen hat, er könnte in der Nähe sein.

Katinka ließ die Waffe auf den Beton fallen und sprang in das Schleusenbecken. Sie ging unter, schwarz und eiskalt schlug das Wasser über ihr zusammen. Im Reflex kniff sie die Lider zusammen. Ich kann schwimmen, mahnte sie sich. Sogar sehr gut. Ich habe nur Angst, weil das Schiff so nahe ist.

»Vorsicht«, schrie sie, als sie auftauchte und brackiges Wasser ausspuckte, »da schwimmt ein Mann im Wasser!«

Ihr war, als müsse sie nur die Hand ausstrecken, um den Anker zu berühren. Einen riesenhaften Anker, der über ihr aus seinem Schlund herausragte, ihr im grellen Licht des nächsten Blitzes entgegensprang wie die berühmte Faust aus der Mogelpackung. Katinka erreichte Ewald Isenstein mit zwei energischen Zügen. Er trieb reglos im Wasser.

»Ewald!«, brüllte sie. Sie drehte ihn auf den Rücken. Packte ihn unter dem Kinn, hielt sein Gesicht über Wasser und schleppte ihn ab, wie sie es vor Jahren für den Rettungsschwimmer geübt hatte. Aber sie kam nicht weit. Sie hatte zu wenig Platz zwischen Schleusentor und Schiff. Kurz lotsten ihre Gedanken sie in die Tiefe des Schleusenbeckens. Mehr als zehn Meter. Nicht denken. Ewald war schwer und schlaff. Nicht so geschmeidig zu dirigieren wie die Vereinsfreunde, die beim Training die Ertrinkenden mimten. Sie stieß sich den Kopf am Tor. Brutal drückte das Wasser sie dagegen. Über ihr der Schiffsbug. Der zerquetscht uns, dachte Katinka. Sie kam nicht zum Beckenrand. Nicht so schnell, denn Ewalds Körper blockierte jede schnelle Bewegung. Wie ein übergroßes Fahrzeug dümpelte sie mit Ewald manövrierunfähig im Wasser. Sie würde ihn alleine nicht aus dem Wasser kriegen. Wenn sie ihn losließe, würde er zwischen Schiffswand und Beckenmauer zermalmt werden oder untergehen.

Von weither hörte sie Stimmen, aufgeregt und eilig. Licht flammte auf.

»Hilfe!«, schrie Katinka und verbrauchte all ihre Luft dabei. Wie eine Anfängerin. Sie ging unter, während Ewald plötzlich lebendig wurde und mit den Armen ruderte. Schluckte Wasser.

»Hilfe!«, gurgelte Katinka, als sie wieder hochkam. Greller Blitz, Donner. Viele Leute am Sperrzaun. Ewald versetzte ihr einen Tritt. Die ungeahnte Kraft der Ertrinkenden, vor der immer gewarnt wurde. Sie ziehen euch runter, hörte Katinka den Schwimmtrainer, klammern sich an euch und ihr ertrinkt mit ihnen. Alles steht und fällt mit der richtigen Schlepptechnik.

Das Wasser um sie her schäumte, als habe jemand einen gigantischen Mixer in die Schleuse gesteckt. Sie ließ Ewald mit einer Hand los und versuchte, sich an dem Schleusentor festzuhalten, aber da gab es nichts, woran ihre Hand Halt finden würde. Sie versuchte es, rutschte ab. Versuchte es noch mal. Ewald würgte und hustete, ging ein Stück unter. Sie packte ihn an der Schulter und hielt ihn über Wasser. Alles falsch, ganz falsch. Sie hörte etwas brüllen. Schiffsmotoren. So laut. So brutal. So nah. Das schwarze Wasser blubberte.

»Hier rüber!« Jemand stand an der Eisenleiter, die an der Querseite in das Becken führte. »Geben Sie mir Ihre Hand.«

Sie sah einen Mann, ein Blitz im Hintergrund ließ die Polizeimütze aufleuchten. Katinka umklammerte Ewalds Hemdkragen. Im nächsten Moment hatte jemand sie selbst am Schlafittchen. Sie wurde hochgezogen. Kräftige Arme griffen nach Ewald. Verloren ihn. Er fiel zurück ins Wasser. Ein Polizist sprang ihm nach. Hievte ihn aus dem Wasser. Ein anderer half Katinka über den Zaun. Sie beugte sich vor und spuckte Wasser. Es schmeckte nach Maschinenöl. Der Wind fiel über sie her. Jemand kam mit einer Decke.

»Katinka!« Sabine Kerschensteiner hockte sich neben sie auf den Beton. Vertraut. Warm wie ein Ofen.

»Wo kommst du denn her«, murmelte Katinka.

»Ich habe es auf deinem Handy versucht. Ich sollte dich doch zurückrufen. Aber du gingst nicht ran, also fragte ich beim Chef nach, und der hatte gerade einen Anruf von deiner Schwiegermutter bekommen.«

»Von *wem*?«

»Von mir.« Carla kniete sich neben Katinka. Sie strich ihr das nasse Haar aus der Stirn. »Ich habe Uttenreuther angerufen, nachdem du losgefahren bist. Ich hatte Angst.«

»Meine Waffe!«

»Hier.« Sabine hielt ihr die Beretta hin.

Erleichtert strich Katinka über das Metall.

»Was ist mit Ewald?«

»Der Notarzt kommt gerade.«

Blaulicht zerschnitt die Nacht, im Wettstreit mit den Blitzen am Himmel. Es war nun dunkel, so tintenschwarz wie das Wasser in der Schleuse. Katinka rappelte sich hoch. Ewald lag auf dem Beton, das Hemd aufgerissen. Ein Polizist gab Herzdruckmassage. Katinka sah hoch. Da stand Hardo, die grauen Augen glühend auf Katinka gerichtet.

»Hardo! Gott sei Dank sind Sie hier! Ich habe Ewald nicht allein aus dem Wasser gekriegt.« Sie begann zu schluchzen. Das riesige, schwarze Schiff. Immer noch sah sie den Bug über sich, und den Anker, diesen riesigen Anker.

»Ihre Standpauke kriegen Sie noch!«, schnaubte Hardo. »Aber erst setzen Sie mich in Kenntnis. Und zwar dalli.«

»Ewald wollte sich mit mir treffen«, begann Katinka und taumelte ein paar Schritte. Da lag Ewald, und da kämpfte immer noch der nasse Polizist um sein Leben. Der Notarzt stürmte herbei. Hardo packte Katinka am Arm und zog sie weg. Die Decke rutschte ihr von den Schultern. Fast schien es, als bemerke der Kommissar erst jetzt, wie nass sie war. Er winkte Sabine.

»Kerschensteiner, holen Sie was Trockenes zum Anziehen für die Frau Detektivin«, befahl er. Er wandte sich an Katinka. »Haben Sie Ihren Wohnungsschlüssel parat?«

»Im Auto.«

»In dem Fiat, den Sie verkehrswidrig mitten auf der Fahrbahn abgestellt haben?«

»In dem.«

»Also, Kerschensteiner, fahren Sie in Palfys Wohnung und besorgen Sie was Warmes zum Anziehen und einen heißen Tee. Nein. Kaffee.«

Sabine warf Katinka einen Blick zu und ging.

»Ewald war verwirrt«, fuhr Katinka fort. Die Windböen kamen schärfer. Der Donner rückte näher, aber es kam kein Tropfen Regen. »Er behauptete, ein Doppelgänger sei hinter ihm her. Dann wurde ich ausgeknockt. Vielleicht eine halbe Minute lag ich auf dem Boden. Als ich aufwachte, sah ich das Schiff. Es hatte sich nur ein paar Meter bewegt. Ich wusste nicht, ob Ewald mich niedergeschlagen hatte. Ich hatte ihn für Momente aus den Augen gelassen. Dann sah ich ihn im Wasser treiben. Und das Schiff kam näher. Und ...« Sie stockte und presste die Lippen zusammen. Der Notarzt machte sich an Ewald zu schaffen.

»Wer hat Sie niedergeschlagen?« Hardo strich mit dem Finger über Katinkas Hals. »Das wird schön blau. Also: Wer?«

»Ich w...weiß nicht«, sagte sie. »Aber ich vermute ...«

Sie redete und Hardo hörte ihr zu. Schließlich winkte der Kommissar einen Kollegen herbei. Sie sprachen kurz. Katinka verstand sie nicht, der Wind schluckte die Stimmen. Sie lauschte tief in sich hinein. Es gab nur diese Lösung. Nur sie war logisch. Durch und durch logisch. Sie war so trivial, dass sie einfach zutreffen musste, auch wenn sich alles in Katinka gegen diese Lösung wehrte. Nicht Liebe war das Motiv. Nicht Hass. Keine Ideologie und keine moralische Überzeugung. Trivial eben. Katinka ging zu Carla hinüber.

»Carla?«

»Hm?«

»Wenn du zwei Leute niederschlägst und einen ins Wasser wirfst, wenn dann die Polizei kommt – was würdest du tun?«

»Abhauen.«

»Wohin?«

»Jedenfalls nicht nach Hause«, murmelte Carla.

»Aber wohin dann!«

»Vielleicht gibt es einen Ort, an dem ich mich sicher fühle, und den nur ich kenne?«

»Vielleicht.« Katinka sah in die Ferne und beobachtete die Blitze, die sich gespenstisch auf dem Kanal spiegelten. Es müsste ein Ort sein, an dem man auch noch einen anderen gefangen halten konnte. Hardo kam zurück. Er sah Katinka einen Augenblick an und sagte hart:

»Der Schleusenwart liegt mit eingeschlagenem Schädel dort oben in seiner Kanzel. Er hat das Schiff noch abgefertigt, deswegen fuhr es in die Schleuse ein.«

»O mein Gott«, flüsterte Carla.

Katinkas Körper verkrampfte sich.

»Der vierte Mord?«

Hardo zog die Schultern hoch.

»Arithmetisch gesehen schon. Aber das passt nicht ins Bild. Da oben sieht es eher so aus, als habe der Angreifer den Mann vorübergehend außer Gefecht setzen, aber nicht gleich zu den Englein schicken wollen. Aber das Opfer hat sich gewehrt.«

Carla sah fragend von einem zum anderen, doch weder Katinka noch Hardo fanden Zeit, etwas zu erklären. Der Notarzt trat zu ihnen, seinen Koffer in der einen Faust, den Defibrillator in der anderen.

»Ich habe alles versucht«, sagte er erschöpft. »Aber es war nichts mehr zu machen. Ich tippe auf Herzstillstand. Der Schreck hat ihn umgebracht. Er ist nicht ertrunken.«

Er drehte sich um und ging.

»Ich hatte es vergessen«, sagte Hardo leise. »Scheiß Paris, ich habe einfach nicht daran gedacht.«

»Woran?«, fragte Katinka. Ihre Zähne schlugen aufeinander.

»Der Roman endet mit dem Tod des Protagonisten.«

»Der Mönch Medardus in den ›Elixieren‹ wird doch nicht umgebracht!«, widersprach Katinka.

»Nein. Er stirbt. Einfach so. An seelischer Erschöpfung

oder wie auch immer man das nennen will.« Hardo bohrte seine Hände tief in die Jeanstaschen. »Nachdem er seine Lebensbeichte aufgeschrieben hat. Dazu hat Isenstein keine Chance mehr bekommen.«

»Aber wenn der Mord an dem Schleusenwart nicht dazugehört, und Ewalds Tod kein Mord ist, dann hat der vierte Mord, den wir uns ausgerechnet haben, noch nicht stattgefunden.«

»Nein«, antwortete der Kommissar knapp und drehte sich weg. »Und der Mörder weiß noch nicht, dass Ewald tot ist.«

»Damit ist seine Reihenfolge durcheinandergeraten.« Und er kann sich denken, dass es nicht allzu lange dauern wird, bis wir hinter die Maskerade kommen, setzte Katinka in Gedanken hinzu.

»Hardo«, drängte sie und griff nach seinem Handgelenk. Seine riesige Hand legte sich warm über ihre.

»Ich weiß, Katinka«, sagte er. »Ich weiß. Aber wir tun alles, damit wir ihn rechtzeitig finden.«

# 23. Der vierte Mord

Sabine brachte kurz darauf eine Tasche mit trockenen Sachen für Katinka, T-Shirt und einen warmen Pullover, Jeans, Wäsche. Sogar an Socken und Schuhe hatte sie gedacht.

»Was anderes habe ich so schnell nicht gefunden«, entschuldigte sie sich, als sie die dicken Wanderstiefel hochhielt.

Das war Katinkas geringstes Problem. Dankbar kroch sie in Brittas Auto und zerrte sich die nassen Sachen vom Leib. Ihre Hände zitterten so sehr, dass sie lange brauchte, aber es gab ohnehin genug, worüber sie nachdenken konnte. Sabine hatte den Motor angestellt und die Heizung aufgedreht. Die warme Luft tat gut, reichte aber bei Weitem nicht aus, um Katinka aufzuwärmen. Ein Lauf wäre jetzt das Richtige, dachte sie, während sie die nassen Klamotten zu einem Haufen rollte und auf die Fußmatte warf. Nie war sie so glücklich über trockene Sachen gewesen wie gerade jetzt. Als sie endlich alles angezogen hatte, ausstaffiert wie für eine Gipfeltour, kroch sie aus dem Auto. In der Ferne rumorte mürrisch der Donner. Sie schauderte. Obwohl der Wind schwüle Luft verwirbelte, hatte sie das Gefühl, in einer Tiefkühltruhe zu sitzen. Rasch schnallte sie ihre Waffe fest, steckte ihr Handy in die Jeanstasche. Sie sah sich nach Carla um. Die stand ein paar Meter neben Ewalds Leiche. Gerade fuhr ein Bestattungswagen herbei. Katinka hatte schon oft die einfachen Särge gesehen, in denen Mordopfer weggebracht wurden. Jedes Mal hakte sich erst in diesem Moment die Erkenntnis fest, dass ein Leben zu Ende gegangen war. Charlotte Isenstein kam ihr in den Sinn, sogar Dr. Thompson. Ihr Starpatient war nicht mehr.

»Carla?«

»Katinka, bist du o.k.?« Carla tupfte sich verschämt die Augen.

»Wo ist Britta?«, fragte Katinka.

»Nachdem ich Uttenreuther angerufen hatte, haben wir uns zwei Fahrräder von den Nachbarn geliehen und kamen hierher.«

Katinka holte scharf Luft.

»Ihr seid zusammen gekommen?«

»Ja, über den Radweg unten am Kanal!« Carla starrte Katinka entgeistert an. »Wo *ist* Britta, Katinka? Sie war die ganze Zeit vor mir, aber kurz vor der Schleuse fiel sie plötzlich zurück. Sie rief mir von hinten noch zu: ›rechts halten‹, aber ich hatte die Schleusentürme schon gesehen. Ich trat einfach in die Pedale.«

Katinka drehte sich um und rannte über die Brücke, vorbei an den verdutzten Polizisten. Das Frachtschiff dümpelte noch in der Schleuse. Ein Boot der Wasserpolizei ankerte flussabwärts am Kai. Katinka lief Richtung Kanal. Sie sah die breiten Steinstufen, die die ganze Böschung bis zum Wasser hinunterführten. Schon von oben erkannte sie, was dort auf den Treppen lag: ein Fahrrad, das jemand nicht einfach nur achtlos fallen gelassen, sondern mit Kraftaufwand möglichst weit zur Wasserkante geschleudert hatte. Keuchend hastete Katinka über die Stufen. Im Schein der zuckenden Blitze sah sie nicht nur das verbogene Rad. Sie sah einen Schlüsselbund mit einer Bommel als Anhänger auf den Steinen liegen. Brittas Kerkermeisterschlüssel.

Katinka stürmte zurück zur Schleuse. Wie eine Hürdenläuferin setzte sie über das weiß-rote Absperrband und schrie:

»Hardo!«

Es gibt etwas in der menschlichen Stimme, hatte ihr Vater ihr einmal erklärt, das klingt nicht laut, nicht schrill, nicht warm oder kalt; es klingt nach Alarm. Wie der Angstschrei eines Tieres, das seine Artgenossen warnt. So ein Schrei kam aus Katinkas Hals, und alle drehten sich in ihre Richtung, ausnahmslos alle. Sie sah aus den Augenwinkeln, wie Bewegungen einfroren, Augen aufgerissen und Stirnen in Falten gelegt wurden. Uttenreuther kam sofort zu ihr herüber.

»Was!« Er packte ihre Schultern und schüttelte sie sacht.

»Brittas Fahrrad«, keuchte Katinka, »und ihr Schlüssel liegen unten auf den Treppen zum Kanal.«

Hardo setzte sich in Bewegung. Katinka lief ihm voraus. Ein paar Beamte folgten. Plötzlich krachte ein Donnerschlag ganz nah. Immer noch kein Regen, nur Wind, der den Staub aufwirbelte.

»Hier«, sagte Katinka.

Hardo stieg die Treppen hinunter, die Kriminaltechniker im Schlepptau. Polizisten kamen mit Lampen. Katinka hockte sich ein paar Meter weiter ins Gras. Sie ahnte, was man herausfinden würde. Britta war vom Fahrrad gestoßen worden. Jemand hatte ihr aufgelauert, hundert Meter von der Schleuse entfernt. Hatte sie k.o. geschlagen und weggebracht.

Denk nach, befahl sie sich. Denk verflucht noch mal nach. Zwei Menschen verschleppt. Fünf Menschen umgebracht. Beatrix Hanf. Den Mann im Luitpoldhain und seine Mutter. Den Schleusenwart. Ewald. Wo verkroch sich jemand mit dieser Visitenkarte?

Ein Anwalt kann ihm kaum mehr helfen, dachte Katinka. Der Täter kann nur noch sein Werk zu Ende führen, bevor wir ihn kriegen. Aber wo. Verdammt, alle heiligen Engel, wo?

Hardo kam die Treppen herauf.

»Wir haben keine Blutspuren gefunden, wenn Sie das beruhigt.«

»Wo hat er Britta? Und wo Tom?«

Hardo hielt sein Handy in der Faust und sagte:

»Königsberg, Schillerplatz oder Nonnenbrücke. Ich alarmiere die Kollegen.«

Katinka rannte zu Brittas Auto. Hardos erboste Palfy-Rufe verwehten im Wind. Sie würde nachher behaupten, sie hätte ihn nicht gehört. Carla stand an den Fiat gelehnt, und starrte ins Leere.

»Einsteigen«, keuchte Katinka. »Schnell. Schnell, verflucht! Wir fahren nach Königsberg!«

Carla widersprach nicht und fragte nichts. Sie sprang auf den Beifahrersitz. Katinka drehte den Schlüssel und wendete. Beinahe rammte sie die Polizisten, die vom Kanal heraufkamen. Ein Blitz beleuchtete Hardos wütendes Gesicht.

»Hier, nimm mein Handy. Hardo wird sich gleich melden.«

Schon schrillte das Telefon.

»Was soll ich ihm sagen?«, fragte Carla.

»Er wird schon selbst reden.«

Zweifelnd nahm Carla das Gespräch an und hörte eine Minute konzentriert zu.

»Er sagt, sie schicken Leute in Ewald Isensteins Haus nach Königsberg, außerdem zum Schillerplatz und in seine Wohnung an der Nonnenbrücke«, berichtete sie.

Katinka lenkte verbissen ihren Käfer über den Berliner Ring, hinter ihr Hardos Golf auf Tuchfühlung. Sie konnte sich nicht recht vorstellen, dass Tom und Britta nach Königsberg entführt worden waren. Nicht in einen offiziell angemeldeten Wohnsitz der Familie! Katinka würde später mit Liz Thompson darüber sprechen, wie es kam, dass das

Gehirn manchmal Antworten auf Fragen lieferte, bevor man sie stellte. Dr. Thompson würde über die Geheimnisse der zwischen den Schädelknochen eingepferchten weißen und grauen Masse referieren. Über Déjà-vus und andere Seltsamkeiten. In diesem Moment auf dem Berliner Ring, als Katinka Brittas Fiat wendete, die Reifen kreischen ließ und angesichts der polizeilichen Übermacht hinter ihr ihren Führerschein riskierte, stand die Antwort, nach der sie nicht gefragt hatte, deutlich vor ihr. Carla, grün um die Nase, sah Katinka entsetzt an.

»Was tust du!«

»Umdrehen«, sagte Katinka und fegte bei Dunkelgelb über die Ampel. Hupkonzerte. »Ich weiß, wo wir Tom und Britta finden.«

»Und wo?«

»Wähl bitte Hardos Nummer und gib mir das Handy!«

Gehorsam reichte Carla das Telefon herüber.

»Hardo?«

»Palfy, Sie bringen mich in Schwulitäten. Ihre Lizenz können Sie bei der nächsten Altpapiersammlung abgeben, die Fahrerlaubnis inbegriffen.«

»Passen Sie auf, Kommissar. Ich glaube, ich weiß, wohin Tom und Britta verschleppt worden sind.«

»Ach nein«, kam es schneidend von Hardo, begleitet von einem gewaltigen Donnerschlag.

»Hören Sie mir zu!« Sie bog mit quietschenden Reifen in die Starkenfeldstraße Richtung Innenstadt. Trimmte den Fiat auf hundertzwanzig und brauste an der Polizeidirektion vorbei. »Die Isensteins besitzen einen kleinen Garten am Unteren Stephansberg. Sie kennen doch diese Terrassengärtchen. Steil und dunkel. Ich war mal in einem. Dort gab es einen Keller. Platz, um jemanden einzusperren.«

Stille. Mindestens zehn Sekunden.

»Verstehe«, sagte Hardo. »Wir kommen.«

»Er versteht schneller als ich selbst«, murmelte Katinka. Sie raste über die Kreuzung am Schönleinsplatz, schnitt die Kurve so rasant, dass ihr das Telefon aus der Hand fiel. Hardo hatte sie längst abgehängt. Das leuchtende Rot der Ampel an der Schranne missachtete sie und steuerte den Wagen in die schmale Mündung des Kaulbergs. Erst hier in dem Gassengewirr bemerkte sie, wie tief die Wolken über der Stadt hingen.

»Mein Gott, wo sind wir hier!« Carla klammerte sich am Sitz fest. Der Wagen ratterte über das Kopfsteinpflaster.

»Achtung!«, rief Katinka und jagte den Berg hinauf, gegen die erlaubte Fahrtrichtung. Der entgegenkommende Wagen hupte dröhnend. Katinka drückte aufs Gas. Carla kurbelte ihr Fenster herunter und schrie hinaus:

»Notfall!«

Katinka hätte gerne gelacht, so skurril kam ihr das alles vor. Sie bog nach links in den schmalen Ausläufer des Stephansberges ein und hielt. Das Sträßchen war so eng, dass weder sie noch Carla die Autotüren ganz öffnen konnten, wenn sie nicht gegen die Mauern rechts und links stoßen wollten.

»Siehst du die Türen in der Mauer?«, flüsterte Katinka, während sie ihre Waffe zückte. »Sie führen in die Gärten hinein.«

Carla berührte zweifelnd die Holztüren. Von einigen blätterte die Farbe ab.

»Sieht heruntergekommen aus«, sagte sie leise.

»Passt nicht zu Isensteins, oder?« Katinka näherte sich der ersten Tür. Betrachtete Schloss und Schwelle aufmerksam. Ging eine Station weiter. Schließlich blieb sie stehen.

»Hier«, wisperte sie und deutete auf die Türkante.

»Siehst du das Stofffetzchen? Violett. So einen Umhang hat Ewalds angeblicher Doppelgänger getragen.« Sie hörte Carla scharf einatmen. »Gut, dass die Tür so schlecht gestrichen ist und man an der rauen Oberfläche hängen bleibt«, murmelte Katinka.

»Willst du nicht lieber auf die Polizei warten?«

»Dort drinnen sind Tom und Britta. Jede Sekunde zählt. Und wenn ich mich getäuscht habe, ist sowieso alles egal.«

Ich habe mich nicht getäuscht, dachte Katinka. Dieser marode Garten ist die einzige Chance für Ewalds Doppelgänger. Verlassen, weil sich niemand darum kümmern will. Kaum Zeugen.

Sie begann, mit dem Dietrich im Schloss zu orgeln. Ein sehr altes, hinfälliges Schloss. Im Widerschein eines Blitzes sah sie weiß ihre Hand. Die Tür sprang auf.

»Geh in den Wagen. Bring dich in Sicherheit.«

Katinka gab Carla einen kleinen Stoß gegen die Rippen und trat durch die Tür. Modergeruch. Feuchter, satter Modergeruch. Kalte Luft, die ihr um die Nase wehte. Sie hatte kaum Platz, sich umzudrehen. Direkt vor ihr gab es eine andere Tür. Klein, geduckt. Der Eingang zum Keller. Sie lauschte angestrengt. Nichts zu hören, nur das Donnergrollen, näher jetzt, aber noch nicht bedrohlich. Als ließe das Gewitter sich Zeit, weil seine Beute ihm sicher war.

Langsam drückte sie die Tür auf. Sie kreischte in den Angeln, dass es in den Ohren schmerzte. Vorsicht mit der Waffe, mahnte sie sich. Ich könnte den Falschen treffen. Sie zwang sich, nicht nach Tom und Britta zu rufen. Lenkte all ihre Kraft auf das Spüren. Schnüffelnase, das fiese Wort, das sie verabscheute, bekam jetzt seine ehrenvolle Bedeutung. Jetzt galt es, die Nase zum Kompass zu machen.

Sie trat in den Keller, in einen engen, niedrigen Raum. Blind tastete sie sich vorwärts. Stieß gegen eine Wand.

Steckte die Beretta ins Holster und fühlte mit beiden Händen über den Stein. Eine kalte, feuchte Mauer. Ihr Mut sank. Wenn es hier nicht weiterging, dann hatte sie sich getäuscht. Dann gab es hier keinen Keller, wo jemand versteckt sein könnte. Sie berührte Holz. Eine Tür. Keuchend ertasteten ihre Finger die obere Kante, fuhren daran entlang bis zur Ecke, glitten nach unten. Wieder ein Schloss. Ein Vorhängeschloss. Verdammt, dachte Katinka. Sie griff nach dem Dietrich. Hinter der Tür regte sich etwas. Tom. Panische Gedanken zuckten durch ihren Kopf, gleichzeitig so voller Hoffnung und wieder voller Angst, die Hoffnung könne enttäuscht werden.

»Tom?«, rief sie leise. »Tom!«

Sie hielt den Atem an. Deutlich hörte sie ein Klopfen. Ihre Finger zitterten, als sie sich an dem Schloss zu schaffen machte. Donner grollte. Blitze zuckten. Grell leuchteten sie über die Mauer. Katinka erschrak vor ihrem eigenen Schatten. Dann wurde es dunkel, und als sie sich umdrehte, wusste sie, weshalb.

Ein Mann in einem Umhang lehnte dort, etwas Schweres in der erhobenen Hand.

»Herr Isenstein«, krächzte Katinka, bevor der Hammerfäustel niederkrachte. Sie sprang ein Stück tiefer in den engen Kellerraum. Zog die Waffe, als das Werkzeug ihren Unterarm traf. Der Schmerz raste glühend bis in ihre Schulter. Die Pistole sprang davon, Katinka hörte das Metall über den Boden schleifen. Sie schrie auf und warf sich gegen Markus Isensteins Beine. Er war standfest. Schwankte nicht einmal. Hob den Fäustel.

»Nicht!«, schrie Katinka, robbte zurück und lehnte sich gegen die verschlossene Tür. Nur eine Idee. Los. Schlag zu. So fest du kannst. Schlag zu.

Der Fäustel raste auf sie nieder. In letzter Sekunde warf Katinka sich zur Seite. Holz splitterte.

»Tom!«, schrie sie. »Britta!«

Draußen tönten Schritte, Hardo musste gekommen sein. In dem engen Eingang hätten er und seine Leute Probleme, sich schnell ein Bild der Lage zu machen. Katinka richtete sich halb auf, während Markus Isenstein die Faust aus der gesplitterten Tür zog. Blut tropfte auf den Boden. Katinka schrie gellend, als sie zur Tür sprang, die nach draußen führte. Dorthin, wo ihre Pistole liegen musste. Markus Isenstein war schneller und kräftiger. Er wusste, dass er verloren hatte, und deshalb kämpfte er. Er packte Katinka am Genick und schleuderte sie in den engen Raum zurück. Seine Hand legte sich auf ihren Kehlkopf und drückte zu. Sie sah, wie er langsam den Arm hob. Der Fäustel schwebte über ihrem Kopf. Sie wehrte sich gegen die Atemnot. Trat mit den Füßen. Packte Isensteins Unterarm mit beiden Händen. Von draußen hörte sie Rufe. Dunkle Kreise drehten sich in ihrem Kopf. Dann wirbelten rote Punkte. Der Fäustel krachte herunter. Sie sah ihn in Zeitlupe auf sich zukommen, zappelte, riss sich ein Stück los, drehte den Kopf. Markus Isenstein geriet ins Straucheln. Das Werkzeug rammte direkt neben ihr in die Mauer. Streifte ihr Ohr. Sie spürte warmes Blut ihren Hals hinunterrinnen.

Licht blendete sie. Jemand packte ihren Peiniger und zerrte ihn weg. Katinka sank zu Boden, nur für einen Augenblick. Auf allen vieren sitzend rang sie nach Luft. Dann richtete sie sich auf, schwindelig, tastete sich zu der zersplitterten Tür. Neben ihr tauchte ein Polizist auf. Er trug dicke Handschuhe und knickte die Holzsplitter beiseite. Zwei Hände ragte zu ihr heraus. Zwei Hände, die sie unter allen Menschenhänden dieser Welt erkennen würde. Gefesselt, aber dennoch: Toms Hände. Katinka schlüpfte durch das Loch, gefolgt von dem Polizisten. Er leuchtete ihr. Tom lehnte an der Mauer. Kniff die Augen gegen das plötzliche Licht zusammen. Sein Mund war mit braunem Packband verklebt. Sie riss es weg. Er schrie vor Schmerz.

Alles, was geschah, verwirbelte in Katinkas Gedächtnis zu einem Brei aus Rufen, Erleichterung, Tränen und vielen, sehr vielen Worten, die versuchten zu erklären, was niemand von ihnen verstand.

Der Polizist rief nach einem Messer.

Hardo stürmte herein und schnitt Tom die Fesseln auf.

Sabine Kerschensteiner drängte an ihnen vorbei und kümmerte sich um Britta.

Carla tauchte auf.

Katinka legte die Arme um Toms Hals und kuschelte sich an ihn.

Donner krachte sehr nahe.

Tom fragte irrsinnigerweise, wie es Katinka ginge.

Britta fing an, wie ein Wasserfall zu reden.

Tom barg sein schmutziges Gesicht in Katinkas Haar.

Britta baute sich hinter Katinka auf:

»Du weißt, dass du keinen besseren kriegen kannst, oder?«

Ein Blitz zuckte.

Hardos graue Augen flackerten eisig.

Draußen setzte Regen ein.

Katinka massierte Toms taube Finger. Das Rauschen des Regens dröhnte in ihrem verletzten Ohr.

Jemand kam und desinfizierte die Wunde.

Und Carla, die Tom und Katinka in die Arme nahm und an sich drückte, stellte die einzig interessante Frage an diesem Abend:

»Warum?«

Die beiden Silben wurden vom folgenden Donnerschlag überrollt.

# Epilog

**Ich weiß, daß vielleicht noch im Tode der Widersacher Macht haben wird, den sündigen Mönch zu quälen, aber standhaft, ja mit inbrünstiger Sehnsucht erwarte ich den Augenblick, der mich der Erde entrückt, denn es ist der Augenblick der Erfüllung all dessen, was mir im Tode verheißen. Bitte – bitte für mich, o heilige Jungfrau, in der dunklen Stunde, daß die Macht der Hölle, der ich so oft erlegen, nicht mich bezwinge und hinabreiße in den Pfuhl ewiger Verderbnis![6]**

Ein paar Tage später fuhr Katinka zum Klinikum, um Elvira Hanf zu besuchen. Es würde nicht die schönste Aufgabe werden, ihr zu berichten, wer ihre Nichte auf dem Gewissen hatte, und warum das alles geschehen war, aber wenigstens sollte Elvira es auf einfühlsame Weise erzählt bekommen.

Katinka ging auf das Hauptportal zu. Sie wollte gerade zur Anmeldung gehen und nach Elvira fragen, als sie ihren Namen rufen hörte. Sie spähte über den Platz vor der Klinik. Elvira Hanf saß im Schatten in einem Rollstuhl und winkte Katinka zu. Neben ihr auf der Bank saß Hardo, eine Hand auf dem Griff des Rollstuhls, in der anderen einen Becher Kaffee. Klopfenden Herzens ging Katinka auf sie zu.

»Hallo zusammen!«, sagte sie und lachte. »Was für ein Zufall.«

Hardo zog die Augenbrauen hoch.

»Es gibt keine Zufälle, Katinka«, sagte er, während er aufstand und sie auf die Wange küsste. »Wie geht es Ihrem Arm?«

»Alles in Ordnung. Gebrochen ist ja nichts. Nur der blaue Fleck sieht nicht so hübsch aus.«

»Blauer Fleck ist Schönfärberei«, murmelte Hardo und

[6] E. T. A. Hoffmann, Die Elixiere des Teufels. Seite 320.

wies auf die schwarzviolette Stelle, wo Markus Isensteins Hammerfäustel abgeprallt war. »Und das Ohr hat er Ihnen auch beinahe abgerissen.«

Das war nun wirklich übertrieben. Katinkas Ohrmuschel leuchtete inzwischen weniger blau als vielmehr gelblich grün. Doch im Vergleich mit Elviras Fußverletzung war das alles nur ein Klacks.

Katinka drückte Elvira die Hand. Sie sah sehr blass aus. Bestimmt war sie immer schlank gewesen, doch nun schlotterten T-Shirt und Jogginghosen erbärmlich an ihrem mageren Körper.

»Wie schön, dass Sie kommen«, sagte Elvira Hanf.

»Wie geht's Ihnen?«, fragte Katinka und deutete auf Elviras Fuß, der hochgelagert auf einem Polster ruhte.

Hardo rutschte ein Stück, damit sie sich setzen konnte.

»Ich bin dreimal operiert worden«, sagte Elvira. Ihr Blick war hart. »Das zehrt. Aber die Ärzte behaupten, der Fuß wird wieder funktionsfähig. Mit viel Physiotherapie, Geduld und Schmerztabletten.« Sie sah zu Hardo hin. Er nickte ihr zu.

Aha, dachte Katinka. Ich möchte wetten, dass die Anwesenheit eines gewissen Herrn Kriminalhauptkommissars dazu beitragen wird, Physiotherapiestunden und Schmerztabletten um einiges zu verringern.

»Möchten Sie einen Kaffee, Palfy?«, fragte Hardo.

»Gern.«

»Sie auch noch?«

Elvira nickte und reichte ihm ihren leeren Becher. In ihren Augen glitzerte ein Lächeln. Kurz. Schüchtern und sehr vorsichtig.

»Hat Hardo Ihnen schon berichtet?«, fragte Katinka, während der Kommissar zur Cafeteria ging.

»Es ist so sinnlos. Was für ein Mensch ist jemand, der so etwas tut.«

»Ich weiß nicht«, sagte Katinka.

»Er hat es nur wegen des Geldes getan.« Elvira schüttelte den Kopf.

»Ja. Ewald Isenstein hatte Geld für seinen Sohn auf einem Nummernkonto in Österreich geparkt. Eine Wiedergutmachung für den Sohn, den die Mutter nie wirklich geliebt hat.«

»Als könnte Geld die Liebe ausgleichen.«

»Ewald hatte nie die Kraft, sich für Markus starkzumachen. Schon als Markus ein Kind war, wurde die Tochter immer bevorzugt.«

»Und niemand wusste von diesem Nummernkonto?«

Katinka schüttelte den Kopf.

»Niemand. Nicht einmal Markus, bis er eines Tages in den Schriften seines Vaters herumwühlte. Ewald ließ sich in seiner blumigen Schreibweise darüber aus, dass Markus nach seinem, also Ewalds Tod, dieses Geld bekommen sollte. Er hat ohne das Wissen seiner Frau bei einem Notar alles geregelt.«

Elvira seufzte.

»Markus Isenstein brauchte das Geld aber schneller.«

»Genau. Luxuriöse Hobbys und kaum eigener Verdienst. Dazu die finanzielle Abhängigkeit von seiner Mutter.« Katinka musterte Elviras verbundenes Bein. »Markus suchte eine Möglichkeit, Ewald in den Selbstmord zu treiben. Deshalb schrieb er die Briefe. Deshalb tötete er erst Beatrix und dann die beiden anderen. Er hatte alles akribisch geplant.«

»Das ist so unglaublich«, sagte Elvira tonlos. »So ... verrückt.«

»Markus ist ganz eindeutig viel verrückter als sein Vater«, nickte Katinka. »Nur rechnete er nicht damit, dass seine Mutter eine Detektivin einschalten würde.«

»Deswegen schoss er auf Sie.«

»Ja. Er klaute Kroll das Jagdgewehr in der Absicht, dass aller Verdacht auf den schrulligen Ex-Kollegen fallen würde. Ich traf ihn am Donnerstag wie zufällig in der Austraße. Das war kein Zufall. Er klebte mir an den Fersen.« Sie fragte sich, ob Markus bemerkt haben konnte, dass sie in seine Wohnung und sein Büro eingedrungen war; und wie er es geschafft hatte, das Dichtmittel aus ihrem Auto zu stehlen.

»Als ich bei Charlotte am Frühstückstisch saß und Markus dazustieß, schenkte ihm seine Mutter gleich reinen Wein ein. Dass ich nicht an Kroll als Schützen glaubte. Das hat Markus gewarnt.« Sie fuhr sich durchs Haar. »Kroll ist Jäger. Er hätte mich getroffen. Markus Isenstein dagegen ist ein Stümper, der wahrscheinlich zum ersten Mal in seinem Leben ein Jagdgewehr in den Händen hielt.«

»Bernhard Kroll ist vollkommen unschuldig?«

»Absolut.« Katinka seufzte. »Es tut mir leid für ihn, dass er ein so verkorkstes Wochenende hatte.«

»Ist es wahr, dass Ewald Isenstein an einem Herzinfarkt gestorben ist?«

»Ja. Der Notarzt konnte nichts mehr für ihn tun. Die Autopsie hat schließlich die wirkliche Todesursache ans Licht gebracht.« Katinka sah in Elviras erschöpftes Gesicht. »Wie lange müssen Sie noch hierbleiben?«

»Nicht mehr lange. Bald beginnt meine Reha. In Bad Staffelstein, das ist zumindest eine schöne Gegend.«

Hardo kam mit dem Kaffee.

»Was ist das für ein Mensch«, sagte Elvira wieder, »der für Geld tötet.«

Katinka schwieg. Sie hatte zu oft erlebt, dass Liebe, Fürsorge und Familie nichts mehr wert waren, wenn es um Geld ging.

»Wenigstens wird er es nicht noch einmal tun. Dafür ist gesorgt«, entgegnete Hardo.

Elvira Hanf nickte, aber Katinka spürte, dass sie noch nicht so weit war, diesen kleinen Erfolg anzuerkennen.

»Und Mariele? Weiß sie vom Verhältnis ihrer Mutter mit ihrem Freund?«

»Charlotte Isenstein hat ihrer Tochter alles gebeichtet. Mariele ist inzwischen zu Hause ausgezogen«, antwortete Hardo. »Nicht nur während der Woche zum Studium. Sondern ganz und gar.«

Elvira sah bekümmert drein.

»Und Ihre Handschriftenanalysen?«

»Sie werden vor Gericht eine Rolle spielen«, erklärte Hardo. »Markus Isenstein ist zweifelsfrei der Verfasser der Briefe. Wir haben sogar den Kugelschreiber gefunden, mit dem er geschrieben hat. Er war in den Satteltaschen seines Motorrads. Die Mine hat einen klitzekleinen Fehler, so dass wir ganz sicher sein können, dass mit diesem und keinem anderen Stift geschrieben wurde.«

Katinka nippte an ihrem Kaffee.

»Markus besuchte seinen Vater am Sonntag gegen Abend, oder?«, sagte sie. »Und er machte ihm die Hölle heiß, verwirrte ihn mit seinem violetten Umhang.«

»Ja, in den ›Elixieren‹ trägt der alte Maler so einen«, bestätigte Hardo.

»Deswegen rief Ewald mich an«, machte Katinka weiter. »Er war verwirrt. Redete von einem Doppelgänger, der ihn das ganze Wochenende verfolgt habe.«

»Der vermeintliche Doppelgänger war sein Sohn«, fuhr Hardo fort. »Er schlug Sie nieder, warf Ewald in das Schleusenbecken und wusste genau, dass Ewald das wahrscheinlich nicht überleben würde. Die Aufregung, der Alkohol ... Er hatte viel von seinem Teufelstrank im Blut. Laut Dr. Thompson hatte Ewalds fixe Idee, von einem Doppelgänger verfolgt zu werden, mit der Persönlichkeitsspaltung zu tun, an der er in Ansätzen litt.«

»Ewald Isenstein musste viel schlucken in seinem Leben, nicht wahr?«, bemerkte Elvira. »Nicht nur sein Elixier.«

»Das ist so«, nickte Hardo nachdenklich.

»Dass Markus Ihren Freund entführt hat, kann ich nachvollziehen«, sagte Elvira. »Um Sie abzulenken. Aber warum auch noch die Journalistin?«

»Als Britta und Carla zur Schleuse radelten, sah Britta Markus Isenstein in den Sträuchern abwarten. Sie hat ihn sofort erkannt. Bremste. Dumm genug, aber sie tat es, ohne sich bewusst zu sein, dass sie ihm damit gefährlich wurde.«

»Bei den Entführungen hat er sich stümperhaft angestellt«, schnaubte Hardo. »Er musste Tom die ganze Strecke im Auto von Lobenstein zurück nach Bamberg transportieren. Gute hundert Kilometer. Ein ziemliches Risiko.«

Katinka beeilte sich, ihren Kaffee auszutrinken. Sie verabschiedete sich wenig später und ging zum Parkhaus. Hardos Golf hatte sie schnell gefunden. Sie hockte sich auf die Motorhaube und wartete. Er kam eine Stunde später. Seine Augen leuchteten auf, als er sie sah.

»Palfy, Palfy«, sagte er. »Schnüffelnase is watching me.«

Katinka lachte.

»Haben Sie noch zwei Minuten?«

»Muss ich wohl. Lange genug haben Sie ja gewartet.«

Sie setzten sich im Park auf eine Wiese. Alles war sehr still. Ein Eichhörnchen turnte von Ast zu Ast.

»Haben Sie ihr alles erzählt?«

Hardo nickte.

»Ja. Von A bis Z. Ohne falsche Rücksichten.«

»Ich wünsche ihr so sehr, dass sie es schafft.«

»Ich auch. Sie wird es schaffen. Wir schaffen es alle irgendwie.«

Katinka rupfte Grashalme aus. Sie wollte sagen, dass sie sich für Hardo freute. Aber das kam ihr nicht über die Lippen. Sie spürte, wie er sie musterte.

»Katinka«, sagte er leise. »Sie versteht mich. Und ich verstehe sie. Mehr brauchen wir nicht im Augenblick.«

Katinka kaute auf ihrer Unterlippe. Sicher. Beide hatten ein Kind verloren. Ein erwachsenes Kind. Hardo seine Tochter. Elvira ihre Nichte.

»Hardo?«

»Hm?« Er legte den Arm um sie und zog sie zu sich. »Sagen Sie schon. Was wollen Sie loswerden?«

Er hatte die Geduld abzuwarten, bis Katinka es endlich herausbrachte:

»Ich freue mich für Sie. Dass Sie jemanden gefunden haben.«

Er sah sie spöttisch von der Seite an. Mit einem Auge. Das andere glänzte fast ein bisschen gerührt. Er räusperte sich:

»Schnüffelnase, Sie haben einen festen Platz in meinem Herzen, und nichts wird Sie daraus vertreiben. Schreiben Sie sich das hinter Ihre Ohren.«

»Ebenfalls.«

»Übrigens: Erinnern Sie sich noch an unser Gespräch am Freitag?«, fragte Hardo. »Sie sagten, die Konsequenz der Briefe für Ewald sei, dass er durchdrehte. Ich habe das nicht recht geglaubt. Es schien mir zu dramatisch. Aber Sie hatten recht.«

Katinka winkte ab. Auch Britta hatte sich geirrt, als sie auf Sex als Motiv bestand.

»Ich weiß immer noch nicht, warum Markus die Bombe an Elvira schickte«, sagte sie.

»Wir haben im Augenblick nur Vermutungen, aber wir liegen damit wohl halbwegs auf Linie. Elvira unterhielt sich mit ihrer Nachbarin ziemlich ausführlich über

Ewald Isenstein und die Tatsache, dass er Beatrix einmal angegriffen hatte. Über die Ehe der Isensteins. Über die Kinder. Was auch immer sie sagte, die Story machte in Königsberg die Runde und strandete bei Markus Isenstein in weiß Gott welcher Version.«

»Er sah in Elvira eine Gefahr?«

Der Kommissar nickte.

»Er wollte sie umbringen oder schwer verletzen.«

»Oder«, dachte Katinka laut, »er rechnete sich aus, dass sie mich anrufen würde, und hoffte vielleicht, dass das explosive Taschenbuch uns beide in die Luft jagen würde.«

Hardo zog sie fester an sich.

»Mir wird übel bei dem Gedanken. Elvira sagte mir heute, dass Markus ihr schon immer suspekt war. Aber sie drängte dieses Gefühl mit der Kraft der Vernunft weg. Wie wir es häufig tun. Nur das Objektive wird zugelassen.«

»Déformation professionelle«, lächelte Katinka.

»Mag sein. Wissen Sie, was das Schlimmste war? Bis zum Schluss kam ich nicht drauf, ob Sie oder Tom der Kandidat für den vierten Mord waren.«

Katinka biss sich auf die Lippen. Hardo blickte sie lange an.

»Ich vermute, dass der geheimnisvolle Besucher in meinem Büro Markus Isenstein war«, begann Katinka.

»Nehme ich auch an«, bestätigte Hardo. »Was auch immer er gesucht hat, die Sache wird noch zur Sprache kommen. Genauso wie die Frage, wo er sich eigentlich das ganze Wochenende herumgetrieben hat. Im Keller am Schillerplatz haben wir ein kleines Labor gefunden, wo er seine Bombe gebastelt und das Gift aufbereitet hat, mit dem er die alte Frau umbrachte.«

»Das ist so unglaublich. Er wählte Leute aus, ermordete sie nach Plan, und alles, um seinen Vater in den Selbstmord zu treiben. Übrigens«, fuhr Katinka fort. »Als ich am Sonntag von Veits Liebschaft in Zeil zurück nach Bamberg fuhr«, sagte Katinka, »hatte ich den Eindruck, ein Wagen würde mir folgen. Haben Sie ...?«

Hardo grinste.

»Ich habe. Lassen wir es dabei. Nur leider hat man Sie aus den Augen verloren, als Sie später zur Schleuse rasten.«

»Welchen Stümper haben Sie denn da abkommandiert«, beschwerte sich Katinka lächelnd.

»Kein Kommentar.«

Sie schwiegen eine Weile.

»Ich muss zurück«, sagte Hardo schließlich. »Ich habe noch einen Termin. Dienstlich.«

Katinka nickte nur. Er berührte kurz ihre Schulter.

»Machen Sies gut, Marlowe.«

Katinka sah ihm nach.

»Ich habe Hardo vorhin gefragt. Er hat ›ja‹ gesagt«, verkündete Tom an diesem Abend.

Katinka saß auf dem Bett und verpflasterte ihre zerklüfteten Knie. Sie sah auf. Tom stand mitten im Zimmer, in Shorts, ein Handtuch um den Hals. Seine nassen Haare glänzten.

»Wie ging noch mal der Anfang der Geschichte?«, fragte Katinka misstrauisch.

»Er hat ›ja‹ gesagt. Er macht meinen Trauzeugen.«

»Sieh einer guck«, sagte Katinka, während sie ihre Verblüffung mit einem Grinsen erstickte. So viel also zu Hardos dienstlichem Termin. »Du heiratest? Wer ist die Glückliche?«

Tom setzte sich neben sie. Sein Zeigefinger glitt zärtlich über den Bluterguss an ihrem Arm.

»Heirate mich, Katinka!«

Katinka packte die Pflasterrolle wieder in ihre Schachtel. Ihre Finger bebten ganz leicht. Sie legte die Schachtel auf ihren Nachttisch und sagte:

»Zwei Bedingungen.«

»Ich wusste, du würdest nicht ablehnen.« Er schenkte ihr sein charmantestes Lächeln.

Sie atmete tief ein. Er duftete nach Speickseife. Katinka liebte Speickseife. Am allermeisten auf Toms Haut.

»Wir heiraten ohne Klimbim.«

»Geschenkt«, sagte Tom gut gelaunt und fuhr ihr durchs Haar. »Auf diese Weise spare ich mein sauer Verdientes.«

»Das heißt nicht, dass wir auf eine Fete verzichten!«

»Wie lautet die zweite Bedingung?«

»Ich behalte meinen Namen.«

Tom lachte.

»Meine Güte, Frau Palfy. Wie käme ich auf die Idee, dass Frau Kommerzienrat ihre Verbindung zu k. u. k. ablegen würde, um einen schnöden preußischen Namen anzunehmen.« Er stand auf, nahm ein frisches T-Shirt aus dem Schrank und zog es über. »Stattdessen könntest du mir freundlicherweise deinen Namen abtreten. Natürlich nur, wenn du dein fernes ungarisches Erbe mit mir teilst.«

»Du willst Palfy heißen?«

»Es wäre mir eine Ehre.«

Katinka betrachtete ihn eine Weile. Wie Britta gesagt hatte: Sie könnte keinen besseren kriegen. Sie dachte an Hardo und Elvira Hanf. Tief in ihrem Herzen wünschte sie, dass die beiden zusammenkommen würden. Die Gedanken entglitten ihr und verloren sich in den Filmschnipseln der letzten Tage. So viel Trauer und Liebe und Angst und Hoffnung. Sie dachte an Charlotte, die Mann und Sohn und in gewisser Weise auch ihre Tochter in einer Nacht verloren hatte, und an das große Haus mit Ewalds

Hinterlassenschaften. Stapelweise Kladden mit seinen Texten, die Charlotte nun alle sichten wollte. Als habe sie erst jetzt die Kraft, sich mit ihrem Mann auseinanderzusetzen. Mit dem Ewald auseinanderzusetzen, der er nun einmal gewesen war.

»Wenn du ihn nicht hergibst, komme ich natürlich auch zurecht«, sagte Tom jetzt.

»Wen hergebe?«

»Deinen Namen.«

»Ach so!« Katinka lachte erleichtert. »Nein. Du kannst ihn haben. Ich stehe auf emanzipierte Männer.«

ENDE

## Nachwort

Neben vielen anderen haben mir Hauptkommissar Günter Pelzel in Sachen Polizeiarbeit, Rechtsanwältin Gerlinde Kurzka bei den juristischen Feinheiten und Dr. med. Bernd Dietz in Sachen Anatomie unter die Arme gegriffen.

Fehlerhaftes, Ungenaues und Abgewandeltes liegt in meiner eigenen Verantwortung. Alle Schauplätze sind authentisch, Detailabweichungen sind der künstlerischen Freiheit geschuldet.

›Januskopf‹ beabsichtigt keine literaturwissenschaftliche Behandlung des Hoffmannschen Werkes.

Dieser Krimi ist ein Roman. Er entstand mitsamt allen Figuren in meinem Gehirn. Vermutlich übernahmen meine Schläfenlappen dabei eine herausragende Rolle. Sollte jemand Ähnlichkeiten mit realen Personen oder Handlungen festzustellen meinen, so sind diese zufällig und unbeabsichtigt, und es wäre die Frage zu klären, welches Gehirn wem einen Streich spielt.

*Friederike Schmöe*

# Bibliografie

Die Zitate aus E. T. A. Hoffmanns ›Die Elixiere des Teufels‹ stammen aus folgender Ausgabe:

E. T. A. Hoffmann, Die Elixiere des Teufels. Nachgelassene Papiere des Bruders Medardus eines Kapuziners. Herausgegeben von Wolfgang Nehring. Stuttgart, Philipp Reclam jun. Band 192. Bibliographisch ergänzte Ausgabe 2000.

Interessante Informationen zu Schläfenlappenepilepsie, Schreibrausch und dem kreativen Gehirn findet man in:

R. E. Cytowic, The Man Who Tasted Shapes. London 2003.

Alice W. Flaherty, Die Mitternachtskrankheit. Warum Schriftsteller schreiben müssen. Schreibzwang, Schreibrausch, Schreibblockade und das kreative Gehirn. Berlin 2004.

Vilayanur S. Ramachandran, Sandra Blakeslee, Die blinde Frau, die sehen kann. Rätselhafte Phänomene unseres Bewußtseins. Reinbek 2001.

Oliver Sacks, Eine Anthropologin auf dem Mars. Sieben paradoxe Geschichten. Reinbek 1995.

Daniel Schacter, Wir sind Erinnerung. Gedächtnis und Persönlichkeit. Reinbek 1999.

Michael Schünke et al., Kopf und Neuroanatomie. Prometheus LernAtlas der Anatomie. Stuttgart, New York 2006.

## Friederike Schmöe
## Maskenspiel

*277 Seiten, 11 x 18 cm, Paperback.*
*ISBN 978-3-89977-636-2. € 9,90.*

Privatdetektivin Katinka Palfy hat endlich ihren ersehnten ersten Fall an der Hand: In der Universität Bamberg, am Lehrstuhl des renommierten Romanisten Prof. Laubach, verschwinden CD-ROMs, Festplatten werden gelöscht und neue Dateien durch alte Versionen überspielt. Doktorand Carsten Stielke wurde eine Diskette mit all seinen Doktorarbeitsdateien gestohlen.
Eine harmlose Sache, denkt Katinka. Bald steckt sie jedoch zwischen den Fronten schräger und absonderlicher Lehrstuhlmitarbeiter fest, von denen jeder glaubt ein dringendes Motiv zu haben, einen anderen um die Ergebnisse seiner Arbeit zu bringen. Eine Art akademischer Karneval mit ganz eigenen Spielregeln …

## Friederike Schmöe
## Kirchweihmord

*229 Seiten, 11 x 18 cm, Paperback.*
*ISBN -978-3-89977-643-0. € 9,90.*

Aufregung in Bamberg. Kurz vor der Sandkirchweih treibt eine Tote im Fluss. Beunruhigend ist, dass die junge Frau an einer Ricinvergiftung gestorben ist.
Privatdetektivin Katinka Palfy, gerade mit der Suche nach einer verschwundenen Ehefrau beauftragt, vermutet einen Zusammenhang zwischen den beiden Fällen und ermittelt fieberhaft in alle Richtungen. Da ereignet sich ein weiterer Todesfall. Katinka steht unter Druck: Vor dem beliebten Fischerstechen am Kirchweihsonntag muss sie die Karten der Verdächtigen neu gemischt haben …

KRIMI IM GMEINER-VERLAG

*Wir machen's spannend*

**Friederike Schmöe**
**Fratzenmond**

*229 Seiten, 11 x 18 cm, Paperback.*
*ISBN 978-3-89977-675-1. € 9,90.*

Privatdetektivin Katinka Palfy wird von der 76jährigen Ida Schenck um Hilfe gebeten. Angeblich schleicht allabendlich ein als der berühmte »Bamberger Reiter« verkleideter Mann um ihr Haus und jagt ihr Angst und Schrecken ein. Katinka glaubt zunächst an eine etwas zu üppige Fantasie der alten Dame, doch als sie sich im Garten auf die Lauer legt, wird Ida Schenck zur selben Zeit in ihrem Haus ermordet …

**Friederike Schmöe**
**Käfersterben**

*323 Seiten, 11 x 18 cm, Paperback.*
*ISBN 978-3-89977-681-2. € 9,90.*

Eine spektakuläre Verbrechensserie im kalten Bamberger Frühsommer: VW-Käfer werden rituell ›erdolcht‹ und in der Stadt ›ausgestellt‹. Die Polizei glaubt an einen Spinner, doch Privatdetektivin Katinka Palfy hat schlimmere Sorgen: Warum verschwindet ihre Freundin, die Wiener Bildhauerin Dani Zanini, kurz vor einer wichtigen Ausstellung? Und wer stellte den ›erdolchten‹ Spielzeug-Käfer vor Danis Haustür ab? Als Katinka einen Hilferuf von Dani erhält, sucht sie Rat bei ihrem kunstverständigen Vater. Doch Ignaz Palfy verheimlicht seiner Tochter etwas und bringt sie damit in größte Gefahr …

KRIMI IM GMEINER-VERLAG

*Wir machen's spannend*

**Friederike Schmöe**
**Schockstarre**

*324 Seiten, 11 x 18 cm, Paperback.*
*ISBN 978-3-89977-705-5. € 9,90.*

Jahresbeginn 2005: Privatdetektivin Katinka Palfy ist vom Pech verfolgt. Erst wird sie Opfer eines Anschlags, dann verschwindet ihre Beretta, um kurz darauf wieder aufzutauchen: als Mordwaffe in einem Fall ohne Beweise, dafür mit umso mehr Motiven. Katinka folgt der Spur in das mittelalterliche Städtchen Coburg, wo sie sich sehr zum Missfallen der dortigen Polizei in die Ermittlungen einklinkt. Diese führen sie zur Arbeitsstelle des Toten, einer Werbeagentur. Als die Detektivin erkennt, dass seelische Abgründe hinter scheinbarem Glück und beruflichem Erfolg klaffen, wird der Burghof der trutzigen Veste Coburg zur tödlichen Falle.

**Klaus Erfmeyer**
**Todeserklärung**

*274 Seiten, 11 x 18 cm, Paperback.*
*ISBN 978-3-89977-735-2. € 9,90.*

Als der Dortmunder Rechtsanwalt Stephan Knobel von seinem neuen Mandanten Gregor Pakulla den Auftrag erhält, dessen verschwundenen Bruder Sebastian zu suchen, wundert er sich zunächst, warum Pakulla hierfür einen Anwalt benötigt. Aber der Fall klingt interessant: Die Geschwister sind die alleinigen Erben eines großen Vermögens. Doch ohne Sebastian kann Gregor seinen Anteil nicht kassieren – wird sein Bruder hingegen tot aufgefunden, erhält er sogar alles.
Schnell wird klar, dass Gregor mehr weiß, als er zugibt. Knobel folgt Sebastians Spuren bis nach Mallorca, wo sich ihm ein bis ins Detail durchdachtes teuflisches Spiel offenbart.

KRIMI IM GMEINER-VERLAG

*Wir machen's spannend*

**G. Bode-Hoffmann/M. Hoffmann**
**Infantizid**

*420 Seiten, 11 x 18 cm, Paperback.*
*ISBN 978-3-89977-723-9 . € 9,90.*

Im thüringischen Weimar wird ein brutaler Raubüberfall auf einen Geldtransporter verübt, bei dem die Sicherheitsleute getötet werden. Der Täter kann entkommen, verursacht jedoch auf seiner Flucht einen schweren Verkehrsunfall. Als er im Sterben liegt, lässt er den ehemaligen Kriminalpolizisten Matti Klatt zu sich rufen. Er berichtet ihm von einem geheimen Projekt namens »Infantizid«. Mit dem geraubten Geld sollte Klatt bestochen werden, daran teilzunehmen.
Der Ex-Polizist lässt sich auf ein gefährliches Doppelspiel ein und begibt sich mitten unter die Drahtzieher einer Verschwörung ungeahnten Ausmaßes.

**Bernd Franzinger**
**Jammerhalde**

*324 Seiten, 11 x 18 cm, Paperback.*
*ISBN 978-3-89977-727-7. € 9,90.*

An der Jammerhalde, einem düsteren Nordhang im Pfälzerwald, wurde im Dreißigjährigen Krieg ein grausames Massaker verübt. Genau an diesem geschichtsträchtigen Ort wird ein männlicher Leichnam entdeckt, dem schon bald weitere folgen sollen. Alle Opfer wurden auf bestialische Art und Weise getötet und verstümmelt. Nach jedem Mord legt der Täter zudem eine weiße Lilie auf dem Gedenkstein der Jammerhalde ab.
Was bedeuten diese makaberen Arrangements? Die Suche nach dem brutalen Serienmörder führt Hauptkommissar Wolfram Tannenberg zu einem Historikerverein, bei dem auch seine neue Herzdame, Johanna von Hoheneck, Mitglied ist.

KRIMI IM GMEINER-VERLAG

*Wir machen's spannend*

## Matthias P. Gibert
## Nervenflattern

*323 Seiten, 11 x 18 cm, Paperback.*
*ISBN 978-3-89977-728-4. € 9,90.*

In Kassel geschehen kurz hintereinander zwei tragische Unfälle – jedenfalls scheint es zunächst so. Ein anonymer Brief an den Oberbürgermeister der Stadt lässt jedoch erhebliche Zweifel an der Zufälligkeit der Ereignisse aufkommen – und urplötzlich steckt Kommissar Paul Lenz mitten in einem brisanten Fall: Die *Documenta*, bedeutendste Ausstellung für zeitgenössische Kunst der Welt, wird durch einen Anschlag mit einem hochgiftigen Nervenkampfstoff bedroht. Und mit ihr die Einwohner der Nordhessischen Metropole und die zahlreichen Ausstellungsbesucher

## Marcus Imbsweiler
## Bergfriedhof

*419 Seiten, 11 x 18 cm, Paperback.*
*ISBN 978-3-89977-742-0. € 9,90.*

Der Heidelberger Bergfriedhof. Auf dem Grab eines Kriegsopfers liegt eine Leiche. Privatdetektiv Max Koller steht vor einem Rätsel. Sein geheimnisvoller Auftraggeber, der ihn mitten in der Nacht an diesen Ort beordert hat, will ihn plötzlich mit allen Mitteln von weiteren Nachforschungen abhalten. Und auch der Tote ist am nächsten Morgen spurlos verschwunden.
Die Neugier des Ermittlers ist geweckt. Kollers Spur führt in die Heidelberger High Society. Und allmählich wird ihm klar, dass sein Gegenspieler viel mehr zu verbergen hat, als nur eine Leiche.

KRIMI IM GMEINER-VERLAG

*Wir machen's spannend*

**Bernd Leix**
**Waldstadt**

*222 Seiten, 11 x 18 cm, Paperback.*
*ISBN 978-3-89977-730-7. € 9,90.*

Die Angst geht um in Karlsruhe: Seit Wochen treibt ein Serienkiller im Hardtwald, unweit des Stadtteils Waldstadt, sein Unwesen. Immer wieder legt sich im Schutze der Nacht dieselbe Drahtschlinge schnell und unbarmherzig um die Hälse der nichts ahnenden Opfer, die der Täter scheinbar wahllos auswählt.
Hauptkommissar Oskar Lindt verfolgt als Leiter einer kopfstarken Sonderkommission hunderte von Spuren – ohne nennenswerte Ergebnisse. Sein Gegner erscheint übermächtig und die Angst der Bevölkerung wächst. Denn auch aus dem nahen Schwarzwald wird der Fund einer Leiche gemeldet, und auch bei diesem Toten ist die Handschrift des Schlingenmörders unverkennbar.

**Manfred Bomm**
**Schattennetz**

*466 Seiten, 11 x 18 cm, Paperback.*
*ISBN 978-3-89977-731-4. € 9,90.*

16 Jahre nach der politischen Wende werden in der schwäbischen Kleinstadt Geislingen zwei Männer von ihrer DDR-Vergangenheit eingeholt. Nach langer »Waffenruhe« scheinen plötzlich alte Rivalitäten wieder auszubrechen. Kurz vor dem jährlichen Stadtfest wird einer der Kontrahenten tot im Turm der Stadtkirche aufgefunden.
Kommissar August Häberle erkennt schnell, dass er es mit einem raffiniert eingefädelten Verbrechen zu tun hat. Und der Mörder scheint sein grausiges Werk noch nicht vollendet zu haben, denn weitere Menschen müssen im Kirchturm ihr Leben lassen.

KRIMI IM GMEINER-VERLAG

*Wir machen's spannend*

**Gina Schulze**
**Sintflut**

*275 Seiten, 11 x 18 cm, Paperback.*
*ISBN 978-3-89977-740-6. € 9,90.*

Die ehemalige Polizistin Marlene Adler lebt mit ihrem Mann in Erlangen. Eines Tages bekommt sie einen Brief von ihrer Schwester Paula aus Rumänien: Die Archäologin hat auf einer Forschungsreise durch die Karpaten eine Sammlung alter Figuren entdeckt. Es sind die ältesten Artefakte, die je gefunden wurden, und sie erzählen die wahre Geschichte der Sintflut. Um die kostbaren Stücke vor Dieben und dem korrupten Staatsapparat zu schützen, ist Paula untergetaucht. Sie plant, die Figuren mit Marlenes Hilfe den Vereinten Nationen zu übergeben.
Viele Gefahren und böse Überraschungen warten auf die beiden Frauen, doch die schlimmste von allen lauert zu Hause.

**Manfred Köhler**
**Tiefpunkt**

*324 Seiten, 11 x 18 cm, Paperback.*
*ISBN 978-3-89977-732-1. € 9,90.*

Den Klauen des Massenmörders Andi Cernowski ist die Weltenbummlerin Nelli Prenz zwar knapp entkommen, aber ein Gefühl der Erlösung will sich nicht einstellen: Ihre Heimatstadt Hof ist ihr fremd geworden. Außerdem ist Nelli finanziell am Ende, weshalb sie das Angebot einer Klatsch-Illustrierten annehmen muss, ihren schlimmsten Albtraum zu vermarkten.
Kurz nachdem der erste Artikel erschienen ist, erhält sie einen anonymen Erpresserbrief. Nelli ist sich sicher, in dessen Wortlaut ihren Peiniger wiederzuerkennen. Sie beschließt zum Gletscher zurückzukehren, um vor Ort herauszufinden, ob Cernowski wirklich noch am Leben ist. In einem unbekannten Kellerraum tief unter der Passwirtschaft findet Nelli die Antwort.

KRIMI IM GMEINER-VERLAG

*Wir machen's spannend*

# Das neue Krimijournal ist da!

**2 x jährlich das Neueste**
**aus der Gmeiner-Krimi-Bibliothek**

*ISBN 978-3-89977-950-9*
*kostenlos*

## In jeder Ausgabe:

- Vorstellung der Neuerscheinungen
- Hintergrund-informationen zu den Themen der Krimis
- Interviews mit den Autoren und Porträts
- Allgemeine Krimi-Infos (aktuelle Krimi-Trends, Krimi-Portale im Internet, Veranstaltungen etc.)
- Die Gmeiner-Krimi-Bibliothek (Gesamtverzeichnis der Gmeiner-Krimis)
- Großes Gewinnspiel mit ›spannenden‹ Buchpreisen

Erhältlich in jeder Buchhandlung
oder direkt beim:

**GMEINER-VERLAG**

Im Ehnried 5
88605 Meßkirch
Tel. 07575/2095-0
Fax 07575/2095-29
info@gmeiner-verlag.de
www.gmeiner-verlag.de